KB150952

철혈백작
리카이엔

6

철혈백작
리카이엔

5

윤지겸 퓨전 판타지 소설

Chapter 1.

푼수는 어쩔 수 없는 푼수다

"응?"

리카이엔의 저택, 응접실로 들어서던 조엘이 내딛던 발을 멈칫하며 앞에 있는 두 사람을 살폈다.

"허어~!"

멍한 표정으로 긴 숨을 내쉬는 카이스의 모습이 뭔가 이상했던 것이다. 고개를 갸웃거리던 조엘이 리카이엔에게 눈짓을 하며 턱으로 카이스를 가리켰다.

그리고 리카이엔이 피식 웃으며 들어오라는 듯 고개를 끄덕였다.

들어가야 하나 말아야 하나 잠시 고민하던 조엘이 결국 응접실 안으로 발을 들여놓았다.

"왜 저러냐?"

"오늘 아주 환상적인 일들이 있었거든."

"환상적인 일? 아아~ 그러고 보니 나도 연락을 받고 너한테 오는 길이었다. 알고 보니 델로스 왕국이었다며?"

"그래. 넌 몰랐냐?"

"쩝, 델로스 왕국이 비밀스럽게 병력을 이동시킨다는 건 알고 있었는데, 으레 스타넨 왕국으로 쳐들어갈 줄 알았지."

"그래서 말을 안 했다고?"

"응."

"에라이, 이 자식아. 정보 길……."

리카이엔이 뭐라고 한 소리 하려고 하자, 조엘이 급히 손사래를 치며 말을 잘라먹었다.

"아아, 나도 알아. 아니까 그만 이야기하고… 그나저나 카이스는 왜 저러고 있냐?"

"방금 말했잖아, 환상적인 일이 있었다고."

"그러니까 그 환상적인 일이 뭔데?"

"국무회의가 전쟁 대책회의로 바뀌었거든."

"그거야 그랬겠지. 그런데 뭐가 그렇게 환상적이었냐?"

조엘의 물음에 리카이엔이 의미심장한 미소를 지어 보였다. 그 미소의 뜻이 궁금해진 조엘이 고개를 갸웃거리며 물었다.

"왜 그래?"

"니네 길드에는 아직 이야기가 안 들어간 모양이지?"

"아아~ 그건 좀 이해해라. 마스터가 바뀐 지 얼마 안 돼서 아직 정보 전달 체계가 조금 삐걱거린다. 어쨌든 그 대책회의가 뭐 그렇게 환상적이었다는 거냐?"

"뭐, 뻔하지. 국왕은 델로스 왕국이 쳐들어올 걸 알고 있었으니 미리 대비를 해 놓고 있었고, 몇 마디 할 기회도 없이 순식간에 회의가 끝난 거."

"그래서 결론은? 너희도 거기로 가야 되냐?"

국왕이 리카이엔과 카이스를 탐낸다는 이야기를 들은 기억이 있기에 그렇게 물었다. 하지만 리카이엔은 고개를 저었다.

"아니, 우리는 남부로 간다."

"응? 남부?"

조엘이 당황스러운 목소리로 물었다. 서쪽에 있는 델로스 왕국에서 쳐들어왔는데 갑자기 뜬금없이 남부로 간다고 하니 이상할 수밖에.

"서부는 이미 만반의 대비가 갖춰져 있었다니까. 중부군 2, 3사단이 하필이면 오늘 아침에 서부군과의 기동훈련을 하려고 준비를 마친 상태였다나 뭐라나?"

브렌 왕국의 병력은 크게 왕국군과 영지군, 그리고 변방군으로 나뉜다. 영지군은 각 영주들이 보유하고 있는 병력이었고, 왕국군은 국왕 직할로 조직되어 있는 군대, 그리고 변방군은 국경의 관문을 지키는 변경백이 소유하고 있는 군대였다.

이 중 왕국군은 크게 다섯 개의 군으로 나뉜다. 중부군, 동부군, 서부군, 남부군, 북부군의 다섯 군이었다.

중부군은 수도의 방위와 왕족의 보호, 그리고 전시에 각 지방으로 증원군을 보내는 역할을 하는데 총 4개 사단으로 이루어져 있었다.

그리고 북부군이 1개 사단, 동부군이 해군을 포함한 1개 사단, 서부군과 남부군은 각각 2개 사단으로 이루어져 있었다. 각 방위군의 역할은 여러 개 주백령에 나뉘어 주둔하면서 해당 지역 영주들의 군사적 움직임을 감시하고 견제하는 동시에 해당 방위의 국경에 분쟁이 발생할 경우 즉각적으로 변방군을 도와 국경을 지키는 것이었다.

전쟁 준비를 하는 데 가장 긴 시간과 돈을 소모하게 되는 것은 다름 아닌 물자의 준비였다. 그런데 기동훈련이라는 것은 전쟁을 상정한 훈련이다. 즉, 기동훈련 준비를 마쳤다는 말은 전쟁 준비를 마쳤다는 말과 크게 다르지 않은 것이다.

조엘이 고개를 끄덕이며 말했다.

"하필이면 오늘 준비를 마쳤다니, 확실히 타이밍이 끝내주네."

"그렇지?"

"그런데 너희는 남부로 간다는 게 무슨 소리냐?"

"아, 일단 델로스 왕국은 서부 세르오넨 성벽의 변경백인 발센 후작의 변방군과 서부군, 그리고 중부군 2개 사단, 마지막으로 서부 지역 영지군들로 막는 걸로 마무리가 됐고… 우리는 델로스 왕국과의 전쟁을 틈타 도발할지도 모르는 루오 왕국을 견제하기 위해 남부로 간다."

"아아, 그런 말이었군. 그런데 이상하네?"

"뭐가?"

"국왕이 너희를 탐냈던 걸로 기억하는데… 그랬다면 지금 벌어진 전쟁에 써먹어야지 견제나 하러 보내는 건 좀 말이 안 되잖아."

그 말에 멍한 표정을 짓고 있다가 갑자기 현실 세계로 돌아온 카이스가 급히 상체를 앞으로 내밀며 말했다.

"내 말이 그 말이다. 도대체 남부는 왜?"

그 모습을 본 리카이엔이 피식 웃으며 카이스를 향해 물었다.

"이제 정신 좀 차렸냐?"

"내가 뭐 언제는 정신이 없었냐? 회의가 하도 순식간에 끝나고, 우리보고는 남부로 가라니 멍했던 거지. 아무튼, 설마 진짜 루오 왕국이 쳐들어올 거라고 생각해서 우리를 거기로 보내는 걸까? 루오 왕국은 아주 평화에 젖어서 산다면서?"

"그건 어제까지의 이야기고… 우리가 델로스 왕국이랑 전쟁을 하고 있으면 루오 왕국에서는 슬그머니 아크로니아 산악 지대를 접수하려고 들 건 뻔하잖아."

"흐음, 국왕 눈빛을 보면… 견제가 아니라 그냥 잡아먹으라는 것 같던데……?"

카이스가 심각한 표정으로 중얼거렸다. 그도 그럴 것이 국왕은 '아크로니아 산악 지대를 수호하라' 고 말을 했던 것이다. 아크로니아 산악 지대가 이미 자기 것이라는 뜻을 은연중 내포하고 있는 말이었다.

리카이엔이 고개를 끄덕이며 말했다.

"국왕이라면 능히 그러고도 남지."

"하아~ 뭘 어떻게 하라는 건지……."

카이스는 여전히 감이 오지 않는다는 표정으로 말했다. 평소에는 꽤 눈치도 빠르고 머리가 잘 돌아가는 편이었지만, 오늘은 그럴 수도 없을 정도로 순식간에 일들이 벌어졌던 것이다.

리카이엔이 어깨를 으쓱거리며 말했다.

"우리가 고민할 필요가 있겠냐? 남부군 사령관이 알아서 할 것 같은데."

"하긴… 로바인 후작이 알아서 한다고 했으니."

"국왕이 따로 명령을 내려 놨겠지."

"그렇겠지?"

"그러면 우리도 이제 움직이자. 전쟁인데 엉덩짝 붙이고 앉아 있으면 눈치 보인다."

리카이엔의 말에 카이스가 고개를 끄덕이며 자리에서 일어났다.

"준비하고 있을 테니 우리 저택으로 와라. 어차피 포구까지는 같이 가야 될 테니까."

"알았다."

"으음……."

리카이엔이 팔짱을 낀 채 짙은 신음을 흘렸다. 그리고 그런 리카이엔의 앞에서 배시시 웃고 있는 사람은 다름 아닌 루딜 폴덴바인이었다.

잠시 인상을 찡그리고 있던 리카이엔이 크게 숨을 들이마셨다. 지금은 이놈과 노닥거리고 있을 때가 아니었다. 단칼에 잘라 내고 떠날 준비를 하는 게 정신 건강에 좋을 것이다.

"이보게, 루딜 공자. 나는 국왕 폐하의 명을 받고 영지로 돌아가 병력을 이끌어야 한다네. 그러니 더 이상 수련이니 뭐니하는 말은 하지 말고 이만 저택으로 돌아가게. 나라에 전쟁이 터졌는데 자네가 이러고 있으면, 그야말로 국왕 폐하에 대한 불충이 아닌가."

이 정도면 무슨 의미인지 대충 알아들었으리라. 말을 마친 리카이엔이 루딜에게 가볍게 고개를 끄덕여 준 후 뒤돌아서려할 때였다.

"병력을 끌고 남부로 가신다고 들었습니다. 저도 데려가 주십시오."

"뭐!?"

반쯤 돌아섰던 리카이엔이 그대로 굳은 채 저도 모르게 비명 같은 외침을 터트렸다.

두 눈엔 불신이 가득하고, 얼굴에는 평소의 리카이엔답지 않게 멍한 표정이 떠올라 있었다. 그리고 더듬거리기까지 하며 다시 물었다.

"지, 지금 뭐라고 했나?"

"저도 데려가 달라고 했습니다."

"그게 말이 된다고 생각하나? 폴덴바인 백작가의 후계자가 프로커스 백작군에 들어오겠다니!"

"이제 후계자가 아닙니다."

"뭐?"

"아버님께서 저의 후계자 지위를 박탈하셨습니다."

"그게 무슨 말인가? 폴덴바인 백작가에 아들은 자네 하나밖에 없는 걸로 아는데……."

리카이엔이 믿을 수 없다는 표정으로 루딜을 보았다. 자신의 눈에야 못 말리는 푼수지만, 세간의 평가는 전혀 달랐다. 어디 한 군데 모자란 데 없는 인재. 그런 루딜의 후계자 지위를 박탈하다니. 폴덴바인 백작이 미치지 않고서야 있을 수 없는 일이었다.

하지만 뒤이어진 루딜의 말에 리카이엔은 반사적으로 눈을 질끈 감을 수밖에 없었다.

"세이나와 폴덴바인 백작가의 작위 중 하나를 고르라고 하시더군요."

대충 무슨 상황인지 이해가 갔다. 도번 후작의 생일 연회 이후, 루딜은 끈질기게 리카이엔을 찾아왔다. 그리고 리카이엔은 그때마다 갖가지 이유를 들어 루딜을 돌려보냈다.

모르는 사람이 보아도 상황은 뻔했다. 리카이엔은 루딜에게 검술을 가르칠 마음이 없는 것은 물론, 여동생을 시집보낼 마음도 없다는 뜻이었다. 그리고 폴덴바인 백작 역시 그러한 리카이엔의 생각을 알아챘을 것이다.

그럼에도 불구하고 세이나를 향한 루딜의 마음은 식지 않았다. 그러니 폴덴바인 백작으로서는 작위를 걸고 최후의 통첩을 던지는 수밖에 없었으리라. 물론 자신의 아들이 설마하니 작위까지 내팽개칠 거라고는 생각지도 못한 채.

'계속해서 어영부영하다가는 결국 이놈이 들러붙을 게 분명한데…….'

양단간에 결정을 내려야 했다. 세이나와 결혼할 엄두도 못 내게 하든지, 아니면 그냥 포기하고 매제로 받아들이든지. 그리고 막상 밀어낼 생각을 하니 저도 모르게 망설여지는 무언가가 있었다.

'누군가에게 이 정도로 열렬한 사랑을 받는다는 것도 그리 나쁘지는 않을 텐데. 그리고 보면 세이나의 생각은 또 어떤지도 모르는 일이고…….'

리카이엔 본인은 결혼에 대해 별다른 생각이 없었다. 그에게는 프로커스 백작가를 왕국 최고의 가문으로 만들어야 한다는 목표가 있었다. 그러니 결혼도 당연히 괜찮은 가문의 딸과 정략결혼을 하는 것이 좋다고 생각했다.

하지만 세이나를 정략결혼을 시킬 생각은 없었다. 아무리 목표가 크다 해도 친구의 동생인 동시에 자신의 동생을 그런 일의 도구로 쓸 생각은 조금도 없었다.

일단 생각이 그렇게 가니 루딜을 보는 눈이 조금 달라졌다. 생각해 보면 딱히 모자라는 놈은 아니었다. 얼굴도 준수한 편이고, 다방면에서 두각을 드러내는 똑똑한 녀석이었다. 게다가 후계자 자리까지 털어 버릴 정도로 세이나를 향한 마음이 열렬했다.

'이 정도면 괜찮은 거 아닌가?'

거기까지 생각이 미친 리카이엔이 다시 팔짱을 낀 채 루딜을 살펴보았다. 이놈이라면 평생 세이나를 위해 살 수도 있을 것 같았다. 물론 사람의 마음이라는 게 얼마나 쉽게 바뀔 수 있는 것인지 잘 알고 있지만, 이놈 정도면 그리 간단하게 마음을 바꿀 것 같지 않았다.

그리고 만에 하나 세이나를 배신한다면 직접 찾아가 딱 죽지 않을 만큼 패서 병신으로 만들어 주면 그뿐이다. 두 번 다시 여자를 안을 수 없도록.

어쨌든 루딜은 생각해 보면 꽤 쓸 만한 놈이었다. 물론 꼭 데려가고 싶다고 생각하는 것은 아니다. 하지만 곁에 두면 쓸 만하다는 것만큼은 분명한 사실이었다.

순식간에 마음을 고쳐먹은 리카이엔이 루딜을 향해 진지한 목소리로 물었다.

"공자의 그 결정, 진심인가?"

"그렇습니다."

"후회하지 않을 자신이 있나?"

"물론……."

리카이엔이 얼른 루딜의 말을 끊으며 강조하듯 힘주어 말했다.

"잘 생각해 보고 말하게. 나는 지금 허투루 말하는 것이 아니야. 만일 루딜 공자가 지금의 그 결정을 번복하고 세이나를 배신한다면 내 검이 공자의 목을 자를지도 몰라."

리카이엔이 싸늘하게 살기까지 뿜어내며 물었다. 하지만 루딜의 눈동자에는 흔들림이 없었다. 목을 길게 빼며 하늘을 향해 당당하게 큰 소리로 외친다.

"목숨 바쳐 세이나를 사랑할 겁니다!"

확실히 푼수라는 사실은 변하지 않는 모양이다. 하지만 어쨌든 루딜의 마음은 한 점의 거짓도 없는 진심인 것 같았다.

리카이엔이 천천히 고개를 끄덕이며 말했다.

"물론 실제 결혼의 문제는 전적으로 세이나의 마음에 달려 있네. 내 의사는 아무런 상관이 없다네. 그리고 만약 내 군대로 들어온다면, 자네에게 줄 수 있는 직위는 일반 병사의 지위일세. 생활하는 것부터 시작해서 모든 것을 병사들과 똑같이 해야 할 것이야. 나의 군대는 병사에서 시작하지 않으면 기사가 될 수 없다는 규칙이 있기 때문에 그 정도가 내가 할 수 있는 전부일세."

말도 안 되는 이야기였다. 아무리 가문과의 인연이 끊어졌다 해도 루딜은 이미 한 명의 기사로서 제 몫을 할 수 있는 실력을 가지고 있었다. 남들이 들으면 루딜을 받아 주지 않으려고 하는 소리로 들릴 것이 뻔한 이야기.

하지만 루딜은 두 눈을 초롱초롱 빛내며 말했다.

"받아만 주신다면 뭐든 할 겁니다!"

"그렇다면 마지막으로 확인할 것이 남았군."

"확인할 것이라니요?"

"자네 아버님, 폴덴바인 경의 생각이 어떤지 말일세."

"물론 그러셔야지요. 제가 앞장서겠습니다."

말이 끝나기가 무섭게 루딜이 방향을 돌려 성큼성큼 걷기 시작했다. 하지만 조금씩 어깨가 들썩이는 것을 보니 상당히 신이 난 모양이었다.

뒤에서 그 모습을 확인한 리카이엔이 저도 모르게 멈칫하고 말았다.

'설마 내가 실수한 건 아니겠지?'

"프로커스 경이 이곳까지는 어쩐 일이오?"

리카이엔을 맞이하는 폴덴바인 백작의 얼굴에 불쾌한 기색이 내비쳤다. 자연스러운 반응이었다.

재능이 넘쳐 나는 아들이 가문까지 버리고 여자를 찾아가겠다고 나섰다. 그러니 그 여자의 집안사람이 좋게 보일 리가 없었다.

그런 마음을 알기에 리카이엔은 그에 대해 신경 쓰는 기색 없이 편안하게 입을 열었다.

"폴덴바인 경의 자제 분이 제 군대에 들어오겠다고 찾아왔더군요."

"그놈은 더 이상 폴덴바인 가문의 사람이 아닌데 뭐 하러 그런 이야기를 하는 건지 모르겠구먼."

폴덴바인 백작 또한 이미 알고 있는 사실이라는 듯 시큰둥한 목소리로 말했다. 하지만 리카이엔의 눈에는 폴덴바인 백작의 눈초리가 파르르 떨리는 것이 보였다.

루딜이 그럴 것이라고 알고 있었음에도 불구하고 막상 실제로 그런 일이 일어나니 적잖이 당황한 모양이었다.

물론 그것은 어디까지나 폴덴바인 백작과 루딜 사이의 문제. 딱히 신경을 쓸 필요가 없는 일이었다.

리카이엔이 고개를 끄덕이며 말했다.

"예, 그 말씀을 들으러 왔습니다."

"그 말이라니?"

"루딜 공자가 더 이상 폴덴바인 백작가의 사람이 아니라는, 폴덴바인 경의 확언이 필요했기 때문입니다. 그래야 제 군대에서 제약 없이 써먹을 수 있을 테니 말입니다."

"그게… 무슨 말이오?"

처음의 시큰둥한 목소리와는 달리 이번에는 확실히 당황한 듯한 목소리였다. 루딜이 리카이엔을 찾아갈 거라는 건 알고 있었지만, 리카이엔이 루딜을 받아들일 거라고는 생각지 못한 모양이었다.

"폴덴바인 백작가와 아무런 관계가 없는 루딜 공자가 저의 군대를 입대를 청했고, 저는 루딜 공자 정도 되는 인재를 거부할 마음이 없습니다. 하지만 관계가 없다는 부분에 대해서는 폴덴바인 경께서 확언을 해 주시지 않는 한 저는 루딜 공자를 저의 군대에 받아들일 수가 없습니다. 참전을 했는데 크게 다치거나 심할 경우 전사라도 하게 된다면 폴덴바인 백작가에서 저에게 책임을 물을 수도 있으니까 말이지요."

리카이엔이 일부러 아무런 관계가 없다는 말과 '전사'라는 말에 힘을 주었다.

이야기를 들은 폴덴바인 백작의 시선이 리카이엔 뒤에 당당하게 어깨를 펴고 서 있는 루딜에게로 향했다. 뭐가 그리 좋은지 히죽거리며 웃고 있는 모양새를 보니 저도 모르게 부글부글 부아가 치밀었다.

그때 리카이엔이 루딜을 향해 말했다.

"루딜 공자, 가문의 이름이라는 것이 얼마나 중요한지는 내가 굳이 말을 해 주지 않아도 알 것이라고 믿네. 그러니 자네도 잘 선택하기를 바라네. 또 한 가지 덧붙이자면, 자네가 세이나를 얻을 수 있을지도 모르는 기회는 이번 한 번뿐이라는 걸 명심하게. 나는 쉬이 마음이 변하는 사람을 좋아하지 않아."

말을 맺은 리카이엔이 천천히 몇 걸음 뒤로 물러섰다. 이 일은 두 부자가 마무리 지어야 할 일. 더 이상 리카이엔이 할 말은 없는 것이다.

그리고 폴덴바인 백작과 루딜이 서로를 마주 보았다.

'하아~ 이 녀석이 어쩌다가…….'

루딜 폴덴바인. 브렌 왕국의 역사에 폴덴바인 백작가의 이름을 깊게 각인시킬 자랑스러운 아들.

그런 아들이 아카데미를 졸업하자마자 뜬금없는 청을 해 왔다. 세이나라는 프로커스 가문의 영애와 결혼하고 싶다는 이야기였다.

그때 마침 프로커스 백작가는 이웃한 리온 자작령과 영지전이 한창이었다. 아이젠 백작의 큰 돈줄인 리온 자작령이 관련되어 있기에 그렇지 않아도 관심을 가지고 지켜보던 상황.

그리고 모두의 예상을 깨고 프로커스 백작령이 승전고를 울렸다. 게다가 전쟁 배상금으로 커다란 리온 자작령을 통째로 집어삼키기까지 했다.

자신과 적대적인 아이젠 백작 일파의 영주 한 명을 무너트린 데다 큰 영지를 가진 백작가와 사돈을 맺는다는 건 그리 나쁜 일이 아니었다. 게다가 어려서부터 영민했던 아들의 눈에 든 여자아이라면 자신의 기준에도 그리 모자라는 구석이 없으리라 생각했다.

그렇기에 흔쾌히 고개를 끄덕였다. 다만, 아직 전후 처리가 끝나지 않은 데다 영주까지 바뀐 상황이니 프로커스 백작가의 영지가 안정될 때까지 기다리기로 했다.

그런 후에 국무회의에 참석할 때 만나 진지하게 이야기를 해 볼 생각이었다.

그때까지 루딜은 여전히 자랑스러운 아들이었다.

문제가 발생한 것은 프로커스 백작가에서 연달아 두 번이나 국무회의에 참석하지 않으면서부터였다.

루딜이 빨리 프로커스 백작가에 연락을 해 달라고 조르기 시작한 것이었다. 다음번 국무회의 때까지만 기다려 보자고 말해도 그때뿐이었다.

하루에도 두세 번씩 자신을 찾아와 조르다 못해 급기야 네 살배기 어린애처럼 칭얼대기까지 했다. 호통도 치고, 벌을 주기도 하고, 달래 보기도 했지만 소용이 없었다.

그러던 중, 마침내 프로커스 백작이 국무회의 참석을 위해 수도를 찾아왔다. 소식을 들어 보니 도번 후작의 연회에 참석한다고 했다.

그리고 그날이 바로 자랑스러운 아들이었던 루딜이 집안의 애물단지로 바뀐 날이었다.

하루가 멀다 하고 프로커스 백작을 찾아가기 시작한 것이었다. 검술을 배우겠다는 취지까지는 좋지만, 자신을 받아 줄 마음이 전혀 없어 보이는 프로커스 백작에게 매일 찾아가는 것은 결코 좋은 모습이 아니었다.

'이게 다 저 애송이 때문에……'

폴덴바인 백작이 적의가 가득한 얼굴로 리카이엔을 노려보았다.

폴덴바인 백작가라면 어딜 가도 빠질 것 없는 가문이다. 그리고 아들인 루딜은 모든 사람이 칭찬해 마지않는 훌륭한 인재였다.

그런 가문과 뛰어난 아들을 완전히 무시하는 프로커스 백작이 좋게 보일 수가 없는 것이다. 더불어 그렇게 무시를 당하면서도 매일같이 찾아가는 아들의 모습이 이제는 부끄럽기까지 했다.

그래서 어쩔 수 없이 가문의 후계자 지위를 놓고 최후통첩을 날린 것이었다. 아무리 여자가 좋아도 설마 가문을 버리면서까지 그 세이나라는 계집아이를 찾아갈 거라고는 조금도 예상하지 못했기 때문에 내릴 수 있는 결정이었다.

그런데 루딜은 조금의 망설임도 없이 세이나를 택하고는 그길로 수도의 저택을 나섰다.

폴덴바인 백작의 입장에서는 미치고 펄쩍 뛰고 환장할 노릇이 아닐 수 없었다. 이 루딜이 정말 자기 자식이 맞는지조차 의심스러울 정도였다.

그런데 프로커스 백작이 다시 루딜을 데리고 왔다. 그러고는 루딜이 정말로 가문에서 쫓겨난 것인지 확인을 하려고 한다. 얄미워도 이렇게 얄미울 수가 없다. 하지만 한편으로는 아주 조금 고마운 마음도 있었다. 어쨌든 루딜에게 다시 한 번 깊이 생각할 시간을 주지 않았는가.

폴덴바인 백작이 지긋한 눈길로 아들과 시선을 마주쳤다.

"루딜, 진심으로 이 애비와 가문을 버릴 작정인 것이냐?"

떨리는 목소리로 묻는 폴덴바인 백작의 말에 루딜이 꿋꿋한 표정으로 대답했다.

"아버지를 떠나겠다는 말이 아닙니다. 다만, 무슨 일이 있어도 세이나를 포기할 수는 없다는 말입니다."

"후우~!"

폴덴바인 백작은 저도 모르게 긴 한숨을 내뱉었다. 하늘도 무심하시지, 어쩌자고 이 아이가 이렇게 되었단 말인가.

그 사이 루딜의 눈동자도 무겁게 가라앉았다. 망설임 없이 대답했지만, 마음이 아프고 불편한 것은 그 역시 마찬가지였던 것이다.

"죄송합니다, 아버지. 하지만……."

그도 어찌할 수가 없었다. 왕립 아카데미에 입학한 첫날부터 그의 마음에는 세이나가 들어앉아 나갈 생각을 하지 않았다. 아카데미 생활 3년, 그리고 졸업을 하고도 무려 반년이 흘렀음에도 불구하고 세이나를 향한 마음은 사그라지기는커녕 더욱 거세게 불타올랐다.

그녀만 생각하면 아직도 얼굴이 달아오르고 심장이 방망이질 치는 소리가 귓가에서 울려 퍼질 정도였다. 차라리 더 이상 떠올리지 않을 수 있다면 좋겠다는 생각을 수도 없이 했다. 하지만 그런 생각을 하면 할수록 오히려 더욱더 세이나가 보고 싶었다.

이대로 그녀를 못 본 체 지냈다가는 조만간 심장이 터져 버릴 것 같았다.

남들이 자신을 이상한 눈으로 본다는 것은 익히 알고 있었다. 아버지가, 가족들이 얼마나 답답해하는지도 아주 잘 알고 있었다. 그래도 어쩔 수 없었다.

"하아~!"

말끝을 흐린 채 더 이상 입을 열지 않는 아들을 가만히 바라보던 폴덴바인 백작의 입에서 또 한 번의 긴 한숨이 새어 나왔다. 하지만 처음 내쉬었던 한숨과는 다른 의미의 한숨이었다.

"그 아이가 그렇게 좋더냐?"

바로 아들의 고집에 항복을 선언하는 한숨이었다.

"예, 아버지."

"좋다, 그렇다면 너에게 1년의 시간을 주마."

"네?"

잠시 상황을 파악하지 못한 루딜이 어리둥절한 표정으로 아버지를 보았다.

"그 1년의 시간이 지난 후에 영지로 돌아와라."

"그게 무슨……."

"1년 동안 시간을 주었는데도 세이나라는 아이의 마음을 얻지 못한다면 그때는 남자답게 포기하란 말이다. 물러서야 할 때를 아는 것 또한 사내의 덕목이다. 알겠느냐? 만약 네가 그것도 모르는 멍청이라면 나는 더 이상 너를 내 자식으로 생각하지 않을 것이다."

"아버지……."

루딜은 또 한 번 말끝을 흐렸다. 지금 이 말이 아버지의 허용 범위를 넘어선 양보라는 것을 알기 때문이었다.

루딜이 뭐라고 말도 하지 못한 채 멍한 표정을 짓고 있는 사이 폴덴바인 백작이 리카이엔을 향해 말했다.

"프로커스 경."

"말씀하십시오."

"이 아이를 경의 군대에 받아들이겠다고 했소이까?"

"그렇습니다. 하지만 폴덴바인 백작의 후계자를 위험한 저의 전쟁에 참전시킬 의사는 조금도 없습니다."

리카이엔이 단호한 표정으로 말했다. 그리고 폴덴바인 백작 역시 고개를 끄덕였다.

"지금부터 1년 동안, 저 아이는 우리 폴덴바인 백작가의 사람이 아니오. 그러니 데려가서 써먹을 수 있는 곳에 쓰시오. 그 1년 동안 저 아이가 다쳐서 불구가 되건, 전사를 하건 절대 프로커스 경에게 책임을 묻지 않겠소. 이는 내 귀족으로서의 명예와 작위를 걸고 맹세하리다."

"흐음……."

리카이엔은 팔짱을 낀 채 잠시 생각에 잠겼다.

두 사람의 대화가 이상하게 흘러간다고 느낀 순간부터 그는 고민하고 있었다. 루딜이 세이나를 얻기 위해 가문을 떠나겠다고 하는 말이 진심이라는 것은 분명했지만, 폴덴바인 백작이 절대 아들을 포기할 수 없다는 눈빛을 하고 있었기 때문이었다.

그런데 폴덴바인 백작의 입에서 전혀 예상하지 못한 대답이 흘러나온 것이었다.

꽤 쓸 만한 놈이고, 세이나 옆에 선다고 해도 손색이 없는 놈이었다. 그리고 무엇보다 세이나를 향한 마음이 아주 깊었다.

사심을 섞어서 보면 한 치의 여지도 없는 틀림없는 푼수지만, 객관적인 것만 따져 봤을 때는 세이나에게 더없이 훌륭한 짝이었다. 물론 동생의 마음까지 알 수는 없지만, 이렇게 질기게 찾아온 인연을 자신의 손으로 끊는 것도 애매했다. 어디까지나 선택은 세이나의 몫.

깊이 고민하던 리카이엔이 폴덴바인 백작을 향해 천천히 입을 열었다.

"폴덴바인 경이 지금 하신 그 말에 한 치의 거짓도 담겨 있지 않음을 맹세하십니까?"

"물론이오. 원한다면 내 문서로 만들어 주리다."

폴덴바인 백작의 말이 진심이라는 것은 아주 잘 알고 있었다. 하지만 사람의 마음이라는 것은 언제 어떻게 바뀔지 알 수가 없는 법.

"그렇다면 부탁드립니다."

"알겠소."

두 사람의 대화가 끝나자마자 루딜이 비명처럼 환호성을 터트리며 외쳤다.

"아아악! 아버지, 프로커스 백작님! 감사합니다, 감사합니다!"

"좋으냐?"

리카이엔의 물음에 루딜이 거세게 고개를 주억거리며 큰 소리로 대답했다.

"당연하죠!"

얼마나 신이 났는지 리카이엔이 자신에게 말할 때 말투가 바뀌었다는 사실조차 눈치채지 못하고 있을 정도였다.

그러는 사이에 두 사람은 다시 리카이엔의 수도 저택에 도착할 수 있었다.

정문에서 기다리고 있던 볼프가 한달음에 달려왔다.

"백작님, 그론스트 백작가에서 서둘러 달라는 연락이 왔었습니다."

"그 자식 그거 생각보다 성질 급하네. 그래, 준비는 다 끝났냐?"

"예, 율리아는 이미 출발을 했고 우리도 이제 출발하면 됩니다."

원래는 율리아와 엘리샤가 함께 출발했다는 내용이지만, 곁에 루딜이 있기에 율리아만 이야기를 한 것이었다. 고개를 끄덕인 리카이엔이 볼프와 뒤따라오는 톰, 잭에게 루딜을 소개했다.

"이놈은 루딜이다. 오늘부터 프로커스 백작군의 병사가 되었으니 네가 데리고 다녀라."

"네?!"

볼프가 휘둥그레진 두 눈으로 리카이엔과 루딜을 번갈아 보았다. 지금 제대로 들은 것이 맞는지 일단 의심부터 든다.

루딜이 누구인지 뻔히 알고 있었다. 브렌 왕국에서 나름 이름 있는 집안인 폴덴바인 백작가의 후계자다. 그런 루딜이 프로커스 백작군의 병사라니.

볼프는 도저히 있을 수 없는 일이라며 도리질을 쳤다. 그러고는 이내 배시시 웃어 보였다. 아마 백작님이 자기를 골려 주기 위해 장난을 치는 것이리라.

"하하하하…… 백작님, 이분은 폴덴바인 백작가의 자제 분이지 않습니까? 제가 좀 멍청하기는 해도 그 정도로 모자란 놈은 아닙니다."

"지금 내가 장난치는 걸로 보이냐?"

"네? 그럼……."

볼프와 뒤에 있던 톰, 잭이 탁 풀어진 눈으로 멍하니 루딜을 보았다. 장난치는 게 아니라면 지금 말한 것이 진짜라도 된다는 말인가? 그러기에는 이건 너무 말이 안 되지 않은가.

그때였다.

"반갑습니다. 루딜이라고 합니다. 앞으로 잘 부탁드립니다, 볼프 기사님."

여러 번 드나든 덕에 볼프의 이름을 알고 있던 루딜이 먼저 고개를 꾸벅 숙이며 인사를 한 것이었다.

"어, 어버버……."

너무 놀란 볼프가 뭐라고 말도 못하고 버벅대자 리카이엔이 눈을 부라리며 말했다.

"인사도 안 받아 주냐?"

"어어… 그, 그래."

얼결에 반말을 툭 내뱉은 볼프가 뒤늦게 자신이 무슨 말을 했는지 깨닫고 황급히 손으로 입을 틀어막았다. 이제 조만간 뭔가 큰일이 터질 거라는 생각에 두 눈도 질끈 감았다.

하지만 볼프가 예상했던 그런 일은 벌어지지 않았다.

살짝 실눈을 뜨고 주변을 살펴보니 루딜이 여전히 싱글벙글 웃는 얼굴로 서 있는 것이 보였다. 멍한 눈으로 뒤에 있는 톰과 잭에게 시선을 던지니 그들 역시 멍한 표정을 짓고 있을 뿐이었다.

"거참……."

볼프가 머리를 긁적이며 여전히 이해 못하겠다는 얼굴을 하고 있는 사이 리카이엔이 루딜을 향해 물었다.

"그런데 너, 왜 군대에 들어온다고 했냐?"

"네? 그야 세이나를 만나러 가기 위해서지요."

"내가 국왕 폐하의 명을 받고 남부 아크로니아 산악 지대 쪽으로 출정한다는 건 알고 있을 텐데?"

"예, 물론……."

"그럼 너도 거기로 가야 된다는 건 생각 안 해 봤냐?"

순간 루딜의 얼굴이 순식간에 새하얗게 질렸다.

"헉, 그, 그그그, 그런……."

너무 큰 충격에 말도 못한 채 멍청한 표정을 짓고 있는 루딜을 보며 리카이엔은 확실히 알 수 있었다.

루딜은 단순히 푼수일 뿐이었다는 사실을.

그리고 푼수는 곧 죽어도 푼수일 뿐이라는 것을.

Chapter 2.

프로커스 백작군

"오빠! 왜 이렇게 늦… 헉!"

수도에서 돌아온 리카이엔을 향해 달려가던 세이나가 갑자기 헛바람을 들이켜더니 그 자리에서 굳은 듯 멈췄다.

"너, 너, 넌……!"

리카이엔 뒤에 서 있는 낯익은 얼굴. 왕립 아카데미에 있던 시절 무려 3년의 세월 동안 검을 겨뤘던 바로 그 찰거머리, 루딜이었다.

"니가 왜… 여기에……?"

세이나가 쉬지 않고 말을 더듬으며 황당한 표정을 지었다. 루딜의 등장은 그만큼 당황스러운 일이었다.

그리고 엄청난 기세로 몰려오는, 이유를 알 수 없는 불안감. 물론 루딜에게 딱히 약점을 잡혔다거나 그가 무섭다거나 하는 이유는 당연히 아니다. 하지만 이상하게도 뭔가가 불안했다.

"오빠, 루딜은 왜 같이 온 거야?"

"내 병사니까 신경 꺼라."

"응? 으응……."

이상하게도 찬바람이 씽씽 부는 리카이엔의 태도에 세이나는 서운한 표정을 지으면서도 당장 뭐라고 말을 할 수가 없어 일단 고개를 끄덕였다.

그 사이 리카이엔은 아버지와 어머니가 있는 쪽으로 다가갔다.

"다녀왔습니다."

"그래, 별일은 없었느냐? 네 성격에 그곳의 일들이 그리 즐거운 일은 아니었을 텐데."

"아닙니다. 의외로 꽤 즐거운 일정이었어요."

"그랬더냐? 그렇다면 다행이지. 아참, 네가 미리 보낸 서신대로 기사단장 안톤에게 출정 준비를 마쳐 놓으라고 일러두었다."

"예, 아버지. 덕분에 제 일이 많이 줄었네요. 어머니는 그동안 어떠셨어요?"

리카이엔이 고개를 돌려 묻자, 힐더가 얼굴 한가득 걱정스러운 표정으로 말했다.

"이 어미야 별일이 있었겠니? 다만 네가 또 전쟁터로 나간다고 하니 그게 걱정이지. 지난 전쟁이 끝난 지 1년도 안 되었는데 다시 출정을 하다니."

"괜찮아요, 어머니. 그리 걱정하지 않으셔도 돼요. 저는 남부의 루오 왕국을 견제하는 임무만 하면 되니 크게 위험할 일은 없을 겁니다."

"그렇다면 다행이다만……."

여전히 불안한 표정으로 말끝을 흐리는 힐더를 향해 리카이엔이 성큼 한 걸음 다가가 가볍게 안아 주었다. 그리고 괜히 너스레를 떨며 과장된 목소리로 말했다.

"하하, 어머니. 어머니 아들은 불구덩이에 던져 놔도 멀쩡하게 걸어 나온다는 걸 아시잖아요?"

그리고 힐더가 편안하게 웃으며 리카이엔의 등을 가볍게 토닥거려 주었다.

"그래, 내 아들."

과거의 리카이엔이었다면, 정확하게 말해서 장윤명이었다면 어머니에게 이런 애교를 부리는 것은 상상도 하지 못할 일이었다. 하지만 이제는 아주 자연스럽게 할 수 있었다. 이제는 진심으로 두 사람을 부모님이라고 생각하기 때문이었다.

그때 세이나가 폴짝폴짝 뛰며 외쳤다.

"오빠, 나도! 나도~!"

하지만 그녀에게 되돌아간 것은 리카이엔의 싸늘한 눈빛뿐이었다.

"헉, 딸꾹! 왜, 왜 그래……?"

세이나는 너무 놀란 나머지 딸꾹질을 하며 그 자리에 석상처럼 굳어 버렸다. 아카데미에서 돌아온 후, 오빠가 꽤 많이 변했다는 것은 알고 있었지만 자신에게 이렇게 차가운 눈빛을 보낸 적은 단 한 번도 없었기 때문이었다.

그리고 리카이엔이 그 이유를 말해 주었다.

"흐음, 우리 가문에 나도 모르는 전통이 있더구나."

"응? 전통? 그게 무슨……."

도통 모르겠다고 말하는 세이나를 향해 리카이엔이 다른 쪽으로 턱짓을 해 보였다. 리카이엔의 턱짓을 따라 자연스레 시선을 돌리던 세이나가 두 눈을 화등잔만 하게 떴다. 리카이엔이 가리킨 곳에는 문제의 아카데미 동기, 루딜이 서 있었던 것이다.

'서, 설마 저 자식이…….'

세이나는 그제야 갑자기 밀려온 그 알 수 없는 불안감의 정체를 파악할 수 있었다.

'괜, 괜찮을 거야. 설마 겨우 그런 거짓말로…….'

속으로는 그렇게 생각을 하면서도 세이나의 시선이 다시 리카이엔에게로 향하는 데는 꽤 시간이 걸렸다. 그리고 마주친 리카이엔의 두 눈.

"오, 오빠! 내가 잘못……."

하지만 리카이엔은 가차 없었다.

"완전무장 하고 와."

"오빠… 설마……."

완전무장이 무얼 뜻하는지는 아주 잘 알고 있었다. 분명 성벽 돌기일 것이다. 하지만 설마 싶다. 겨우 그 정도 거짓말로 그 괴로운 성벽 돌기를 시킬 리가 있을까 싶었다.

그리고 리카이엔의 입이 열렸다.

"오늘, 아니 지금 이 순간부터 내가 다시 돌아올 때까지 해라."

"너, 너무해! 내가 그것 때문에 얼굴도 새까매지고, 팔뚝에 알통도 불룩해지고, 허벅지는 근육도 갈라졌단 말이야! 으흑 흑흑흑……. 하나밖에 없는 동생을 근육 덩어리로 만들려고, 흑흑흑. 그거 알아? 나 그 성벽 돌기 하는 바람에 가슴팍에도 근육이 붙어 버려서 가슴도 납작해지고 있단……."

"세이나!"

점점 적나라해져 가는 세이나의 고백(?)을 끊어 준 사람은 아버지 데릭이었다.

그리고 그제야 정신을 차린 세이나가 황급히 손을 들어 자기 입을 막았다. 루딜이 함께 있다는 사실을 잠시 망각한 것이었다.

그 다음으로 맞이한 것은 리카이엔의 날카롭기 짝이 없는 눈빛이었다. 그리고 세이나의 입이 자동적으로 말했다.

"다, 당장 무장 챙겨서 돌게!"

물론 몸은 이미 내성 안쪽을 향해 달려가고 있었다. 그런 세이나의 뒷모습을 잠시 지켜보던 데릭이 리카이엔의 어깨를 두드리며 말했다.

"밀린 이야기는 저녁 시간에 하기로 하자꾸나. 네 어머니한 테 찻잎 말리는 걸 배우다가 나와서 얼른 들어가 봐야겠구나. 그런데 그전에… 저기 저 청년은 누구냐? 처음 보는 얼굴인데? 세이나도 아는 눈치고…….."

"신경 쓰지 마세요. 제가 데리고 다니는 병사예요."

루딜은 어디까지나 병사의 자격으로 이곳에 왔다. 그러니 철저하게 그렇게 대하는 것이 맞다.

그렇게 정리를 한 리카이엔이 뭔가 생각난 듯 물었다.

"그런데… 방금 찻잎 말리는 걸 배운다고 하셨어요?"

"후후, 그래. 그 일이 꽤나 번거롭고 손이 많이 가더구나."

그 말에 리카이엔이 잠시 놀란 표정을 지으면서도 빙긋 웃 어 보인다. 어머니가 절대 공개하지 않겠다던 찻잎 말리는 비 법을 결국 가르쳐 주기로 하셨나 보다.

"하하. 어머니, 원래 가르치는 사람은 엄해야 한다는 사실, 잘 알고 계시죠?"

리카이엔의 말에 어머니는 빙긋 웃었고, 아버지는 사색이 되었다. 그 모습을 본 리카이엔이 한층 더 편안한 미소를 지어 보인 후 방향을 돌려 나왔다.

"오셨습니까?"

내성 건물 밖으로 나오자 기다리고 있던 안톤이 절도 있게 고개를 숙이며 인사를 했다. 가볍게 고개를 끄덕이는 것으로 인사를 받은 리카이엔이 곧장 질문을 던졌다.

"출정 준비를 다 마쳤다고?"

"예, 선대 백작님의 명을 받고 서둘러 준비를 끝냈습니다. 언제라도 움직일 수 있으니 명령만 내려 주십시오."

"일단은 편안하게 쉬면서 현 상태만 유지하라고 해."

안톤이 애매한 미소를 지으며 말했다.

"편안하게 쉬는 게 가능할지 모르겠군요."

"음?"

"출정 준비를 끝내고 대기한 지 겨우 하룻밤에 안 됐는데 다들 좀이 쑤신 모양입니다."

그 말에 리카이엔이 피식 웃으며 고개를 끄덕였다.

"그렇다면 무리하지 않는 선에서 조금씩 몸을 풀어 주는 것도 나쁘지 않지."

"알겠습니다. 부상이 발생하지 않는 선에서 적당히 몸을 풀수 있도록 조치하겠습니다. 그런데……."

안톤이 잠시 말끝을 흐리며 리카이엔 뒤에 서 있는 루딜을 가리키며 물었다.

"누구십니까?"

한눈에도 비싸 보이는 고급 옷을 입고 있는 것이 귀족가의 사람인 듯한데 지금과 같은 시기에 다른 귀족이 온다는 게 이상했던 것이다.

리카이엔이 이제야 생각났다는 듯 아, 하는 소리를 내며 말했다.

"루딜이라고 이번에 데리고 온 놈이야. 네가 데리고 가서 적당한 곳에 배정해 줘라."

안톤이 얼굴에 한층 더 짙은 의아함을 내비치더니 고개를 갸웃거리며 물었다.

"지금 배정해 주라는 말인가요? 이제 조만간 출정을 할 텐데 괜찮을까요? 그리고 정말… 병사입니까?"

아무리 못 봐 줘도 귀족이었다. 입고 있는 옷만이 아니라 행동하는 모습 하나하나가 귀족의 예법에 맞아떨어졌다. 그런데 리카이엔이 병사라고 하니 난감한 것이었다.

"병사 맞아."

리카이엔이 단정적인 말투로 그렇게 대답을 하고는 루딜을 향해 다시 물었다.

"너, 병사지?"

그리고 루딜이 큰 소리로 외쳤다.

"예! 프로커스 백작령의 병사입니다!"

안톤은 멍한 표정으로 리카이엔과 루딜을 번갈아 보더니 결국 고개를 끄덕일 수밖에 없었다. 아무리 봐도 그렇게 보이지 않았지만, 본인이 그렇다고 우겨대는데 뭐라고 하겠는가.

그런데 일단 병사라는 말에 고개를 끄덕이기는 했지만, 여전히 석연찮은 부분이 남아 있었다.

"그런데 지금 바로 부대에 배정해도 되겠습니까?"

훈련이 덜 된 병사는 적군의 칼보다 더 위협적인 존재라는 것이 리카이엔의 평소 생각이었다. 그리고 현재 프로커스 백작군의 훈련 상태는 최고조였다. 그런 부대에 훈련이 덜 된 신참을 배치한다는 건 리카이엔의 그런 생각에 정확히 상반되는 일이었던 것이다. 게다가 지금 프로커스 백작군은 조만간 전쟁이 일어날지도 모르는 지역으로 출정을 준비하고 있지 않은가.

그때 가만히 듣고 있던 루딜이 불쑥 물었다.

"도대체 무슨 문제가 있는 건가요?"

그리고 그런 루딜의 반응에 안톤은 자신의 생각이 틀리지 않았다는 것을 확신했다. 루딜은 분명 귀족이었다. 일반 병사라면 영주와 기사단장이 이야기하는 중간에 끼어드는 식의 일은 상상도 못할 테니까. 물론 프로커스 백작군 내에서는 일상다반사로 일어나는 일이기는 했지만.

어쨌든 본인 스스로 병사라고 했으니 병사로 대접해 주는 수밖에 없었다.

그렇게 마음을 굳힌 안톤이 진지한 표정으로 물었다.

"자네, 저기 저거 보이나?"

안톤의 손짓을 따라 시선을 돌린 루딜의 눈에 들어온 것은 프로커스 백작성 외성벽 너머로 보이는 산꼭대기였다.

"예, 저기 저 산 말씀하시는 거지요?"

"그렇다네."

"보입니다만, 저 산에 무슨 문제라도 있는 건가요?"

"문제는 없네. 다만 물어볼 것이 있을 뿐. 자네는 저기 저 산을 하루에 몇 번이나 오르내릴 수 있겠나?"

뜬금없는 질문에 루딜은 잠시 저 멀리 보이는 산꼭대기를 살펴보았다.

아주 높은 산은 아니다. 천천히 올라간다면 대략 1시간 정도면 오를 수 있으리라. 그리고 내려오는 시간을 좀 더 짧게 생각해서 30분 정도로 잡으면, 올라갔다 내려오는 데 1시간 30분이면 충분해 보였다.

왕복에 1시간 30분. 밤에 산을 오를 수는 없고, 식사하는 시간도 생각해야 한다. 그렇게 대략적으로 시간을 가늠한 루딜이 대답했다.

"하루에 여섯 번 정도는 가능할 것 같습니다. 물론 체력이 받쳐 준다는 전제가 필요하기는 하지요."

그 말에 안톤이 피식 웃으며 말했다.

"우리 병사들은 아침 6시에 일어나 식사 전에 저길 한 번 뛰어 올라갔다 내려온다네. 그리고 아침 식사 후, 체력 훈련으로 점심 식사 전까지 다섯 번을 왕복한다네."

"헉! 지, 지금 뭐라고 하셨습니까?"

루딜이 믿을 수 없다는 얼굴로 물었다. 쉽게 말해 오전에만 여섯 번을 왕복한다는 뜻이 아닌가. 하지만 아직 안톤의 이야기는 끝난 것이 아니었다.

"그리고 점심 식사 후부터 저녁 식사 전까지는 기본적인 병과 훈련과 전술 훈련을 하고, 저녁 식사가 끝난 후에 몸 풀기로 한 번 더 올라갔다 오지."

"그, 그게 가능한 일입니까?"

저 산을 무려 일곱 번이나 왕복하고도 병과 훈련과 전술 훈련을 다 한다니. 아무리 생각해도 불가능한 일이었다.

잘 정련된 정예병으로 알려진 브렌 왕국의 왕국군도 그 정도로 훈련을 하지는 않는다. 아니, 그 정도로 훈련을 한다면 단련은커녕 다들 몸이 망가질 것이 분명했다.

적어도 루딜의 상식선에서는 그러했다.

안톤이 피식 웃으며 말했다.

"내가 말하지 않았나? 병사들이 좀이 쑤신 모양이라고."

"그게 설마 몸을 움직이지 않아서… 그러니까 훈련을 하지 않아서 좀이 쑤신단 말입니까?"

"그렇다네."

"그, 그런 게 어떻게 가능한……."

"인간의 몸뚱이가 가지는 적응력이라는 건 흔히 알고 있는 것보다 훨씬 더 높거든."

그리고 그 적응은 가끔 중독의 수준까지 가기도 한다. 프로커스 백작군의 훈련도 그 좋은 예다.

처음에는 대부분의 병사들이 서너 번 오르내리기도 전에 토

악질을 해대고 혼절하는 이들도 속출했다.

하지만 시간이 지나고 점점 체력이 붙으면서 하루에 대여섯 번은 너끈히 오르내릴 수 있게 되더니, 이제는 오르내리기를 다 하고도 병과나 전술 훈련까지 소화할 수 있을 정도의 체력이 되었다.

그리고 이제는 제대로 몸을 혹사시키지 않으면 좀이 쑤시고 갑갑한 기분을 느낄 정도까지 된 것이었다. 이른바 훈련 중독이 된 것이다.

물론 거기까지 이르는 과정이 쉽지는 않았다. 어지간한 사람들은 제대로 며칠도 버티지 못할 정도로 과격하고 혹독한 훈련이기 때문이었다.

하지만 리카이엔은 단순히 혹독하게 훈련만 시킨 것은 아니었다.

지저분하고 열악하던 병사들의 막사를 편안하고 깨끗한 막사로 만들어 주었고, 두둑한 녹봉과 기름지고 훌륭한 식사 등등 훈련 외의 부분에 한해서는 누구도 부럽지 않은 환경을 만들어 주었다.

그리고 병사로 있는 한 그들의 가족들에게도 많은 혜택을 누릴 수 있게 해 주었다.

혹독하기는 하지만, 그 훈련만 견뎌 낸다면 아주 많은 보상이 따라오는 것이었다.

그럼에도 불구하고 그 많은 보상을 마다하고 포기하는 병사들도 많았다. 하지만 그렇지 않은 병사들이 더 많았고, 그 결과 프로커스 백작군은 그 어떤 군대보다 훌륭한 정예들로 구성된 군대가 된 것이었다.

그 모든 것이 전생에 말단 병사로 인생을 시작한 리카이엔의 경험을 토대로 만들어진 제도였다. 그가 느꼈던 부족한 점들, 아쉬운 것들을 자신의 군대에 적용시켰던 것이다.

물론 그렇게 군대를 운용하기 위해서는 막대한 돈이 든다. 지금이야 클레우스의 던전에서 털어 온 돈으로 감당하고 있지만 그 돈도 한계가 있는 법. 하루라도 빨리 영지의 재정을 늘릴 수 있는 정상적인 방안이 필요했다.

하지만 그것은 리카이엔이 고민할 일이 아니었다. 행정총관인 라울과 각 부서의 행정관들이 알아서 할 일들.

루딜은 뭐라고 말도 못한 채 멍한 표정으로 서 있을 뿐이었다.

프로커스 백작군이 수적 열세에도 불구하고 리온 자작군을 이겼다는 이야기를 들었을 때 꽤나 강군이라는 생각은 했지만, 이 정도일 거라고는 상상도 못했던 것이다.

루딜을 가만히 바라보던 안톤이 리카이엔 쪽으로 시선을 돌리며 눈으로 물었다. 이런 상태인데도 부대에 배치해도 괜찮겠느냐는 의미였다.

하지만 리카이엔은 아무렇지도 않은 표정으로 말했다.

"일단 집어넣어. 우리 군에 적응을 하든, 적응 못하고 부대

원의 발목을 잡든 모두 자기 책임이라는 것 정도는 아는 놈이니까. 뭐, 못하면 거기까지밖에 안 되는 놈인 거고, 나는 그런 놈은 필요 없으니까."

"네?"

안톤이 거듭 놀란 표정으로 말했다. 평소 리카이엔의 생각과는 너무 맞지 않는 결정이었다. 그가 아는 리카이엔은 아무리 자질이 훌륭해도 제대로 단련되지 않은 자를 자기 부대에 넣을 리가 없기 때문이었다.

하지만 리카이엔이 한 말은 안톤에게 한 것이 아니었다. 루딜에게 들으라고 한 말이었다.

제대로 못하면 세이나의 마음을 얻을 수 없는 것은 물론 목숨도 부지할 수 없을 거라는 일종의 협박.

그 의미를 제대로 파악한 루딜이 큰 소리로 외쳤다.

"반드시 적응해 보이겠습니다!"

그리고 리카이엔이 피식 웃었다. 어떤 면에서 보면 가장 다루기 쉬운 부류는 풋수가 아닐까 하는 생각이 언뜻 그의 머릿속으로 스쳐 지나갔다.

"라울은 뭘 하고 있지?"

안톤이 왔다면 라울도 왔어야 하는데 보이지 않아 물어보는 것이었다.

"며칠 전에 토지 정리가 다 끝나서 확인을 하러 갔습니다."

"음? 벌써?"

라울과 토지관 홀벤이 함께한다면 꽤 빠른 결과를 볼 수 있을 거라 예상은 했지만, 이렇게 빨리 마무리될 거라고는 생각하지 못했던 것이다.

리카이엔이 흡족한 표정으로 고개를 끄덕이며 말했다.

"언제 돌아오냐?"

"일정대로 움직인다면 모레 영지로 복귀할 겁니다."

"모레라……. 아직 시간은 있으니 괜찮겠지."

그때, 내성 안에서 늘씬한 인영 하나가 후다닥 뛰쳐나왔다.

철컥철컥, 타다다닥!

미처 무슨 일인지 파악하기도 전에 세 사람을 스쳐 지나가는 작은 인영. 완전무장을 하고 성문을 향해 뛰어가는 세이나였다.

"지, 지금 혹시……."

잠시 멍한 표정으로 그 뒷모습을 지켜보던 루딜이 불안한 목소리로 물었다.

그리고 리카이엔이 크게 고개를 끄덕였다.

"그래, 세이나다. 프로커스 백작령의 사람 중 검을 쥐려면 저 정도는 되어야지."

라울의 표정이 또 한 번 경악으로 물들었다. 기사의 갑옷은 굉장히 무거운 물건이었다. 그런데 세이나는 그 갑옷을 완전히 차려입은 상태로도 평소의 자신보다 더 빠르게 뛰어가는 것이 아닌가.

과연 세이나를 상대로 이길 수 있을까?

그렇게 루딜이 깊은 고민에 잠겨 있는 사이 리카이엔은 성큼성큼 걸음을 옮기고 있었다.

"나는 기사단 막사로 가 볼 테니 넌 저놈 집어넣고 와라."

"예, 백작님!"

프로커스 백작성 안에는 두 개의 막사가 있었다. 하나는 성의 외곽, 성벽 안쪽에 바싹 붙어 있는 위치에 마련된 커다란 막사로 거대한 연무장이 있었다.

바로 프로커스 백작군의 막사인데 하루도 쉬지 않고 이어지는 격한 훈련으로 인해 인근에 사는 주민들이 먼지 때문에 크게 고생을 할 정도였다.

그리고 또 하나는 내성 안에 만들어져 있는 기사들의 막사. 이곳 역시 하루도 쉬지 않고 이어지는 격한 훈련으로 함성이 떠나지 않는 곳이었다.

게다가 병사들의 막사와는 달리 그 훈련이 과격하다 못해 살벌한 지경까지 가 있었다.

"흐아아아앗!"

우렁찬 기합과 함께 열 명 남짓의 기사들이 뿌연 먼지를 일으키며 달리기 시작했다.

웃통을 벗어젖힌 채 얼굴과 몸의 급소에는 나무판 위에 여러 겹의 천과 솜을 덧댄 보호대를 차고 있고, 손에는 가죽에 잔뜩 솜을 넣은 장갑을 착용한 상태였다. 특징적인 것이 있다면 보호구나 장갑이 모두 검은색이라는 점.

"와아아아아!"

뒤이어 터져 나오는 또 하나의 함성. 달려가는 기사들의 맞은편에서도 10여 명의 기사들이 뛰어나오고 있었다. 그들 역시 맞은편에서 달려오는 기사들과 비슷한 차림이었다. 다른 점은 보호구와 장갑이 흰색, 정확하게는 때가 잔뜩 낀 흰색이라는 정도.

프로커스 백작령 기사단의 훈련 중 하나였다. 열 명이 한 조로 구성되어 아무것도 없는 맨몸으로 상대편을 쓰러트리고 상대 조의 대장을 잡으면 끝이 나는 모의전이었다.

평소에는 바지 하나만 입은 채 하는 훈련이었지만, 지금은 언제 출정할지 모르기 때문에 부상을 방지하기 위해 보호대를 착용한 것이었다.

승리한 조에게는 시원한 맥주와 달콤한 휴식이 주어지지만, 패배한 팀에게는—병사들 사이에서도 훌륭한 체력으로 선발되고 그 후에도 꾸준히 체력 훈련을 한 기사들조차 앓아누울 정도로—혹독한 체력 훈련이 기다리고 있었다.

그러니 지지 않기 위해 혼신의 힘을 다하는 것이 당연했고, 그 탓에 꽤 심각한 부상도 자주 나오는 편이었다.

치열한 훈련을 통해 극한의 상황에 몰려서도 물러서지 않을 수 있는 투지를 기르기 위해 리카이엔이 만들어 낸 훈련 방법이었다.

그런데 지금 펼쳐지고 있는 모의전은 조금 이상했다. 구경하는 기사들 역시 뭔가 기대 가득한 눈으로 모의전을 지켜보고 있었다.

특히 검은 보호대를 착용한 3조 기사들은 시뻘겋게 충혈된 눈으로 상대인 흰색 보호대를 착용한 2조를 향해 달려가고 있었다.

스무 명의 기사들이 한가운데에서 동시에 부딪쳤다.

퍽, 퍼버벅!

"크하아악!"

뿌연 먼지 속에서 비명인지 함성인지 분간이 가지 않는 괴성이 터져 나온다. 그 사이로 쉬지 않고 울려 퍼지는 격렬한 타격음.

"이런 씨부럴!"

한 기사가 쌍코피가 줄줄 흐르는 얼굴로 악다구니를 쓴다. 동시에 뻗어 나간 주먹이 한 치의 오차도 없이 마주 보고 있는 상대 조 기사의 면상을 후려갈긴다. 방금 그의 코에서 쌍코피를 터트린 기사였다.

둘 다 코에서 쌍코피가 흘러 입술과 이빨, 그리고 턱을 붉게 물들이고 있지만, 다시 주먹을 뻗는 데 조금의 주저함도 없다.

쩍, 쩍!

다시 한 번 두 기사의 주먹이 허공에서 교차했다. 둘 다 똑

같은 생각을 했는지 턱에 한 방씩 맞고 비틀거리며 두 걸음씩 물러선 후 고개를 쳐들었다.

하지만 차이는 있었다. 검은 보호대를 입은 기사가 조금 더 빨랐다. 물론 주먹 역시 조금 더 빨랐다.

빠아아악!

다시 한 번 내지른 주먹이 흰 보호대를 입은 기사의 명치에 쑤셔 박혔다.

"커허어억!"

숨이 멎을 듯한 충격에 흰 보호대를 착용한 기사의 허리가 직각으로 꺾였다. 그리고 고개가 숙여지자마자 눈에 들어오는 것은 검은 보호대로 싸여 있는 무릎.

뻐어어억!

그대로 이마를 강타당한 기사가 바닥으로 쓰러지고, 그를 쓰러트린 기사가 다음 상대를 찾으려는 순간.

휘청!

갑자기 중심이 불안해지면서 상체가 흔들린다. 그리고 뒤이어 다가오는 격렬한 통증.

"아아아아악!"

입에서 긴 비명이 터져 나왔다. 그가 쓰러트린 흰 보호대를 입은 기사가 다리를 붙들고는 종아리를 깨물었던 것이다.

두 기사의 싸움은 순식간에 드잡이질로 변했다.

모든 싸움이 그렇게 흐르고 있었다. 검은 보호대를 착용한

3조의 기사들은 뭔가에 홀린 듯 아주 강한 의지, 혹은 투지를 내보였다. 그리고 흰 보호대를 착용한 2조의 기사들은 훨씬 더 끈질겼다.

순식간에 절반 정도의 기사들이 바닥을 구르며 드잡이질을 하기 시작했다. 서 있는 절반의 기사들도 크게 다르지 않았다. 물어뜯는 것은 예사고 심지어 서로 머리끄덩이를 잡아당기는 기사들까지 보였다.

우스꽝스럽지만 표정만큼은 살벌하기 짝이 없는 싸움.

도저히 기사들의 모의전이라고는 생각하기 어려운 광경이었지만, 리카이엔은 이런 모습조차 장려하는 편이었다.

겉모습에 집착해서 맞지 않을 칼을 맞는 것보다 살아남는 것이, 그리고 이기는 것이 더 중요하다고 생각하기 때문이었다. 물론 지금 싸우는 2조와 3조는 그런 것을 염두에 둔다고 해도 평소보다 훨씬 더 처절하고 질겼다.

그 모두가 흰 보호대를 착용한 2조의 대장, 프로커스 백작령 기사단의 홍일점 율리아 때문이었다.

모의전을 하기 직전, 3조 대장 겔드론과 신경전을 벌이던 율리아가 겔드론의 짓궂은 도발에 울컥해서 한층 더 도발적인 말을 해 버린 탓이었다.

'우리 2조를 이기면 너희 3조 놈들 전부한테 딥키스를 해 주마. 대신, 우리가 이기면 3조는 죄다 홀딱 벗고 성벽 따라 돌기다. 겁나면 찌그러지시든가!'

어디에 내놔도 빠지지 않을 미모를 가진 율리아의 키스가 걸려 있는 모의전. 3조 기사들의 투지가 격하게 타오를 수밖에 없었던 것이다.

졌을 경우 홀딱 벗은 채 돌을 짊어지고 성벽을 따라 돌아야 한다는 사실은 눈에 들어오지 않았다.

물론 특별히 율리아에게 음흉한 마음을 먹고 있는 기사들은 없었다.

하지만 모두 혈기 왕성한 남자들. 이상한 마음을 먹지 않는 다 해도 아주 달콤할 것이 분명한 보상이었던 것이다.

"이런 제길! 오랜만에 왔는데 이게 뭔 꼴이야!?"

율리아가 주춤주춤 뒤로 물러서며 앙칼지게 외쳤다. 그리고 그녀의 앞에는 세 명의 3조 기사들이 느릿한 걸음으로 거리를 벌리며 포위 진형을 만들고 있었다.

"으흐흐흐흐!"

무슨 생각을 하는지 금방이라도 침이 뚝 떨어질 것처럼 살짝 벌어진 입에서 연방 묘한 웃음이 흘러나온다.

2조 기사들은 끈질기게 버텼지만 결국 3조 기사들의 불타오르는 투지를 막을 수 없었다. 3조 기사들 중 일곱 명을 끌어안고 장렬하게 전사(?)한 것이 그들이 할 수 있는 최선이었던 것이다.

그리고 나머지 세 명.

"율리아~ 이제 그만 포기하시지……."

3조 조장 겔드론이 이미 다 이겼다는 듯 기대감 가득한 얼굴로 말했다. 그 사이 세 기사는 세 방향에서 율리아를 향해 다가서고 있었다.

율리아의 실력이 무섭기는 하지만 그것은 어디까지나 활을 들고 있을 때. 아무것도 없는 맨손으로 세 명을 이길 수는 없을 것이라는 게 그들의 생각이었다.

"끝이다—!"

겔드론의 외침과 동시에 세 기사가 율리아를 향해 달려들었다. 후려치듯 휘두르는 손바닥이 향하는 곳은 율리아의 엉덩이. 평소 짓궂게 말하는 것만큼 하는 짓도 짓궂기 짝이 없었다.

전광석화처럼 뻗은 손바닥이 율리아의 엉덩이를 찰싹 때리려는 찰나.

쉐에에엑!

세찬 파공성과 함께 싸늘한 무언가가 겔드론의 얼굴을 향해 날아들었다.

"흡!"

율리아의 엉덩이를 때려 주기 위해 뻗은 손 때문에 이미 중심이 앞으로 쏠려 있는 상황. 공격이 날아든다는 것을 알고 있었지만 피할 수가 없었다.

짜아악!

요란한 소음과 함께 겔드론의 고개가 휙 하고 돌아갔다.

"치한한테는 싸대기가 약이다!"

하지만 그것은 단순한 싸대기가 아니었다.

쩌엉!

젤드론은 거대한 워 해머로 머리를 후려친 듯한 충격에 다리가 꼬이고 중심이 무너지는 것을 느끼고 있었다.

젤드론은 아주 중요한 사실 한 가지를 망각하고 있었던 것이다.

율리아의 장궁이 특별히 제작된 무거운 장궁이라는 사실을, 그리고 그런 장궁으로 연사를 날리려면 얼마나 강한 힘이 필요한지를 말이다.

"마, 망할……. 이게 여자 손이…냐?"

젤드론은 자신의 혀가 꼬이고 있다는 걸 느꼈다. 동시에 시야에 들어온 사물들이 이상하게 뒤틀려 보인다 싶더니 순식간에 눈앞이 깜깜해졌다.

털썩!

젤드론이 기절한 순간, 나머지 두 기사가 협공을 들어왔다. 그제야 율리아의 팔 힘이 얼마나 무서운지 새삼 깨달았던 것이다.

하지만 망각한 것은 그것만이 아니었다. 아무리 먼 거리에 있어도 정확하게 분간해 내는 눈, 그리고 그만큼이나 탁월한 동체시력.

율리아의 눈에 두 사람의 협공은 하품이 나올 지경이었다.

파악, 퍽!

연달아 터져 나온 타격음. 서로 다른 방향에서 주먹을 뻗은 두 사람이 서로의 주먹에 맞고 부르르 몸을 떨고 있었다. 그 사이에서 율리아는 쪼그리고 앉은 채 주먹을 뻗고 있었다.

정확하게 두 사람의 낭심을 향해.

"어, 어어어……!"

퍼억!

두 사람이 동시에 거품을 물고 쓰러졌다. 그리고 율리아가 자리에서 일어나 외쳤다.

"야! 3조 저것들, 다 벗겨!"

짝짝짝짝!

그때 기사들 사이에서 갑자기 박수 소리가 울려 퍼졌다. 순간, 모든 기사들의 시선이 한 곳으로 쏠렸다.

2조와 3조의 싸움을 구경하는 바람에 어느새 찾아온 리카이엔이 함께 구경하고 있다는 사실을 까맣게 모르고 있었던 것이다.

"오셨습니까!"

페르온의 외침과 동시에 모든 기사들이 리카이엔을 향해 반가운 표정으로 인사를 건넸다.

"그동안 훈련을 잘하고 있었겠지?"

리카이엔의 물음에, 지금 자리에서 가장 선임자인 페르온이 대표로 대답했다.

"물론입니다."

확실히 모두들 얼굴이 새까맣게 탄 것과 더불어 얼굴에 자신감이 넘치는 모습이었다. 실제로 보지 않고 확신할 수는 없지만, 기사들 사이에 흐르는 분위기만 보아도 많은 성과가 있었다는 것을 짐작할 수 있었다.

리카이엔이 기분 좋게 고개를 끄덕인 후 율리아를 향해 물었다.

"먼저 가더니 사내놈들 옷이나 벗기고 있냐?"

율리아는 엘리샤를 데리고 먼저 출발했고, 리카이엔은 루딜의 일을 처리하고 카이스와 동행하면서 며칠의 차이가 생겼다. 그 덕에 율리아는 며칠 먼저 도착해 기사들의 훈련에 합류한 것이었다.

율리아가 대답 대신 뒤통수를 긁적거리자, 리카이엔이 굳은 표정으로 말했다.

"아무리 그래도 영지군의 핵심인 기사들이 대낮에 벌거벗고 성벽을 돌면 영지민들이……."

꿀꺽!

리카이엔이 말끝을 흐리자 쥐 죽은 듯 조용했던 연무장에 누군가의 침 넘기는 소리가 크게 울렸다.

리카이엔은 평소에는 기사들과 웃고 즐기며 격의 없이 지내는 편이었지만, 엄할 때는 더없이 무서운 사람이었다.

그런 그가 굳은 표정을 지으니 다들 긴장하는 것은 당연한 일이었다.

리카이엔이 여전히 굳은 얼굴로 주위의 기사들을 훑어본 후 말을 이었다.

"재미있어 하겠지?"

"네?"

한 기사가 자신의 귀를 의심하며 되묻는 순간, 리카이엔이 큰 소리로 말했다.

"저것들 얼른 벗겨!"

Chapter 3.

전황

"후우~!"

길고 무거운 한숨이 새어 나왔다. 그리고 깊이 숨을 들이마신 후 다시 한 번 처음의 그 한숨을 뿜어낸다.

고르온 공작의 아침은 항상 그렇게 두어 번의 한숨과 함께 시작되었다. 그리고 한숨 뒤에는 몇 마디 큰 의미 없는 넋두리가 이어진다.

"오늘도 또 그 짓을 해야 되는 건가?"

고르온 공작은 항상 정력적이고 매사에 의욕적인 사람이었다. 일부러라도 한숨을 짓거나 혼잣말로 멍하니 넋두리를 늘어놓는 일은 절대 하지 않았다.

그런데 갑자기 한숨을 푹푹 내쉬고 넋두리를 늘어놓는 등의 버릇이 생긴 것은 요 며칠 사이의 일이었다.

야전용이기는 하지만 상당히 고급스럽고 편안한 침대에서

몸을 일으킨 고르온 공작이 느릿하게 걸음을 옮겨 천막 입구를 막고 있는 휘장을 젖혔다.

강렬한 햇빛과 함께 고르온 공작의 시야에 들어온 것은 단단하게 솟아올라 있는 거대한 성벽. 최근 그에게 한숨짓는 버릇을 만들어 준 문제의 대상, 바로 브렌 왕국의 서부 관문인 세르오넨 요새였다.

흔히 말하는 난공불락.

세르오넨 요새가 그 난공불락의 요새였다. 아무리 두드려도 흠집 하나 나지 않는 견고한 성채.

고르온 공작이 또다시 긴 한숨을 내쉬며 중얼거렸다.

"하아~! 오늘도 뺨 맞으러 가야 되나?"

저 요새를 공격하는 것은 꼭 도도한 여성에게 프러포즈를 하고 번번이 뺨을 얻어맞는 것 같은 기분이었다.

그리고 그런 기분을 느낄 때마다 떠오르는 것은 첫 번째 요새 공략전이었다.

세르오넨 요새가 난공불락의 성채라는 것은 이미 잘 알려진 사실이었다. 험준한 두 개의 산맥 사이로 난 길을 가로막고 있는 성벽은 높고 단단해 어지간한 공성용 사다리로는 성벽 위에 닿을 수도 없을 정도였다.

과거, 델로스 왕국이 브렌 왕국보다 스타넨 왕국을 목표로 한 이유 중의 하나가 바로 이 세르오넨 요새 때문이었을 정도로 이 성채는 견고했다.

그럼에도 불구하고 스타넨 왕국에서 브렌 왕국으로 목표를 변경하고 세르오넨 요새를 공격하기로 마음먹은 이유는 다시 오지 않을 기회를 맞이했기 때문이었다.

바로 내통자였다.

델로스 왕국군의 기습부대가 세르오넨 성벽의 북쪽과 이어져 있는 인볼드 산맥으로 올라가 성 안쪽으로 기습하는 사이 내통자가 성문을 열어 주기로 되어 있었다.

하지만 계획은 보기 좋게 실패했다. 내통자가 사전에 발각되는 바람에 오히려 적이 파 놓은 함정에 빠져 아까운 병력만 잃은 것이었다.

'그때 바로 군대를 뒤로 물렸어야 하는 건데……'

고르온 공작이 보기에는 그게 옳은 판단이었다. 나중에 배상금을 어느 정도 지불한다 해도 일단은 깨끗하게 포기를 해야 했다.

하지만 국왕은 절대 포기할 생각이 없었고, 그 탓에 총사령관으로 임명된 고르온 공작만 매일매일 뺨을 얻어맞는 상황에 처한 것이었다.

그때의 실패를 생각하니 갑자기 속이 쓰려 왔다.

"후우~!"

고르온 공작은 이 속 쓰림이 버릇이 될 것 같은 불길함에 부르르 어깨를 떨었다. 하지만 차라리 그 정도로 마무리되었으면 하는 것이 그의 바람이었다. 평소에는 이곳에서 전사할 것 같은 불안감을 느끼기 때문이었다.

그때 누군가 이쪽을 향해 달려왔다.

"아버지, 벌써 일어나셨어요?"

경험을 쌓겠다며 이번 원정에 지원한 고르온 공작의 아들 그레인이었다.

"이 녀석, 여기서는 사령관이라고 부르라니까!"

"아아~ 예, 알겠습니다! 사령관님!"

"쯧쯧……."

공작이 혀를 차며 마뜩찮은 표정으로 아들을 훑어보았다.

고르온 공작가는 영지는 없지만 선조 때부터 기병장관을 무려 열 명이나 배출한 명문의 무관(武官) 가문이었다.

하지만 고르온 공작은 그것도 자신의 대(代)에서 끝났다고 생각했다. 아들에게서는 아무리 봐도 무관으로서의 자질이 보이지 않았기 때문이었다.

그래도 핏줄은 어쩔 수 없는 법. 자원해서 군으로 들어와 어떻게든 가문의 영광을 이어 가겠다고 나서는 모습이 한편으로는 대견스럽기도 했다.

자신을 묘하게 훑어보며 각양각색의 표정을 짓고 있는 아버지의 모습에 그레인은 밝은 갈색의 고수머리를 긁적이며 천진난만한 미소를 지어 보였다.

"히히, 왜 그러세요?"

아들의 모습을 보며 고르온 공작은 묘하게 서글픈 미소를 지었다. 나이가 스물이면 이제 자기 스스로 길을 개척할 때였다. 그런데 아들은 아직 철도 들지 않은 것 같으니 한층 더 묘한 기분이 들었던 것이다.

하지만 그것도 잠시, 짐짓 사나운 표정을 지어 보이며 큰 소리로 물었다.

"아니다, 이 녀석아. 그래, 무슨 일이냐?"

"지금 시간에 찾아왔으면 뻔하죠."

"아침 먹을 시간인 모양이구나."

"바로 그거예요."

"그래, 가자꾸나. 싸움도 먹어야 하지."

아들과 나란히 걸음을 옮기며 고르온 공작이 독백처럼 중얼거렸다.

"오늘은 뭐 좀 새로운 이야기라도 나오려나……."

"글쎄요. 별로 그럴 것 같지 않은 표정들이던데요."

"에휴, 그런 놈들을 데리고 전쟁을 하러 오다니. 내 팔자도 참 기구하구나."

곧 있을 전술회의를 두고 하는 말이었다.

고르온 공작은 아침 식사를 하는 것과 전술회의를 동시에 진행하는 편이었다. 일생 중 절반의 시간을 야전에서 보낸 탓에 생긴 버릇이었다.

군 수뇌부 전용의 식당으로 세워 놓은 커다란 야전용 천막으로 들어서자, 안에 있던 지휘관급 귀족들이 일제히 몸을 일으켰다.

고르온 공작이 자리에 앉으며 수하들을 향해 어서 앉으라는 손짓을 해 보였다.

"음?"

한자리에 모인 수하들의 얼굴을 쭉 훑어보던 고르온 공작의 시선이 한 곳에 고정되었다. 알고는 있지만 반갑지 않은 얼굴이 긴 식탁의 맞은편에 서 있는 것을 보았던 것이다.

"헤이즌 의전관?"

의전관이란 궁내부 소속으로 국왕을 비롯한 왕족들의 수행관이었다. 그리고 지금 고르온 공작 앞에 나타난 이는 국왕의 의전관인 헤이즌 자작이었다.

"오랜만에 뵙습니다, 고르온 공작 각하."

헤이즌 자작의 인사에 딱딱하게 얼굴을 굳힌 고르온 공작이 인사치레도 없이 바로 본론을 꺼냈다.

"무슨 일인가?"

"폐하의 칙서를 전하러 왔습니다."

"그렇군. 얼른 주고 가 보게나."

길게 이야기를 섞기가 싫은 듯 고르온 공작이 날벌레라도 쫓듯 손을 휘휘 저었다. 하지만 헤이즌 자작은 빙긋 미소를 지으며 입을 열었다.

"먼 길을 왔는데 아침 식사 정도는 대접해 주서도 좋을 것 같습니다만?"

고르온 공작의 얼굴이 한층 더 심하게 일그러졌다. 그리고 그런 표정을 숨기려는 노력도 하지 않은 채 오히려 더욱 싫은 기색을 내비치며 말했다.

"전장에서의 식사가 자네 입에 맞지는 않을 텐데?"

"괜찮습니다. 한때 썩은 빵으로 목숨을 연명한지라 식성이 좋은 편이거든요."

"그랬나? 그럼 먹고 얼른 가 보도록 하게."

고르온 공작은 눈앞에 있는 헤이즌 자작을 병적으로 싫어했다. 원래는 국왕의 의전관으로 별다른 관심을 두지 않았던 헤이즌 자작을 이렇게나 싫어하게 된 계기는 다름 아닌 이번 브렌 왕국 원정이었다.

고르온 공작의 판단에 따르면, 델로스 왕국은 휴전의 기간 동안 스타넨 왕국을 정벌할 수 있을 정도의 군사력을 모은 상태였다.

물론 한 나라를 밀어낸다는 것이 간단한 일은 아니다. 상당한 피해를 감수해야 했다. 하지만 어쨌든 스타넨 왕국을 정복하고 대륙의 동부 해안 일부를 차지하는 것이 가능한 전력이었다.

그런데 뜬금없이 나온 이야기가 브렌 왕국 원정이었다. 그리고 그 브렌 왕국 원정이 최종적으로 결정되는 데 핵심적인 역할을 한 몇 명의 인물 중 하나가 바로 헤이즌 의전관이었던 것이다.

그 덕분에 매일매일 뺨을 얻어맞아야 하는 고르온 공작이 헤이즌 자작을 좋게 볼 수가 없는 것은 당연한 일이었다.

그럼에도 불구하고 헤이즌 자작은 미소를 머금은 채 식탁의 자리 하나를 차지하고 앉았다.

넉살이 좋은 건지 작정하고 부아를 돋우는 건지 분간이 가지 않는 모습. 하지만 고르온 공작은 의심할 여지도 없이 후자라고 생각하며 헤이즌 자작을 노려보았다.

그런데 헤이즌 자작은 그보다 한술 더 뜬다.

"그런데 폐하의 칙서는 보지 않으시는 겁니까?"

"봐야지."

무슨 내용인지는 보지 않아도 뻔히 알 수 있었다. 어서 세르오넨 요새를 함락하고, 브렌 왕국의 영토로 쳐들어가라는 내용일 것이다. 물론 그렇다고 보지 않을 수는 없는 일.

고르온 공작이 손을 내밀자, 부관이 다가와 편지 한 통을 내밀었다. 편지의 내용은 공작이 예상했던 것과 조금도 다르지 않았다.

'후우~!'

공작은 속으로 긴 한숨을 내쉬며 갑갑한 표정으로 주위에 있는 지휘관들을 훑어보았다. 그들 역시 편지의 내용을 짐작하고 있는 듯 공작과 크게 다르지 않은 표정이었다.

그리고 그런 지휘관들의 마음과 달리 공작의 마음을 무겁게 짓누르는 또 하나의 불안감.

'저들이 성문을 열고 역공이라도 나서게 된다면……?'

공성전과 수성전은 둘 다 성벽을 사이에 두고 벌이는 전투라는 점에서는 동일하지만, 아주 극명한 차이가 있다. 그중 가장 큰 차이는 피로의 누적이다.

수성전 역시 극도의 긴장감과 격한 피로를 느끼게 하지만, 공성전은 그보다 훨씬 더 강한 피로가 쌓인다. 그것이 여러 번 겹치면서 누적되는 피로는 상상도 못할 수준.

그런 때에 적들이 성문을 열고 이쪽을 공격하고 나선다면?

그때는 오히려 이쪽이 크게 패배할 가능성이 아주 컸다. 그리고 고르온 공작의 예상으로는 그 일이 생각보다 빨리 일어날 것 같았다.

'하아! 저 망할 놈!'

그렇게 생각을 하고 보니 큼직한 고깃덩이를 썰고 있는 헤이즌 자작이 한층 더 미워졌다. 도대체 왜 브렌 왕국을 공격한단 말인가?

고르온 공작으로서는 죽을 때까지 풀 수 없는 문제였다.

크게 심호흡을 하며 마음을 진정시킨 고르온 공작이 헤이즌 자작을 향해 말했다.

"폐하께 하루라도 빨리 낭보를 전하고자 혼신의 힘을 다하겠다 전해 주게."

"그러겠습니다."

"그런데 아직 다 안 먹었나?"

"정녕 폐하의 뜻이 그러하단 말이오?"

브렌 왕국 서부 변경백 발센 후작의 얼굴에 살짝 그림자가 드리워졌다. 그와 마주 앉아 있던 서부군 사령관 아델 후작이 천천히 고개를 끄덕인 후, 봉투 하나를 꺼내 발센 후작에게 내밀었다.

"델로스 왕국의 이번 도발이 발생하기 전에 국왕 폐하께서 내게 보낸 밀지요."

조심스레 봉투 안의 편지를 꺼내 읽어 내려가던 발센 후작의 낯빛이 또 한 번 변했다.

편지의 전반부는 조만간 델로스 왕국의 침공이 있을 테니 델로스 왕국이 눈치채지 못하는 한도 내에서 미리 대비하고 있으라는 내용이었다.

"설마 폐하께서는 델로스 왕국이 이렇게 나오리라는 걸 알고 계셨단 말이오?"

"서부군이 이렇게 빨리 모일 수 있었던 이유가 바로 폐하의 밀지 때문이었소. 미리 말을 해 주었으면 좋았겠지만, 일단은 비밀에 부치라는 명이 있었기에 그리할 수는 없었소이다."

"하지만 폐하께서 어떻게 이런 사실을 미리 알고 계셨단 말이오?"

"거기까지는 나도 알 수 없소이다."

"으음……."

편지 후반부의 내용은 더욱 기가 막혔다.

델로스 왕국이 침략하는 즉시 중부군을 파견할 예정이니 변방군과 서부군, 파견된 중부군 2개 사단, 그리고 왕국 서부의 영지군을 통합하여 국경을 넘으라는 내용이었다.

잠시 편지의 내용을 곱씹어 보던 발센 후작이 한층 목소리를 낮춰 물었다.

"델로스 왕국의 국경을 넘으라는 것이 단순히 그들의 도발에 대한 보복이오? 아니면……."

말끝을 흐리는 발센 후작을 향해 아델 후작이 의미심장한 표정으로 말했다.

"나 같은 일개 장수가 폐하의 의중을 완전히 파악할 수는 없지만, 미리 알고 있었음에도 불구하고 비밀리에 이런 준비를 하셨다면 아무래도……."

뭐라고 확답을 하지는 않았지만 그 말 속에 들어 있는 의미는 너무나 분명했다.

'델로스 왕국을 정복하시겠다는 건가…….'

미리 알고 있었음에도 불구하고 변경백인 자신에게조차 비밀로 하고 이런 준비를 했다면 달리 생각할 수 있는 것이 없었다.

거기까지 생각하던 발센 후작의 머릿속에 갑자기 무언가가 떠올랐다.

델로스 왕국의 공격이 있기 며칠 전, 그의 부관 중 한 명인

도겔 자작이 이상한 보고를 했었다. 기병대장인 넨드 남작의 낌새가 이상하다는 내용이었다.

보고를 받은 발센 후작이 넨드 남작을 주시했지만 별다른 특이점이 보이지는 않았다. 하지만 신중한 성격의 도겔 자작이 한 말이기에 혹시나 하는 마음에 넨드 남작을 암암리에 감시하기로 했다.

그리고 어느 날 밤, 넨드 남작이 자신의 심복들을 데리고 은밀하게 성문을 향해 다가가는 것을 발견했다. 바로 델로스 왕국군이 공격해 오던 밤이었다.

넨드 남작은 델로스 왕국군과 내응하여 성문을 열어 주려 했던 것이다.

다행히 그러한 시도를 미리 막을 수 있었고, 덕분에 델로스 왕국군의 공격 역시 어렵지 않게 막아 내었다.

하지만 지금 생각해 보니 이상했다. 당시 발센 후작은 넨드 남작에 대해 아무런 이상한 느낌을 받지 못했다. 만일 신중한 성격의 도겔 자작이 말하지 않았다면 그를 주시하는 일도 없었으리라.

당시에는 도겔 자작의 꼼꼼한 성격 덕분이라고 생각했었는데, 국왕의 이야기를 듣고 보니 그렇지 않을 수도 있다는 데 생각이 미친 것이었다.

"혹시 도겔 자작도 이 사실을 미리 알고 있었소?"

신중한 성격 덕분에 넨드 남작의 배신을 알아챈 것이 아니라 국왕을 통해 그 사실을 미리 알고 있었을 수도 있다는 생각이 든 것이었다.

발센 후작의 물음에 아델 후작이 의미심장한 미소를 지으며 말했다.

"그건 나도 잘 모르겠소만… 왜 그런 생각을 하시오?"

"폐하께서 델로스 왕국의 도발을 사전에 알고 계셨음에도 불구하고 요충지인 이곳 세르오넨 요새에 신경을 쓰지 않았다는 것은 이상한 일이 아니오? 만일 넨드 남작을 미리 처단하지 않았다면 지금쯤 이 요새는 적의 수중에 떨어졌을지도 모르는 일이오."

"뭐, 경께서 그리 생각한다면 그럴 수도 있겠소만… 어쨌든 나는 모르는 일이오."

아델 후작은 은근슬쩍 말끝을 흐리며 직접적인 언급을 피했다. 하지만 발센 후작이 보기에 그것은 이미 인정한 것이나 마찬가지였다.

'흐음, 도겔 자작… 네가!'

도겔 자작가는 발센 후작가와 함께 오랜 세월 동안 이곳 세르오넨 요새를 지켜 온 가문. 두 가문 사이의 관계 또한 상당히 가까웠다.

아무리 국왕의 밀명이 있었다고는 해도 자신에게 아무런 언질조차 주지 않았다는 것은 꽤나 불쾌한 사실이었다.

살짝 굳어지는 발센 후작의 표정을 살핀 아델 후작이 헛기침을 하며 화제를 돌렸다.

"험험, 보고를 들은 바로는 내일이면 중부군이 도착한다고 하더구려."

"내일?!"

델로스 왕국의 침략이 시작된 지 얼마 되지도 않았는데 벌써 중부군이 도착하다니. 발센 후작은 국왕이 이 전쟁을 비밀리에 준비하고 있었다는 사실을 새삼 실감했다.

아델 후작은 그런 발센 후작의 반응을 즐기기라도 하는 듯 느긋하게 고개를 끄덕인 후 말을 이었다.

"중부군 2사단과 3사단이 오고 있다는 내용은 이미 알고 있을 것이오. 그리고 이번 전쟁의 총사령관은 카일렌 공작 각하요."

"음!"

발센 후작이 거듭 전해지는 놀라운 사실에 눈을 치떴다. 중부군 두 개 사단이 오고 있다는 것은 알고 있었지만, 카일렌 공작이 총사령관으로 함께 온다는 내용은 듣지 못했던 것이다.

원수부의 수장인 기병장관 다음의 직급인 원수는 총 3명이 있었는데, 카일렌 공작이 그중 한 명이었다.

브렌 왕국에서 가장 잔인한 전투 방식을 가진 인물이었다. 특히나 즐기는 것은 섬멸전으로 절대 포로를 잡지 않는 것으로 잘 알려져 있었다.

그리고 예하의 병사들에게 약탈을 장려하는 것으로도 모자라 강요하는 것으로도 유명했다.

발센 후작이 저도 모르게 깊은 신음을 베어 물었다.

'단순한 정복 전쟁으로 끝나지는 않겠구나.'

흔히 시체가 산을 쌓고 피가 강을 이룬다는 말을 직접 목격하게 될지도 모른다는 생각이 들었다.

아델 후작이 계속해서 말을 이었다.

"우선은 발센 경 혼자만 알고 있으시오. 아직은 우리의 의도가 외부에 알려져서는 안 되니 말이오."

"알겠소."

"일단 카일렌 총사령관님께서 도착하시면 바로 지휘권을 인수할 것이오. 그리고 서부의 영지군들이 집결하기 전에 성문 앞에 진을 치고 있는 자들을 모두 밀어낼 거라 하셨소. 그러니 발센 경도 그에 대한 준비를 하는 것이 좋을 것 같소."

오자마자 침략군을 쓸어버리겠다니. 확실히 카일렌 공작다운 움직임이었다.

"서부의 영지군들이 집결하려면 아무래도 한 달은 더 기다려야 하겠구려."

왕국군과 국경을 지키는 변방군에는 항시 전시를 대비한 물자들이 비축되어 있었다. 무력 충돌이 발생할 경우 가장 먼저 반응을 보여야 하기 때문이었다.

반면, 영지군들은 일이 터진 후에 소집 명령을 받는다. 그리고 왕국군과 변방군이 급한 불을 끄는 사이에 전쟁 준비를 마치게 된다. 당연히 전시를 대비한 물자의 비축 상태가 좋을 리 없었다.

물론 언제 일이 터질지 모른다는 생각을 하고 준비해 두는 영주들도 있었다. 하지만 그런 부류는 아주 극소수. 그렇다 보니 영지군들이 완전히 집결하는 데는 시간이 걸리는 것이었다.

아델 후작이 고개를 끄덕이며 말했다.

"카일렌 총사령관께서는 그전에 저들을 모두 밀어낼 계획이라고 들었소."

"알겠소이다."

불쑥 내민 손이 코앞에서 멈춘다.

바르게 펴서 손바닥이 하늘을 향하고 있는 모습.

무언가를 요구하는 손이었다.

"돈 주세요."

"지금은 없어."

"없긴 뭐가 없어요? 내가 직접 확인까지 했는데."

"확인하긴 뭘 확인해?"

"홍! 내가 바본 줄 알아요? 밤마다 비밀스럽게 내성으로 들어오는 수레를 내가 발견하지 못할 거라고 생각한 건가요?"

"너, 지금 영지 상황이 어떤지 모르고 하는 말이냐?"

"영지 상황이 뭐요?"

"이제 곧 출정이다. 전쟁을 하러 간다는 말이다. 그리고 전쟁을 하려면 얼마나 돈이 많이 드는 줄 모르냐?"

"어머, 그럼 우리 일에는 돈이 안 드는 줄 아세요?"

리카이엔은 여전히 자신의 코앞에 멈춰 있는 프리엘라의 손을 보며 자신이 중대한 실수를 했다는 것을 깨달았다.

'내가 왜 이 여자 성격을 깜빡했을까?'

리카이엔이 프리엘라를 자신의 영지에 데리고 온 이유는 테하스의 부탁을 받았기 때문이었다.

바이론 왕국을 재건하는 중에 생길지도 모르는 위험으로부터 바이론 왕족의 마지막 핏줄인 프리엘라를 보호한다는 목적이었다.

하지만 프리엘라가 알고 있는, 자신이 이곳에 온 이유는 그런 것이 아니었다. 테하스가 자금을 받아 오라며 보냈기에 그렇게만 알고 온 것이었다.

그리고 리카이엔의 실수는 프리엘라의 성격을 깜빡한 채 테하스의 부탁을 들어주었다는 점이었다.

뭔가 해야 할 것이 있으면 절대 뒤돌아보지 않고 저돌적으로 덤벼드는 데다 시시각각 다채롭게 변하는 그 성격을 망각했던 것이다.

영지로 복귀한 후 이리저리 잘 피해 다녔는데 오늘 결국 덜미가 잡힌 것이었다.

"하아~!"

길게 한숨을 내쉰 리카이엔이 조심스럽게 프리엘라의 손을 밀어냈다. 그리고 나지막한 목소리로 말했다.

"야, 너 좀 생각을 해 봐라."

"뭘요?"

"방금도 말했지만 전쟁할 때 돈이 얼마나 들 거 같냐?"

"물론 많이 들겠죠."

"단순히 그냥 조금 많은 정도가 아니거든."

"그래서요?"

"그러니까 내가 먼저 좀 쓰자고. 테하스 할매는 아직 돈이 그렇게 많이 필요한 시기가 아니잖냐."

하지만 프리엘라는 물러나지 않았다.

"난 한시라도 빨리 사막으로 돌아가야 된다고요."

리카이엔의 표정이 보이지 않게 굳어 갔다. 절대 해서는 안 될 일이었다.

성질 같아서는 그냥 사실대로 말해 버리고 싶었지만, 그럴 수도 없었다. 그랬다가는 당장에라도 사막으로 달려갈 게 뻔했다. 그렇게 되면 테하스와의 약속을 어기게 되는 것이다.

그때였다. 문밖에서 아주 반가운 소리가 들렸다.

"백작님, 행정총관 라울입니다."

토지관과 함께 정리가 끝난 영지의 토지 상황을 확인하러 떠났던 라울이 돌아온 것이었다. 리카이엔이 회심의 미소를 지으며 급히 말했다.

"들어와."

문이 열리고 안으로 들어오던 라울의 표정이 갑자기 딱딱하게 굳었다.

그동안 프리엘라에게 리카이엔 대신 괴롭힘을 당했던 사람이 다름 아닌 라울이었던 것이다.

힐끔힐끔 프리엘라를 곁눈질하며 안으로 들어오는 라울을 향해 리카이엔이 손짓을 하며 말했다.

"그래, 갔던 일은 잘 끝났나?"

"예, 그렇습니다. 돌아오셨다는 말을 듣고 최대한 빨리 끝내려고 했지만, 확인할 것들이 많아 일정을 단축하지는 못했습니다."

옆에 있는 프리엘라 때문인지 라울은 평소와 다르게 딱딱한 어투로 말했다.

"그래, 갔던 일은?"

"그렇지 않아도 보고를 하러 온 참이었습니다만, 지금은 손님이 계신 것 같……."

눈동자를 돌려 프리엘라의 눈치를 살피던 라울의 낯빛이 갑자기 창백하게 변했다. 프리엘라를 보기도 전에 리카이엔의 살기등등한 얼굴을 보았던 것이다.

그 살기등등한 얼굴은 '지금 보고 안 하면 죽는다!' 라고 말하고 있는 듯했다.

하지만 지금 보고를 했다가는 두고두고 프리엘라에게 괴롭힘을 당할 것이 뻔했다.

이러지도 저러지도 못하는 어정쩡한 상황에 라울이 기어들어 가는 목소리로 물었다.

"지, 지금 보고를 할까요?"

순간 프리엘라의 싸늘한 눈빛이 라울의 얼굴을 향해 쏟아졌다. 그리고 리카이엔이 어깨를 으쓱거리며 말했다.

"지금 하기 힘들다면 나중에 해도 상관은 없지."

하지만 라울을 노려보는 눈빛은 한층 더 무시무시하게 변해 가고 있었다. 입으로 하는 말과 마음속의 말이 정반대였던 것이다.

빼도 박도 못하는 상황에 처한 라울은 말 그대로 울고 싶은 심정이었다. 하지만 그럴 수도 없었다. 어쨌든 둘 중 하나는 선택해야 하는 상황.

그리고 라울의 선택은 뻔했다.

"그래도 작위를 계승하신 후에 시작한 일 중 가장 먼저 마무리가 된 일입니다. 그런 기념비적인 보고를 늦출 수는 없지 않겠습니까?"

아무리 프리엘라가 무서워도 리카이엔은 평생 보아야 하는 사람이었던 것이다.

리카이엔이 어쩔 수 없다는 표정을 지으며 프리엘라를 향해 말했다.

"미안하지만 잠시 자리 좀 비워 줬으면 좋겠는데?"

프리엘라는 뻔뻔한 리카이엔의 얼굴을 보며 이마에 핏대가 솟는 것을 느꼈지만, 여기서 뻗댈 수는 없는 일이었다.

"알았어요. 하지만 저녁에는 꼭 얘기를 마무리 지어야 할 거예요."

"음… 뭐, 시간이 된다면 그러면 좋겠지. 그런데 어떻게 될지 잘 모르겠군."

프리엘라가 싸늘하게 웃으며 말했다.

"밤에 잠을 좀 줄이면 되죠."

"내일이 출정인데 잠은 푹 자야지."

"호호, 침대에서 저를 보게 될지도 몰라요."

"쿨럭쿨럭, 케켁!"

옆에서 듣고 있던 라울이 저도 모르게 격하게 기침을 하기 시작했다.

그리고 리카이엔이 프리엘라를 향해 억지로 미소를 지으며 말했다.

"뭐, 일단은 보고를 받은 다음에 이야기하도록 하자고."

"알았어요!"

찬바람이 쌩쌩 부는 싸늘한 표정으로 대답한 프리엘라가 곧장 집무실을 나섰다.

프리엘라가 멀어진 것을 확인한 리카이엔이 라울을 향해 크게 고개를 끄덕이며 말했다.

"하아~ 수고했다."

"네……."

"그래, 일은?"

"예, 일단 처음의 목표대로 대부분 마무리가 되었습니다. 지원을 통해 이루어진 개간이 현재……."

"아아, 됐어."

"네?"

"어쨌든 잘 마무리됐다는 거잖아. 알아서 잘 했겠지."

리카이엔의 말에 라울이 떨떠름한 표정을 지으며 고개를 끄덕였다.

"그 외의 일들은?"

"대부분 순조롭게 진행되고 있었습니다만, 이번 전쟁으로 조금 진척이 느려지고 있습니다."

"불안해하는 모양이군."

아무래도 전쟁이 벌어지면 민심이 동요하는 건 어쩔 수 없는 일이었다.

"그렇습니다. 지금까지 여러 번 분쟁이 있었던 루오 왕국이 아니라 델로스 왕국이 쳐들어온 탓인 것 같습니다."

"델로스 왕국이 쳐들어오면 루오 왕국도 조만간 쳐들어올 거라고 생각하는 건가?"

"영지민들 사이에서, 일단 병력들이 서부로 몰리게 되면 상대적으로 남부의 방어가 약화될 거라는 소문이 퍼지는 탓에 불안감이 증폭되고 있습니다."

"뭐, 그건 어쩔 수 없지. 당분간 조금 천천히 진행하라고.

그리고… 클레우스의 물건들을 처분하는 건 얼마나 진척이 있냐?"

"예, 현재까지 처분한 물건들의 금액은 1억 아르겐 정도입니다."

"흐음, 꽤 분투한 모양이네?"

"그래도 아직 처분할 것들이 꽤 많습니다."

리카이엔이 팔짱을 낀 채 고개를 끄덕이더니 심각한 표정으로 말했다.

"처분을 서둘러라."

"그렇지 않아도 이번 전쟁의 여파 때문에 서둘러 처리를 할 생각입니다."

지금의 전쟁은 리카이엔이 속한 브렌 왕국과 델로스 왕국 사이에서 벌어진 전쟁이었다. 하지만 지금까지 평화롭던 대륙의 정세에 갑자기 터져 나온 전쟁의 여파는 그리 만만하게 볼 것이 아니었다.

리카이엔의 예상대로라면 이 첫 번째 전쟁으로 인해 조만간 대륙 전체에 전쟁이 벌어질 것이다. 그리고 그 시기가 오게 되면 이런 물건들을 처분하기가 어려워질 것은 당연한 일이었다.

리카이엔이 심각한 표정으로 중얼거렸다.

"예상보다 너무 일찍 전쟁이 벌어졌어."

아직 적어도 1년은 시간이 있다고 판단했었다. 하지만 리카이엔의 그런 판단을 비웃기라도 하듯 전쟁이 발발했다.

리카이엔은 그 원인에 대해 확신에 가까운 짐작을 하고 있었다.

"그놈들……."

바이론인으로만 구성된 의문의 길드. 최고의 정보 길드라는 아트룸 길드의 눈길조차 속이는 그들의 농간이 분명했다.

브렌 왕국 국왕의 움직임이나 델로스 왕국에 대한 예상 등등. 누군가 일을 꾸미고 있었다.

"도대체 무슨 목적이지?"

사람들을 납치해 간다는 것은 알고 있었지만, 그 정확한 이유는 알지 못했다. 아직까지 아는 것이 너무 적은 집단이었다. 그리고 아는 것이 적을수록 상대하는 것은 까다롭다.

거기까지 생각하던 리카이엔이 싸늘한 미소를 지었다.

'움직이기 시작한 이상 더 이상 숨지는 못할 것이다.'

어두운 숲의 그림자 속에 숨어서 움직이지 않는다면 발견하는 것은 어렵다. 하지만 일단 움직이기 시작한다면 아무리 어두운 숲이라도 그 흔적을 찾을 수 있다.

이제부터가 그들과의 진짜 싸움인 셈이었다.

생각을 정리한 리카이엔이 라울을 향해 말했다.

"그런데 말이다."

"예, 백작님."

"프리엘라한테 돈 주지 마라."

"네?"

갑작스러운 이야기에 라울이 당황하는 사이 리카이엔이 말을 덧붙였다.

"프리엘라한테는 니가 알아서 할 거라고 전해 놓을 거다."

"헉! 배, 백작님, 설마……."

지금까지는 그래도 리카이엔이 공식적으로 라울에게 그 일을 떠넘기지는 않았었다. 다만, 라울이 클레우스의 물건들에 대해 알고 있고 그것의 처분을 맡고 있기에 프리엘라가 그를 괴롭혔던 것이다.

그런데 거기에 공식적으로 '그 일'을 맡게 된다면.

"제, 제발……."

라울이 우는 얼굴로 리카이엔을 보았다. 하지만 리카이엔의 입에서 나온 말은 라울에게 절망만을 던져 줄 뿐이었다.

"한 푼이라도 나가면 죽는다."

Chapter 4.

출정 아침

"폐하, 무슨 생각을 그리 골똘히 하십니까?"

홀로 앉아 깊은 생각에 잠겨 있던 켈리어스 국왕이 갑자기 들려온 소리에 흠칫 놀라며 주변을 훑었다. 그 순간, 그랜드 홀의 구석진 곳에서 한 인영이 조용히 모습을 드러냈다. 후드를 깊이 눌러쓴 작은 체구의 사내였다.

국왕이 후드의 사내를 싸늘한 눈빛으로 노려보며 나지막한 목소리로 물었다.

"보르반?"

"그렇습니다, 폐하."

"내가 이런 식으로 찾아오지 말라고 이미 한 번 경고를 하지 않았던가?"

"죄송합니다. 하지만 급히 전해야 할 말이 있기에……."

보르반이라 불린 사내의 말에 국왕이 조심스레 그랜드 홀의 입구를 살폈다.

이미 깊은 밤, 왕궁 안에 남아 있는 사람은 근위 기사들과 왕실부의 관리들밖에 없었다. 그중 국왕이 부르기 전에 그랜드 홀로 들어올 사람도 없다.

"말하라."

국왕의 허락이 떨어지자 보르반은 천천히 머리에 쓰고 있던 후드를 벗어 넘겼다. 그리고 드러난 얼굴은 다름 아닌 바이론인의 얼굴이었다.

리카이엔이 그렇게 찾고자 하는 비밀 세력. 바이론인으로 구성되어 은밀하게 '어떤 일'을 진행시키고 있는 단체 써클루스. 보르반은 그 써클루스의 일원이었다.

"델로스 왕실에서 서부 세르오넨 요새 쪽으로 병력을 추가 파견했다고 합니다."

"뭣이? 벌써 증원을 했다고? 그러기에는 시간이 너무 이르지 않느냐? 너희도 개전 후 보름 정도는 크게 걱정하지 않아도 된다고 말했던 걸로 기억하는데?"

"그렇기는 합니다만⋯ 델로스 국왕의 성격이 꽤 변덕스럽더군요."

보르반의 대답에 국왕이 언짢은 목소리로 물었다.

"증원 병력은 얼마나 되느냐?"

"네 개 사단 규모, 총 4만의 병력을 증원했다고 합니다."

"지금 세르오넨 요새를 공격하고 있는 선발 병력이 3만이니

합이 7만이군."

제국을 제외한 대부분 왕국들의 국력은 비슷한 수준으로, 그 왕국들이 상시 동원할 수 있는 병력은 거의 15만 내외였다. 그중 7만이라면 절반의 병력을 투입했다는 뜻. 절대 적은 병력이 아니었다.

델로스 왕국의 원래 계획은 지금 공격을 하고 있는 선발 병력 3만이 요새를 먼저 점령한 후, 추가 증원을 하는 것이다. 하지만 마음이 급해진 델로스의 국왕이 예정보다 빨리 4만의 병력을 더 투입한 것이다. 그리고 델로스 왕국 내부적으로는 추가로 병력을 파견하기 위한 준비를 하고 있으리라.

하지만 브렌의 켈리어스 국왕 역시 그에 못지않은 준비를 했다. 서부 변경백의 변방군 1만, 왕국 서부군 2개 사단 2만, 중부군 2개 사단 2만, 그리고 서부의 영지군이 1만. 총 6만의 병력이었다.

문제는 그 병력들이 아직 집결이 끝나지 않았다는 점. 그리고 아직 이동 중에 있는 중부군 2개 사단은 도착을 하더라도 긴 행군의 피로를 푼 후에야 무언가를 하더라도 할 수 있다는 점이다.

"그렇다면 우리도 당초의 계획을 수정해야 되겠구나."

"그래서 이렇게 찾아뵙게 되었습니다."

잠시 고민하던 국왕이 넌지시 물었다.

"흐음, 좋은 방법이라도 있는 것이냐?"

국왕의 물음에 보르반이 묘한 미소를 지으며 말했다.

"저희의 방법 보다는 폐하의 생각이 더 중요한 것 아니겠습니까? 말씀하시는 표정을 보니 따로 생각이 있으신 모양입니다만?"

"그들이 우리의 예상보다 빠른 움직임을 보였다면, 우리는 기존의 계획을 늦춰야지. 카일렌 총사령관에게 일단은 기다리라고 해야겠군."

병력이 적더라도 세르오넨 요새에 의지해 지키기만 한다면 어지간한 공격은 모두 막을 수 있을 것이다. 오히려 기다렸다가 적의 7만의 병력을 먼저 친 후에 진군한다면, 델로스 왕국군이 받을 피해를 훨씬 더 키울 수도 있었다.

"역시 폐하의 식견은 훌륭하십니다."

"뭐, 정황을 안다면 누구나 생각할 수 있는 일이지. 어쨌든 네가 미리 알려 주지 않았다면 역으로 우리가 낭패를 볼 수도 있었던 일이다. 너희들의 수고에 대해서는 이번 전쟁이 끝난 후 크게 보상을 할 것이다."

"감사합니다."

"그럼 이만 물러가 보도록 해라."

"예, 폐하."

깊이 허리를 숙인 보르반이 천천히 뒷걸음질을 쳐 처음 모습을 드러냈던 방의 그림자 안으로 들어갔다. 그리고 어느 순간 갑자기 인기척이 사라졌다.

바이론인의 술법을 이용해 방을 빠져나간 것이었다.

"허, 언제 봐도 저자들의 저런 능력은 경이롭기까지 하군. 클리머스라고 했던가……. 우리가 저 능력을 가지게 되면 그 야말로 당해 낼 국가가 없을 텐데."

국왕은 진심으로 감탄했다는 듯 고개를 끄덕였다. 그와 동시에 저 술법을 익힐 수 있는 방법이 없을지에 대해서 깊이 고민하기 시작했다.

하지만 그것도 잠시, 이내 어깨를 으쓱거리며 말했다.

"어차피 전쟁이 끝난 후에 생각해 봐야 할 일일 뿐이니."

그때 그랜드 홀 문밖에서 누군가의 목소리가 들렸다.

"국왕 폐하, 아이젠 백작이 알현을 청하옵니다."

국왕이 흠칫하며 눈을 가늘게 떴다.

"아이젠 백작?"

늦은 밤이었다. 이런 시간에 아이젠 백작이 왜 왕궁으로 찾아온단 말인가. 하지만 찾아온 그를 돌려보낼 수도 없는 노릇이었다.

"들라 하라."

국왕의 허락이 떨어지자 문이 열리며 문틈으로 희미한 빛이 들어오더니 그 사이로 긴 그림자를 앞세운 채 아이젠 백작이 안으로 들어섰다.

"늦은 시각, 알현을 청하게 되어 송구합니다."

무릎을 꿇고 허리를 숙이며 하는 인사에 국왕이 조금은 심드렁한 목소리로 말했다.

"되었다. 그대가 이런 시간에 찾아올 일이라면 그만한 이유
가 있는 것이겠지. 일어나 앉으라."

몸을 일으킨 아이젠 백작이 그랜드 홀에 있는 대신들의 자
리 중 한 곳에 앉아 국왕을 쳐다보았다. 그러고는 잠시 뜸을
들인 후 은밀한 목소리로 말했다.

"누군가 다녀간 모양이군요."

국왕의 눈이 한층 더 가늘게 좁혀졌다. 눈초리가 가늘게 떨
리고 있는 것이 어지간히 놀란 듯한 모습. 하지만 애써 평정을
유지하며 이해할 수 없다는 표정으로 물었다.

"그게 무슨 말인가?"

"방금, 폐하께서 이 그랜드 홀에 있는 누군가와 대화를 나
누지 않으셨는지요?"

국왕의 눈동자가 격하게 흔들렸다. 아이젠 백작의 목소리는
추측이 아닌 확신이었다. 방금 이곳에서 보르반과 이야기를
나누었다는 것을 알고 하는 말이었다.

그렇다고 고개를 끄덕일 수는 없는 일, 국왕은 전혀 모르겠
다는 얼굴로 은근슬쩍 말꼬리를 돌렸다.

"무슨 말인지 모르겠군. 그래, 무슨 일로 왔는가?"

아이젠 백작의 입가에 묘한 미소가 그어졌다. 예리하면서도
무언가 커다란 꿍꿍이를 가지고 있는 듯한 표정.

그 모습을 본 국왕은 의구심 가득한 시선으로 아이젠 백작

철혈백작
리카이엔

을 살필 수밖에 없었다.

아이젠 백작의 성격이 본래 예리하고 음험한 구석이 있기는
했지만, 언젠가부터 그 정도가 심해졌다고 느끼고 있었다. 정
확하게는 사냥터에서의 사건을 계기로 자신에게 굴복한 이후
부터였다.

국왕의 뜻에 전적으로 따르겠다는 태도를 보였는데, 그것을
계기로 더욱 음험해졌다는 것은 앞뒤가 맞지 않는 이야기. 다
시 말해, 아이젠 백작이 또 다른 무언가를 품고 있다는 뜻이었
다.

국왕은 아이젠 백작의 그러한 면에 대해 이미 짐작은 했지
만 일단은 모른 척하고 있었다. 아이젠 백작은 아직 꽤나 쓸
만한 사냥개이기 때문이었다.

그런데 갑자기 자신의 비밀을 들추려 하면서 무언가를 숨기
고 있는 듯한 태도를 취하고 있는 것이다.

"저에게는 도벨이라는 수행관이 있었습니다. 기억하시는지
요?"

"몇 번 본 적이 있는 것 같군. 갑자기 그 이야기를 왜 꺼내
는 것인가?"

"그 도벨과 관련하여 진작 말씀을 드렸어야 할 일이 있었는
데 확신이 서지 않아 지켜보고만 있었습니다만, 이제는 말씀
을 드려도 될 것 같아 이렇게 찾아뵈었습니다."

"무얼 말인가?"

"도벨은… 바이론인이었습니다."

"뭐라?!"

국왕은 더 이상 속마음을 숨기지 못했다. 방금 자신과 이야기를 나누었던 보르반도 바이론인이었기 때문이었다. 게다가 그가 본 도벨의 생김새는 분명 바이론인이 아니었기 때문이었다.

그 생각을 짐작한 듯 아이젠 백작이 설명을 덧붙였다.

"바이론인들이 괴상한 술법을 사용한다는 건 알고 계시지요?"

"그렇지."

"도벨은 그 바이론인들의 술법 중 모습을 바꿀 수 있는 술법을 사용하는 자였던 것입니다."

"하지만 그 도벨은 꽤 오랜 세월 아이젠 백작의 곁을 지키고 있었을 텐데?"

"저도 모르는 사이에 사람이 바뀐 것이지요."

"그랬군."

고개를 끄덕이는 국왕을 향해 아이젠 백작이 더욱 짙은 미소를 지으며 말했다.

"예, 그리고 그 덕분에 폐하께서 그들과 은밀한 관계를 가지고 있다는 것도 알게 되었습니다."

"음……!"

국왕이 침음성을 흘리며 고개를 끄덕였다.

도벨이 바이론인이었다는 이야기를 했을 때부터 국왕 역시 어렴풋이 짐작하고 있었다. 아이젠 백작이 '그들'과 모종의 관계가 있다는 것을 말이다.

"그러던 중 제가 알게 된 사실이 하나가 있습니다. 놈들이 국왕 폐하를 이용해 자신들의 목적을 이루려고 한다는 것입니다."

국왕은 별다른 반응을 보이지 않았다. 오히려 당연한 일이라는 듯 고개를 끄덕인다.

"아이젠 경은 내가 그 정도도 모르고 그들과 손을 잡았다고 생각하는 건가?"

하지만 뒤이어 나온 아이젠 백작의 이야기는 전혀 예상하지 못한 말이었다.

"폐하께서 그것도 모르시리라 생각한 것은 아닙니다. 다만 그들의 진정한 목표가 브렌 왕국을 세 조각으로 잘라 주변 왕국들에 던져 주는 것이라는 사실은 모르시리라 생각하기에 말씀드리는 것입니다."

"뭐, 뭣이!"

국왕의 얼굴이 하얗게 질렸다. 이게 무슨 말인가? 자신의 왕국을 주변 왕국들에 나눠 주려 한다니!

"당연히 그런 생각을 폐하께 내비쳤을 리는 없겠지요."

"그대는 그 사실을 어떻게 알았는가?"

"도벨이… 사람이 바뀌었다는 걸 알고는 그를 잡았었습니다. 심문을 통해 알아낸 것이지요. 뭐, 끝내는 견디지 못하고 죽었습니다만."

국왕이 의심스러운 표정으로 아이젠 백작을 살펴보았다. 갑자기 찾아와 이런 말을 하는데 바로 믿기는 석연찮은 구석이 너무 많았다.

하지만 자신과 바이론인 집단의 동맹 관계나 그들에 대해 알고 있는 모양새가 모두 거짓말처럼 보이지는 않았다.

잠시 고민하던 국왕이 아이젠 백작을 향해 물었다.

"그렇다면 그동안은 왜 이야기를 하지 않았던 것인가? 왕국이 위험해 처해 있다는 것을 알았으면 곧장 나에게 고해야 하는 일일 텐데?"

"그렇기는 합니다만… 저 역시 당시 도벨이 한 말을 모두 믿기가 힘이 들었습니다. 그렇게 큰 힘을 가진 조직이 여태껏 모습을 드러내지 않았다는 것도 믿기 힘들었고, 폐하께서 그들과 손을 잡고 있다는 것도 확인이 필요했습니다."

"그래서 지금은 확인이 되었단 말인가?"

"그렇습니다."

"어떻게 확인이 되었는가?"

"북쪽에 있는 스타넨 왕국에서 은밀하게 왕국군을 전진배치 하고 있다는 첩보를 입수했습니다."

"크흠……. 증거가 있는가?"

군은 얼굴로 신음을 흘리며 하는 말에 아이젠 백작이 몇 장의 서류를 꺼내 국왕에게 다가가 내밀었다.

"이것은?"

"제가 따로 얻은 정보들입니다. 서류상으로만 존재하는 것이라 증거라고 말하기는 힘듭니다만… 비슷한 시기에 북방 요새인 플라엔 산성에서 올라온 보고와 비교해 보시면 충분히 정황 증거는 될 것이라 생각됩니다."

서류를 읽어 내려가는 국왕의 눈동자가 커졌다 작아지기를 몇 번이나 반복했다.

각 변방에 있는 관문에서는 정기적으로 특이 사항들에 대한 보고가 올라온다. 혹시나 모를 상황에 미리 대비하기 위해서였다.

그런데 서류에 있는 내용들 중, 북방의 플라엔 산성에서 올라온 보고와 일치하는 사건들이 있었던 것이다. 국왕이 그 모든 보고 내용을 다 기억하는 건 아니었지만, 일부 기억에 남는 것들이 아이젠 백작의 서류에도 나타나 있던 것이다.

단, 플라엔 산성의 보고서에서는 별것 아닌 일이었는데 아이젠 백작의 서류에서는 은밀한 군사적 움직임을 숨기기 위한 행동이라는 점이 달랐다.

국왕의 생각이 조금씩 아이젠 백작의 말에 기울기 시작했다. 아이젠 백작의 말이 꽤나 아귀가 잘 맞아떨어졌기 때문이었다.

굳은 표정으로 서류를 노려보는 국왕을 향해 아이젠 백작이 설명을 덧붙였다.

"그들은 아마 폐하께 델로스 왕국과 루오 왕국이 먼저 침략하게 할 테니 준비하고 있다가 함정을 파고 역공을 하라고 말했을 것입니다."

"으음……."

신음과 함께 국왕이 고개를 끄덕였다.

"하지만 스타넨 왕국에 대해서는 말을 하지 않았겠지요. 그리고 그 스타넨 왕국의 움직임이 놈들의 진짜 목표였던 것입니다. 델로스와 루오 두 개 왕국으로 군대를 파견하게 되면, 브렌 왕국 본토의 병력은 그리 많지 않은 상황이 되지요. 즉, 빈집으로 만든 후에 삼키려는 의도였던 것입니다."

그 뒤의 내용은 듣지 않아도 뻔했다.

스타넨 왕국의 침략을 막기 위해 델로스와 루오 왕국으로 나간 군대를 불러들이면 그때 델로스와 루오 두 개의 왕국이 다시 역공을 할 것이다.

한참 동안 멍하니 머릿속으로 생각을 정리하던 국왕이 힘겨운 목소리로 물었다.

"그래, 아이젠 백작은 어찌했으면 좋겠는가?"

"저희는 놈들의 의도와 함께 움직임을 알고 있습니다. 그런데 놈들은 폐하께서 그것을 알고 계신다는 걸 모르고 있지요. 이런 경우에는 우리가 앞설 수 있지 않겠습니까?"

"일단은 확인을 해 보도록 하지."

"알겠습니다. 그럼 소신은 이만 물러가도록 하겠습니다."

그랜드 홀의 커다란 문을 나서는 아이젠 백작, 아니 아이젠 백작으로 모습을 바꾼 베르무크의 얼굴에 싸늘한 미소가 떠올랐다.

'써클루스, 그리고 크로한. 이제 네놈들에게 죄를 물을 때가 되었구나.'

"흐음……."

병사들이 아직 일어나지 않은 이른 아침. 루딜은 자신의 침대에 걸터앉아 팔짱을 낀 채 뭔가 이해할 수 없다는 표정으로 신음을 흘리고 있었다.

실제로 그의 머릿속은 이해할 수 없는 일들로 복잡하기 짝이 없었다. 그 대상은 바로 프로커스 백작령의 병영이었다.

이곳에 온 지도 벌써 사흘이나 되었지만 여전히 그의 눈에 비친 프로커스 백작군의 병영 생활은 이해할 수 없는 모습이었다.

그중 가장 어처구니가 없는 것은 훈련이었다.

병과나 계급을 막론하고 공복에 다짜고짜 산꼭대기를 올라갔다 내려오는 것이 하루의 시작이었다. 그리고 하루 종일 병과 훈련과 전술 훈련을 한 후에 일과의 마무리도 산을 오르내리는 것으로 한다.

단순하게 생각하면 산을 오르내리는 것 외에는 대부분의 군대가 하는 통상적인 훈련이었다.

하지만 문제는 그 훈련의 강도였다.

루딜은 어려서부터 강도 높은 훈련을 통해 어디에 내놔도 모자람 없는 한 명의 훌륭한 기사로 성장했다. 오랜 세월 공을 들여 만들어 온 육체는 순발력은 물론 지구력까지도 누구 못지않게 강했다.

그런 루딜이 하루 일과가 끝나기 무섭게 침대에서 기절할 정도로 훈련의 강도가 높았다. 입고 있는 옷이 땀과 먼지로 범벅이 되는 것은 아주 당연한 일이었고, 첫날에는 도저히 따라 주지 않는 체력으로 인해 아침에 먹은 것을 죄다 게워 내서 어느 정도 소화가 됐나 확인까지 할 지경이었다.

그런데 이러한 무시무시한 훈련이 평소의 절반의 강도도 되지 않는다고 한다. 병사들의 말을 빌리자면 '출정을 앞두고 있기 때문에 무리하지 않고 적당히 몸을 푸는 수준'이었다.

처음에는 허풍이라고 생각했다. 하지만 하루 일과가 끝나면 그대로 쓰러지는 사람이 자신 외에 그 누구도 없다는 것을 확인한 다음에는 허풍이 아니라는 것을 인정할 수밖에 없었다.

그렇다면 실제 평소의 훈련은 어떻다는 말인가? 더 나아가 평소에 하는 '힘든' 훈련의 강도는 어느 정도나 될까? 그리고 이렇게 무시무시한 체력을 가진 병사들 사이에서 선발한다는 기사들은 어떤 괴물들일까?

'브렌 왕국에 이 정도로 무시무시한 군대를 소유한 영지가

있기는 할까? 아니, 원수부 휘하의 왕국군이라도 이 정도는 아닐 거야.'

왕국에서 나름 강군이라 자부하는 루딜의 폴덴바인 백작령의 군대도 이 정도는 아니었다.

"으으!"

갑자기 한기를 느낀 루딜이 두 손으로 어깨를 감싼 채 부르르 몸을 떨었다.

이해할 수 없는 것은 또 있었다.

'이 영지는 돈이 썩어 문드러질 정도로 있는 건가?'

루딜의 눈에는 그렇게밖에 보이지 않았다. 우선 지금 그가 걸터앉아 있는 침대만 해도 그랬다. 귀족으로 살아온 루딜이 크게 불편함은 느끼지 못할 정도로 꽤나 좋은 침대였다. 물론 귀족들이나 쓸 정도로 사치스러운 것은 아니었지만, 편안한 잠을 자기 위한 잠자리라는 용도만을 따졌을 때는 대단히 훌륭한 물건이었다.

식사도 고급스럽지는 않지만 체력을 유지하는 데 부족함이 없는 기름진 음식들이 나왔다.

듣자 하니 녹봉도 꽤나 두둑한 편이었다. 녹봉만으로도 네댓 명의 부양가족이 배를 곯지 않고 생활할 수 있을 정도의 녹봉이었다.

그것만이 아니다. 병사로 복무하는 동안 바깥에 있는 가족들에게도 남부럽지 않은 혜택이 돌아갔다.

납부할 세금을 줄여 주었고, 영지의 업무 관계로 사람을 뽑을 때 우선권을 주었고, 자식이 있다면 무료로 교육을 받을 수 있게 해 주었다.

그리고 혹시 훈련이나 전투에서 다쳐 불구가 되거나 전사하게 될 경우 그 가족들에게는 적어도 10년은 걱정 없이 먹고 지낼 수 있을 정도의 위로금이 지급되었다.

루딜의 표현대로 돈이 썩어 문드러질 정도로 많지 않고서는 할 수 없는 일이었다.

그리고 실제로 리카이엔은 썩어 문드러질 정도의 돈을 가지고 있었다. 다만 외부에 알릴 수 없고 한꺼번에 현금화할 수 없다는 단점이 있을 뿐이었다.

그리고 리카이엔은 그 돈의 도움 없이 그러한 혜택들을 유지시킬 방법을 마련하기 위해 라울을 포함한 행정관들을 괴롭히고 있었다.

"후우~!"

루딜이 긴 한숨을 내쉬며 고민스러운 표정을 지었다. 아무리 생각해도 그의 머릿속에서 내릴 수 있는 결론은 하나였다.

'프로커스 백작은 전쟁광(狂)인가?'

들은 바에 의하면 프로커스 백작령에서 병사를 뽑는 방식은 징병제가 아닌 모병제였다. 의무적으로 져야 할 병역(兵役)이 없다는 뜻이었다. ─병역 대신으로 세금 외에 따로 군세를 내기는 해야 했지만, 대부분의 영지민들이 병역 대신 내는 세금

으로 보기에는 적은 수준이라고 느끼고 있었다. ─

그럼에도 불구하고 프로커스 백작군은 법으로 허용하는 상한선까지의 병력을 보유하고 있었다.

모든 것이 병사가 됨으로써 얻을 수 있는 엄청난 혜택 덕분이었다. 모든 것이 갖추어진 것은 물론, 노력 여하에 따라 기사가 될 수 있는 신분 상승의 기회도 있으니 꽤나 많은 사람들이 마음이 흔들릴 수밖에 없는 것이었다.

어쨌든 이런 식으로 군대를 유지하는 것은 영주의 입장에서는 꽤나 많은 손해를 감수해야 했다.

그럼에도 불구하고 프로커스 백작은 손해를 고스란히 감수하고 있었다. 그것의 대가로 얻는 것이 대륙 어느 곳에 내놔도 절대 질 것 같지 않은 정예 군대였다. 그리고 군대를 사용할 곳은 오직 한 곳, 전쟁이었다.

손해를 감수하면서까지 무언가를 한다면 그 사람은 그 '무언가'에 미친 사람이다. 그러니 손해를 감수하며 군대를 키우는 프로커스 백작을 전쟁광이라고 생각하는 것은 어찌 보면 당연한 일이었다.

하지만 루딜은 결국 고개를 가로저었다.

'아닌데……'

루딜은 이곳 프로커스 백작령으로 온 다음 날 본 광경을 아직도 잊을 수가 없었다.

벌거벗은 열 명의 사내들이 아랫도리의 중요한 부위와 엉덩

이만 가린 채 바윗덩이를 짊어지고 하루 종일 내성벽을 따라 뛰는 모습이었다.

그리고 수많은 영지민들이 내성으로 몰려와 그 모습을 구경하며 신나게 웃고 즐겼다.

귀족인 루딜로서는 경악스러울 수밖에 없는 광경이었다. 그런데 그것은 약과였다.

영주가 사는 내성의 성벽에서 그런 일을 한다는 것도 기절할 일인데 그들의 정체는 더욱더 경악스러웠다.

프로커스 백작령의 기사들이었던 것이다.

그리고 수많은 영지민들의 구경거리가 되고 있음에도 불구하고 화를 내는 기사는 단 한 명도 없었다.

거기서 끝이 아니었다.

이 경악할 만한 기사들의 행동을 영주인 리카이엔이 허락했다고 했다. 그리고 리카이엔은 그것으로도 모자라 영지민들과 함께 웃고 떠들며 즐기는 것은 물론 큰 소리로 기사들을 놀리기까지 했다.

리카이엔에 대해 아주 많은 것을 보여 주는 모습이었다.

세상에 어떤 기사가 홀딱 벗고 뛰어다니며 영지민들의 구경거리가 되는 것을 자처하겠는가. 자처하는 것은 고사하고 영주가 그런 명을 내린다면 모욕이라며 자살을 하겠다고, 차라리 죽여 달라고 날뛸 기사가 대부분일 것이다.

하지만 프로커스 백작령에서는 그 모습들이 자연스러웠다.

기사들은 거의 알몸이나 다름없는 모습을 보여 주는 것에 대해 쑥스러워하기는 해도 영지민들의 구경을 당연한 듯 받아들였다.

영지민들 역시 기사들을 무서워하지 않고 즐겁게 그 모습을 즐겼다. 심지어 영주인 리카이엔이 자신들과 함께 서 있음에도 불구하고 말이다.

모든 것이 리카이엔이 만들어 낸 분위기인 것이다.

'하아~ 그럼 도대체 뭐지?'

루딜은 잡아 뜯을 기세로 머리카락을 움켜쥐며 괴롭고 복잡한 표정을 지어 보였다.

뿌우, 뿌우우—!

갑자기 나팔 소리가 울려 퍼졌다.

"기상! 기상—!"

침대에서 벌떡 일어난 병사들이 입으로는 큰소리로 외치는 동시에 손으로는 침대를 정리하고 익숙한 동작으로 옷을 입었다.

루딜 역시 황급히 자리에서 일어나 침대를 정리했다. 그 사이 침대를 정리하고 뛰어나가려던 한 사내가 루딜을 향해 물었다.

"어? 너 뭐냐? 왜 이리 일찍 일어났냐?"

루딜이 속한 소대의 상급병인 헐리였다.

그가 원래는 귀족이라는 사실을 아는 사람은 리카이엔과 세이나뿐이었다. 그리고 아톤은 짐작은 하고 있지만 입 밖으로 꺼내지는 않았다.

당연히 병사들도 루딜의 정체를 알지 못했다. 그저 '묘하게 상대하기 어려운 놈' 정도로 인식되고 있을 뿐이었다. 그래서 인지 다들 루딜에게는 잘 다가오지 않는 편이었다.

헐리는 모두들 멀리하는 루딜에게 말도 잘 걸고 친한 척하면서 이것저것 챙겨 주는 유일한 병사였다.

루딜이 급히 손을 내저으며 밖을 향해 달렸다.

"네? 아, 그냥 좀 잠이 안 와서요. 아, 늦겠습니다. 얼른 나가요!"

프로커스 백작가의 아침 식사는 간단하고 소박했다.

가난한 영지의 주인으로서 평생을 살아온 데릭의 습관이었다. 영지 없는 귀족가의 딸로 태어나 사치를 모르고 살아온 힐더는 이런 소박한 식사가 익숙했고, 어려서부터 늘 간단한 아침 식사를 해 온 세이나에게도 당연한 일이었다.

그리고 전생에 전장만을 쫓아다닌 리카이엔에게는 이 정도면 거의 만찬이나 다름없었다.

야채를 끓여 만든 스프를 뜨던 데릭이 숟가락을 든 상태 그대로 굳은 채 리카이엔을 보았다. 그리고 한참을 뭔가 고민하는 표정을 짓더니 조금 떨어져서 서 있는 집사 메넨을 향해 말했다.

"어제 들어 보니 질 좋은 소고기를 들여왔다지?"

평소 식사 중에 자신에게 말을 거는 일이 없던 데릭이 갑자기 던지는 말에 메넨이 흠칫 놀란 얼굴로 주인을 보았다.

아마 어제 성의 요리사 펠로와 나누던 이야기를 들으신 모양이다.

"그렇습니다. 요리사 펠로가 아는 사람을 통해 어렵게 구했다고 들었습니다."

"으음… 내가 잘못 들은 게 아니군. 그래, 그게 그렇게 질이 좋은 건가?"

"펠로의 말을 들어 보니 대륙 최고라는 루오 왕국산에 비해 절대 떨어지지 않는 것이라고 하더군요."

"그렇군. 맛이 참 괜찮겠구먼. 힘, 허엄!"

갑자기 크게 헛기침을 하며 자신을 힐끔힐끔 보는 데릭의 모습에 메넨은 미간에 깊은 주름을 잡았다. 꽤나 오랜 세월 동안 프로커스 백작가의 집사로 살아왔지만, 식사 중에 이런 모습을 보인 적은 단 한 번도 없었기 때문이었다.

'왜 저러시지?'

하지만 그 의문에서 더 이상 생각을 진행하지는 않는다. 그저 원래의 자세로 돌아가 꼿꼿하게 서서 프로커스 가족의 식사가 끝나길 기다릴 뿐이었다.

'저, 저 눈치 없는 놈……!'

데릭이 기가 막힌 표정으로 메넨을 보았다.

오늘은 프로커스 백작군의 출정이 있는 날이었다. 즉, 리카이엔이 전쟁이 터질지도 모르는 지역으로 떠나는 날인 것이다. 그래서 리카이엔에게 좀 더 좋고 맛있는 것을 먹이고 싶었다.

그런데 저 눈치 없는 메넨이 방금 했던 말이 무슨 뜻인지도 모르고 가만히 서 있는 것이 아닌가.

눈치 없이 가만히 서 있는 메넨을 노려보던 데릭이 슬그머니 아들에게 시선을 돌렸다.

"흐음, 리카이엔"

"예, 아버지."

"간밤에 잠은 잘 잔 것이냐?"

"물론이죠."

"허엄, 그렇구나. 필요한 것은 없고?"

"필요한 것이라니요?"

"뭐, 떠나기 전에 챙겨야 할 것이라거나 혹은 먹고 싶은 것이라거나……."

"없어요, 아버지."

생각할 것도 없다는 듯 고개를 젓는 리카이엔의 모습에 데릭은 딱딱하게 굳은 표정을 지을 수밖에 없었다. 집사고 아들이고 눈치 없기는 매한가지다.

조용히 빵을 오물거리던 세이나가 고개를 갸웃거리더니 물었다.

"아빠, 오늘 갑자기 왜 그래요? 평소에는 아침 식사 때는 거의 말도 잘 안 하면서?"

딸의 말에 데릭의 얼굴에 절망스러운 표정이 떠올랐다. 집사에 아들, 거기에 딸까지.

"하아~!"

데릭은 긴 한숨을 내쉬며 다시 스프를 떴다. 아무래도 아들에게 어제 들여왔다는 그 질 좋은 고기를 먹이기는 힘든 모양이었다.

이제라도 가져오라고 하면 될 일이지만, 이렇게까지 했는데 직접 말을 하기는 뭔가 자존심이 상했던 것이다.

그러나 그것도 좀 그렇다. 아무리 그래도 아들이 전장으로 떠나는 날 맛있는 음식도 먹이지 못하는 건 아버지로서 뭔가 아주 미안했다.

그때, 결국 보다 못한 힐더가 나섰다.

"이보게, 메넨."

메넨이 당황스러운 표정으로 시선을 돌렸다. 아침 식사 중에 데릭이 말을 걸더니 이번에는 힐더까지 그러니 오늘은 참 묘한 아침이라는 생각이 들었다.

"펠로는 아직 주방에 있나?"

"물론입니다."

"그래, 그럼 펠로에게 가서 어제 들여왔다는 그 질 좋은 그걸로 맛있는 요리를 만들어 내오게."

"네? 아침부터 말인가요?"

끝까지 눈치 없는 메넨을 향해 힐다가 짐짓 살벌하게 인상을 쓰며 말했다.

"오늘 내 아들의 출정이 있는 날이라 맛있는 걸 좀 먹이겠다는데 자네가 지금 그걸 방해하려는 건가?"

"아!"

그제야 메넨의 머릿속에 지금이 어떤 상황인지가 떠올랐다. 더불어 데릭이 그 소고기 얘기를 꺼낸 이유도 알 수가 있었다.

슬쩍 눈동자를 돌려 데릭을 보니 자신을 향해 살기가 가득한 눈빛을 쏘아 보내고 있는 것이 보였다.

'으윽, 내가 이런 실수를 하다니!'

너무 민망해 얼굴이 벌겋게 달아오른 메넨이 황급히 뛰어나가며 외쳤다.

"다, 당장 준비시키겠습니다!"

그렇게 달려가는 메넨의 귓속으로 뒤에서 말하는 데릭의 목소리가 들려왔다.

"눈치 없는 게 어디 사람이라고 할 수 있겠어?"

'아악!'

눈물이 찔끔 흘렀다.

메넨이 뛰어나간 후 데릭이 리카이엔을 향해 말했다.

"준비는 잘 끝났느냐?"

"준비랄 게 있겠어요? 항상 준비가 끝난 상태라 따로 준비할 게 없어요."

"하긴······."

데릭이 생각할 것도 없다는 듯 고개를 끄덕였다. 작위를 물려받자마자 리카이엔이 가장 주력한 것이 강병책이라는 것을 잘 알고 있기 때문이었다. 당시에는 그런 모습에 대해 꽤나 걱정스러웠는데 지금 생각하니 이렇게 되리라는 것을 알고 그런 모양이다.

하지만 아무리 준비가 잘되어 있다고 해도 전장의 화살은 사람을 가리지 않는 법. 아버지로서 걱정이 되지 않을 수가 없었다.

여전히 굳어 있는 데릭의 얼굴을 본 리카이엔이 싱긋 웃으며 말했다.

"너무 걱정하지 마세요. 아버지 아들은 불사신이거든요."

"허허허, 매번 그런 농담이구나."

"그래야 아버지가 마음을 편히 가지시죠."

"그래, 알았다."

그때 문이 벌컥 열리며 메넨이 뛰어 들어왔다. 그리고 그 뒤로 요리사 펠로가 헐레벌떡 커다란 음식 접시를 들고 뛰어 들어왔다.

"주, 준비 끝났습니다!"

메넨의 말이 채 끝나기도 전에 진한 향신료의 향이 방 안 곳곳에 퍼져 나갔다. 다들 조금씩 음식을 먹었음에도 불구하고 갑자기 시장기가 느껴질 정도였다.

펠로가 재빨리 음식을 담아 온 접시를 테이블 위에 올렸다.

"그, 급하게 준비하느라고 제대로 맛이 났는지는 모르겠습니다만 최선을 다해 요리했습니다!"

적잖이 놀란 모습이었다. 그도 그럴 것이 아침은 늘 간단하게 먹는 프로커스 가문의 습관을 알기에 별다른 준비도 하지 않고 있었는데 갑자기 들어와 고기를 대령하라고 하니 놀랄 수밖에.

접시에 놓여 있는 음식을 보니 급하게 만든 거라고 해도 대단히 훌륭하다. 직접 강한 불 위에 올려 재빨리 구워 낸 고기는 충분하지만 과하지 않은 정도로 잘 익어 보기만 해도 절로 군침이 돌았다.

"수고했네."

데릭이 기꺼운 표정으로 치하한 후 가족들을 향해 말했다.

"어서 먹자."

저마다 다시 포크를 움직이는 사이 데릭이 넌지시 말을 건넸다.

"그런데 리카이엔."

"예, 아버지."

"너도 이제 결혼을 해야 되지 않겠느냐?"

대답은 리카이엔이 아니라 엉뚱한 곳에서 튀어나왔다.

"네?!"

세이나였다. 하지만 데릭은 세이나의 격한 반응을 조용히 외면한 채 리카이엔만을 보며 말했다.

"작위도 물려받은 마당에 아직까지 결혼을 하지 않은 것도 조금은 문제가 있을 것 같구나. 그래, 이번에 수도에 올라갔을 때 마음에 드는 아가씨는 없더냐?"

"컥, 케켁!"

리카이엔이 갑자기 사레가 들리기라도 한 듯 격하게 기침을 하기 시작했다. 그리고 그 사이 세이나가 깜짝 놀란 목소리로 외쳤다.

"아, 아빠, 오빠가 무슨 벌써 결혼이에요!?"

딸의 외침에 데릭이 그게 무슨 말이냐는 표정으로 고개를 저으며 말했다.

"내가 네 엄마를 만난 것이 열일곱 살 때였다. 결혼은 스무 살에 했고. 네 오빠 나이도 스물이 넘었는데 얼른 결혼도 생각을 해야지."

단정적인 데릭의 말에 세이나가 뭐라고 말도 못하고 풀죽은 표정을 짓는 사이 숨을 진정시킨 리카이엔이 말했다.

"아직 결혼 생각은 해 본 적이 없어요. 그렇지만 아버지 말을 들어 보니 늦춰서도 안 되겠네요."

"흐음, 네가 말하는 걸 들어 보니 아직 마음에 드는 처자를 만나지 못한 모양이구나."

"그렇기도 합니다만… 저는 그냥 두 분이 정해 주는 사람과 결혼을 하는 게 좋을 것 같습니다."

"음?"

데릭이 조금 놀란 표정으로 아들을 보았다. 지금 리카이엔의 말은 굳이 따지면 정략결혼을 말하는 것이기 때문이었다.

부모의 입장에서 아들의 반려자를 구하게 되면 여러 가지를 따져 보지 않을 수 없게 된다. 인물은 어떤지, 생각은 바른지, 집안은 어떠하며 어떤 것을 배우며 자랐는지 등등. 그리고 그런 것들을 따지게 되는 순간 그 결혼은 결국 정략결혼이 될 수밖에 없는 것이다.

아버지의 놀란 표정이 무슨 의미인지 읽은 리카이엔이 여전히 웃는 얼굴로 말했다.

"정략결혼이라도 상관없다는 말입니다."

"흐음, 하지만 우리 집안에서 정략결혼이라는 걸 한 적이 없다는 걸 잘 알지 않느냐?"

정확하게 말하자면 정략결혼을 한 경우를 찾으려면 몇 대를 위로 거슬러 올라가야 한다는 뜻이었다. 프로커스 백작가의 가세가 기울면서 정략결혼을 할 수 없는 상태에까지 이르렀기 때문이었다.

물론 '백작'이라는 작위를 보고 청을 넣어 오는 집안도 있었지만, 그 속에 다른 꿍꿍이가 있었기에 거절을 했었다. 그러다 보니 어느새 정략결혼은 일절 하지 않고, 마음에 드는 짝을 만나 결혼하는 것이 일종의 가풍이 되어 버린 것이었다.

"그건 잘 알고 있습니다만⋯ 특별히 마음이 가는 사람이 없어서요. 그러니 두 분께 부탁드리는 거 아니겠어요?"

그때 지금까지 가만히 듣고만 있던 힐더가 입을 열었다.

"리카이엔."

애칭인 '리크'가 아니라 '리카이엔'으로 불렸다는 것은 그녀가 정색을 한다는 뜻과 다름없었다. 그것을 알고 있는 리카이엔이 잔뜩 긴장한 표정으로 시선을 돌렸다.

"예, 어머니."

"정략결혼이라는 건 여자에게는 그 후의 인생이 어둡고 외롭다는 뜻이란다. 물론 모든 정략결혼이 그렇지는 않지만, 많은 경우가 그렇지. 나는 내 아들이 여자를 불행하게 만드는 남자가 되는 것은 원치 않는다."

힐더의 말에 리카이엔 역시 진지한 표정으로 말했다.

"정략결혼이 슬픈 이유는 도구로 이용되기 때문이지요. 하지만 제가 그렇게 생각을 하지 않고, 해야 할 도리를 어기지 않는다면 불행하게 만들지 않을 수 있지 않을까요? 혹시 모르는 일이죠. 정략적인 결혼을 했지만 그러다가 애정이 생기게 될지도……. 그리고 어머니, 아버지께서 제 결혼 상대를 정해 주신다고 해서 그게 꼭 정략결혼이 될지는 모르는 일 아니겠어요?"

확고한 표정으로 말하는 리카이엔을 보며 데릭과 힐더 두 사람은 저도 모르게 이마를 짚었다.

리카이엔의 생각이 그리 틀리지도 않을뿐더러 지금 말하는

모양새를 보아하니 절대 스스로 결혼 상대를 찾지는 않을 것
이라는 예감이 들었던 것이다.

즉, 두 사람이 여러 곳을 돌아다니며 아들의 반려자로 부족
하지 않을 아가씨를 찾아야 한다는 뜻이었다.

그리고 그것은 절대 쉽지 않은 일이라는 것을 두 사람은 잘
알고 있었다.

데릭이 고민스러운 얼굴로 고개를 끄덕이며 말했다.

"네 생각은 잘 알았다. 이번 전쟁이 끝나거든 한번 알아보
도록 하자꾸나. 대신, 절대 다치지 말고 무사히 돌아와야 한
다. 알겠느냐?"

"에이~ 몇 번을 말씀드려요? 아버지 아들은 불사신이라니
까요."

"허허! 그래, 알았다."

Chapter 5.

프로커스 백작군

두두두두두!

요란한 말발굽 소리에 리카이엔이 흘끗 뒤를 돌아보았다.

"음? 저놈 왜 저래?"

리카이엔을 따라 시선을 뒤로 돌렸던 안톤이 고개를 갸웃거리며 말했다.

"그, 글쎄요?"

뿌연 먼지를 잔뜩 몰고 달려오는 사람은 리카이엔의 친구이자 그론스트 백작령의 주인인 카이스였다.

순식간에 거리를 좁힌 카이스가 리카이엔 옆에서 급하게 말을 멈췄다.

히이이잉!

말이 요란한 소리를 내지르며 그 자리에 멈추자, 리카이엔이 서 있는 자리 주변이 온통 먼지로 휩싸였다.

"후우우~ 뭐야?"

리카이엔이 손으로 먼지를 휘저으며 잔뜩 인상을 찌푸린 채 물었다.

그 말에 카이스가 리카이엔보다 한층 더 인상을 구기며 말했다.

"친구야, 너 나한테 무슨 원한이라도 있냐?"

"뭔 소리야?"

"몰라서 묻냐?"

"알면 묻겠냐?"

"젠장, 그놈의 말장난은…… 아무튼 좀 천천히 가자."

카이스의 말에 리카이엔이 고개를 갸웃거렸다.

"무슨 말이냐, 천천히 가자니? 그럼 우리가 빨리 가냐?"

"늦게 가는 줄 알았냐?"

그론스트 백작령에서 남부 아크로니아 산악 지대까지 가려면 배를 타고 폴넨 강 하류에서 내려 서쪽으로 가는 길이 제일 빨랐다.

그리고 리카이엔의 프로커스 백작령에서도 그 길이 가장 빠른 길이었다.

그런 이유로 두 사람은 폴넨 강의 가장 하류에 있는 포구인 렉두스 포구에서 합류해 함께 이동하기로 약속했었다. 그런데 렉두스 포구에서 합류해 이동을 시작한 지 정확하게 이틀 만에 문제가 발생한 것이었다.

프로커스 백작군의 무지막지한 행군 속도를 그론스트 백작군이 따라가지 못하는 것이었다.

리카이엔이 심드렁한 목소리로 말했다.

"왜? 잘 따라오더니."

정확하게 말하자면 행군 속도를 따라가지 못한 것은 아니었다. 그론스트 백작군 역시 잘 훈련된 정병이었기에 프로커스 백작군의 행군 속도에 맞춰 이동을 했다.

억지로.

하지만 이튿날이 되자 전날의 과한 행군으로 인해 체력이 떨어져 버린 것이었다.

카이스가 울상을 지으며 하소연하듯 말했다.

"우리 애들 다 퍼졌다, 이 괴물 같은 놈들아. 어찌 된 게 다른 군대가 이틀에 이동할 거리를 하루에 주파하냐?"

"쩝, 그럼 오늘은 좀 쉬어야 되나?"

리카이엔의 말에 카이스가 고개를 저었다.

"그럴 필요까지는 없고… 대신 우리가 선두에 설게."

"그러면 갈 수 있겠냐?"

"우리 애들 너무 무시하지 마라. 괴물 같은 니들만큼은 아니지만 그래도 꽤나 잘 훈련된 정예병들이까. 너네 군대 속도를 따라가기 벅차서 그렇지 제대로 우리 페이스에만 맞추면 움직이는 건 가능하거든."

"크크, 알았다. 그럼 앞장서."

고개를 끄덕이는 리카이엔의 얼굴을 보며 카이스는 저도 모르게 길게 한숨을 내뿜었다.

"우리 애들이 행군하다 퍼질 줄은 꿈에도 몰랐다."

"뭐, 평소에 얼마나 훈련을 했는가에 따라 다른 거지."

"너, 오늘… 좀 재수 없다."

"뭐, 원래 잘나면 살짝 재수 없을 수도 있지. 그런데……."

리카이엔이 말끝을 흐리며 카이스의 주위를 환기시켰다.

"그런데… 뭐?"

"니 동생은 왜 따라온 거냐?"

리카이엔은 정말 심각한 표정으로 물었다. 렉두스 포구에서 기다리고 있을 때, 카이스와 동생인 샤일론이 함께 나타났을 때는 말 그대로 대경실색했었다.

"흐음, 자기가 따라가겠다고 하더라고."

"아무리 그래도 몸도 불편한데 어쩌자고?"

"자기가 도움이 될 거라고 우기면서 따라오니, 뭐 기특하기도 하고 해서……. 그 녀석이 머리가 좀 좋잖아. 그리고 그 의자만 있으면 어지간한 사람들보다 훨씬 빨리 움직이는 것도 가능하니까 그리 위험하지도 않아."

"전쟁터에서는 무슨 일이 생길지 모르는 거다."

"걱정하지 마라. 녀석이 그래도 마법에는 천부적이잖아. 제 한 몸 정도는 충분히 지켜."

크게 개의치 않는다는 듯 말하는 카이스의 태도에 리카이엔은 어쩔 수 없이 고개를 끄덕일 수밖에 없었다.

하지만 그가 진정으로 걱정하는 것은 샤일론이 아니었다. 오히려 친구를 걱정하는 것이었다.

카이스 본인은 느끼지 못하고 있지만, 리카이엔은 처음 보았을 때부터 샤일론에게서 무언가 찝찝한 느낌을 받았다. 그 후에도 간간이 그런 느낌을 지속적으로 느꼈다.

갑작스러운 행동의 변화는 갑작스러운 심경의 변화로 인한 것이기 때문이었다. 그리고 보통은 그 정도의 심경 변화는 부정적인 방향일 가능성이 컸다. 그렇기에 샤일론을 볼 때는 항상 뭔가 찝찝하고 의심스러운 느낌이 들었다.

그런데 언제 무슨 상황이 생길지 모르는 치열한 전쟁터에 따라나섰다고 하니 그 의심이 짙어질 수밖에.

하지만 아직까지 확신이 서는 무언가가 없기에 미리 말을 하기도 애매했다. 우선은 지켜보는 수밖에.

"아무튼 얼른 앞장서라."

"알았다!"

그론스트 백작군 외에 프로커스 백작군의 무지막지한 행군 속도에 허덕이는 또 한 사람이 있었다. 이제 막 프로커스 백작군에 속해 출정을 한 루딜이었다.

"헉, 헉헉!"

뛰는 것도 아니고 그저 걷는 것뿐인데도 숨이 턱까지 차올랐다. 차라리 단숨에 뛰고 푹 쉬는 게 낫지, 이렇게 끊임없이 걸으니 말 그대로 죽을 맛이었다.

"윽, 크윽!"

한 발, 한 발 내디딜 때마다 입에서 절로 비명이 터져 나왔다.

기사로서의 교육을 받아 온 탓에 말을 타고 이동하는 것은 익숙해도 이렇게 걸어서 이동하는 것은 익숙하지 않다 보니 하루 만에 발에 물집이 잡혀 버린 것이었다.

물집이 터져 진물이 흘러나와 신발 안은 이미 질척해진 상태였다. 그리고 물집이 터진 부위가 발을 움직일 때마다 쓸리면서 한층 더 진한 고통을 선사해 주고 있었다.

'괜한 짓을 했나?'

미처 전쟁이 시작되기도 전에 마주한 고통에 루딜은 저도 모르게 그런 생각을 했다. 하지만 급히 고개를 가로저었다.

'세이나와 만나기 위해서라면!'

이렇게 하지 않았다면 세이나의 얼굴도 한번 제대로 보지 못했으리라. 그렇기에 이렇게 고통스러워도 자신의 결정을 후회하지 않을 수 있었다.

그리고 또 한 가지. 이 전쟁이 끝나고 영지로 돌아가면 두고두고 세이나의 얼굴을 볼 수 있으리라. 더불어 운 좋게 기회가 오면 세이나와의 결투에서 이겨 그녀의 마음을 얻어 낼 수도 있을 테니까.

"끅, 끄윽!"

하지만 세이나가 좋은 건 좋은 거고, 아픈 건 아픈 거다. 걸으면 걸을수록 고통은 배가 되었다. 물집이 잡혔다가 터진 자리에 다시 물집이 잡힌 것 같았다.

그래도 끝까지 걸어야 했다. 여기서 포기한다면 프로커스 백작에게 쓸모없는 놈 취급을 당할 것이 분명했다. 그러니 버텨야 했다.

그때였다. 루딜의 귀가 번쩍 뜨이는 소리가 들렸다.

"정지!"

"정지!"

선두 쪽에서부터 똑같은 외침이 차례차례 뒤로 전달되고 있었다. 그리고 루딜 앞에 있던 병사가 걸음을 멈췄다.

"정지—!"

루딜은 앞에서 전달된 말을 진심을 담아 외쳤다. 그리고 천천히 무너지듯 그 자리에 주저앉아 급히 신발을 벗었다.

"후아~!"

축축한 신발을 벗자마자 루딜의 입에서 새어 나오는 것은 기나긴 한숨이었다. 이렇게 시원할 수가 없었다.

걷는다는 것이 이렇게나 힘든 일이고, 잠깐의 휴식이 이렇게 달콤할 줄은 꿈에도 생각지 못했었다. 병사로 지낼 결심을 하지 않았다면 절대 알지 못했을 쾌감.

그때 누군가 루딜 곁으로 다가왔다.

"괜찮나?"

같은 소대의 상급 병사인 헐리였다.

"아, 예. 발에 물집이 좀 잡히기는 했지만……."

불쑥 손을 내밀어 루딜의 발을 잡더니 설명도 없이 번쩍 들어 올렸다.

쿵!

"억!"

앉아 있는데 발을 잡고 들어 올리면 상체가 뒤로 넘어가는 건 당연지사. 등판을 그대로 바닥에 내동댕이쳐진 루딜의 입에서 짧은 비명이 터져 나왔다.

하지만 그러거나 말거나 헐리는 루딜의 발을 살펴볼 뿐이었다.

"끌끌, 제대로 뛰어 보지도 않은 발이네."

"네? 그게 무슨 말이에요. 제가 얼마나 검술 연습을 열심히 했는데."

"검술이랑 뛰는 거랑 같냐?"

"뭐, 그렇지는 않겠지만……."

"흐음, 아무튼 어쩌다가 이런 새파란 놈이 우리 소대에 들어왔는지……. 쯧! 옛다, 이거 써라."

헐리가 불쑥 내민 것은 나무로 만든 주먹만 한 통이었다.

"이게 뭔데요?"

"물집 터진 데 발라라. 우리 집안 비전의 약인데 물집 같은 데 즉빵이다."

"킁킁, 윽!"

통을 열고 반사적으로 냄새를 맡던 루딜이 격한 신음을 집어삼키며 황급히 고개를 젖혔다.

"이, 이거 무슨 냄새가……."

그런 루딜의 뒤통수에 헐리의 주먹이 작렬했다.

따악!

"악! 왜 때려요!"

루딜의 진짜 정체를 안다면 상상도 못할 일이었다. 하지만 루딜은 자신의 신분에 대해 아무런 생각도 없는지, 정말 자연스러운 반응을 보였다.

부대에 배치되던 날, 리카이엔이 했던 말 때문이었다.

'니가 루딜 폴덴바인이라는 사실이 밝혀지는 날, 넌 그대로 귀향이다. 그리고 부대 안의 질서를 어겨도 마찬가지다.'

귀향은 별 게 아니었다. 하지만 세이나를 차지할 가능성이 줄어든다는 것은 마른하늘에 날벼락과도 같은 일이었다.

그런 이유로 루딜은 세이나를 위해 철저하게 스스로를 세뇌시켰다. 자신의 신분을 잊으려고 노력했고, 거친 병사들과의 막사 생활에 적응하기 위해 무던히도 애를 썼다.

그리고 불과 며칠 만에 그런 일련의 마음가짐이 원래 그랬던 것처럼 자연스러워졌다.

"사람이 생각해서 줬더니 한다는 소리가 냄새냐? 에라이, 그렇게 냄새가 심해서 잘 낫는 거야, 인마~!"

"그건 또 무슨 말도 안 되는 소리예요?"

그때 주변에서 쉬고 있던 같은 소대의 병사들이 루딜을 향해 한마디씩 외쳤다.

"이야~ 신입이 헐리한테 개긴다."

"헐리 형님, 성질 많이 죽었네요?"

"어우, 말도 마. 내가 저랬으면 벌써 땅에 파묻었을걸?"

"키킥, 오늘 밤 되면 파묻을 거다."

갑작스러운 열렬한 반응에 루딜이 어리둥절한 표정을 짓자, 헐리가 루딜의 뒤통수를 가볍게 두드리며 말했다.

"일단 바르기나 해, 인마."

"아, 알았어요."

루딜은 뭔가 찜찜한 표정을 지으면서도 어쩔 수 없이 나무통 안으로 손가락을 밀어 넣었다.

물컹한 느낌과 함께 손에 묻는 진득한 액체.

루딜이 괴로운 표정으로 손가락에 묻은 약을 보며 확인하듯 물었다.

"이, 이거 정말 발라야 돼요?"

헐리의 반응은 아주 즉각적이었다.

"쳇, 바르기 싫으면 말아라."

말이 끝나기가 무섭게 약통을 낚아채는 헐리의 손.

"아, 자, 잠깐만요!"

손아귀에서 빠져나가기 직전에 약통을 불끈 움켜쥔 루딜이 나머지 손으로 손사래를 치며 다급하게 말했다.

"바를게요. 바를 거라니까요!"

그리고 더 생각할 것도 없다는 듯 손으로 뜬 약을 물집이 터진 곳에 덕지덕지 발랐다. 그와 동시에 루딜의 입이 크게 벌어졌다.

"아아아아악─!"

귀가 멍멍해질 정도로 질러 뱉는 비명. 그리고 헐리를 향해 저도 모르게 버럭 소리를 질렀다.

"허, 헐리! 이게 무슨 짓이에요! 아아아악!"

마치 발이 타들어 가는 듯한 고통이 온몸의 신경을 쫙쫙 긁어 대고 있었다. 눈앞에서 피식 웃고 있는 헐리를 죽여 버리고 싶다는 살인 충동까지 느낄 정도였다.

그런데 헐리는 한술 더 뜬다.

"이 자식 이거, 엄살도 수준급이네?"

"어, 엄살이라고요? 지금 장난해요? 이상한 약을 줘 놓고 무슨 말도 안 되는 소리를!"

"음? 뭐야? 아직도 아프냐? 이상하다, 이제 효과가 나올 때가 됐는데?"

"효과는 무슨 효과가 있다는… 어?"

헐리를 향해 으르렁거리던 루딜의 얼굴에 멍한 표정이 떠올랐다. 방금까지만 해도 달군 철판 위를 걷는 것처럼 뜨겁던 발이 갑자기 시원해진 것이었다. 동시에 물집이 터져 쓰라리던 상처 부위의 통증도 한결 가라앉았다.

"이, 이럴 수가! 지, 진짜 효과가 있네요?"

"그럼 가짜로 효과가 있겠냐?"

"와아~ 정말 신기해요."

"그럼 나머지 한쪽도 발라, 인마."

그때였다. 루딜의 뒤쪽에서 한 떼의 병사가 줄을 지어 나타났다. 루딜 일행의 뒤쪽에서 나타난 병사들은 힘겹게 걸음을 옮겨 앞쪽을 향해 가고 있었다.

"음? 그론스트 백작군인데……."

병사들의 옷차림을 알아본 루딜의 말에 헐리가 설명을 해 주었다.

"이제부터 그론스트 백작군이 선두에 설 거라더군."

"음? 그래요? 그렇다는 말은……."

루딜이 말끝을 흐리며 뒤쪽으로 시선을 돌렸다. 저 멀리 뒤쪽까지 이어져 있는 기나긴 그론스트 백작군의 행렬이 눈에 들어왔다. 그리고 루딜의 입가에 미소가 떠올랐다.

"하아~ 그동안은 푹 쉴 수 있겠네."

후미에서 따라오던 그론스트 백작군이 앞으로 가서 다시 정렬을 하려면 꽤 시간이 걸릴 것이다.

루딜은 두 손으로 땅을 짚은 채 눕듯이 몸을 기대고 이제는 꽤나 시원해진 두 발을 식히고 있었다. 그런 루딜을 향해 헐리가 새하얀 무언가를 툭 던져 주었다.

"음?"

자신의 배 위에 던져진 물건을 보고는 루딜이 헐리를 쳐다보았다. 이게 뭐냐는 눈빛.

"그래 가지고 걷기나 하겠냐? 일단 감아라."

그러고는 인사를 하듯 손을 휘휘 휘저으며 자신의 자리로 돌아갔다.

헐리, 루딜이 속한 소대에 있는 다섯 명의 상급 병사 중 한 명이었다. 무뚝뚝해 보이지만 농담이나 짓궂은 장난도 잘 치고 의외로 세심하게 사람을 잘 챙기기도 하기 때문에 소대에 있는 상급 병사들 중 가장 신망이 높았다.

루딜에게도 꽤 고마운 사람이었다. 이렇게 가끔 찾아와서 짓궂게 놀리고 쥐어박으면서도 잘 보살펴 주기 때문이었다. 루딜이 귀족이라는 신분만 없었다면 평생 형님으로 모시고 싶다는 생각마저 할 정도였다.

"하아~!"

충분히 발을 식힌 루딜이 열심히 붕대를 감은 후 편안하게 숨을 내쉬었다. 그리고 옆을 지나가는 그론스트 백작군 병사들을 천천히 살펴보았다.

"큭!"

그러다가 저도 모르게 앙다문 웃음을 터트렸다. 힘겹게 걸어가는 그론스트 백작군의 모습이 자신과 크게 다르지 않다는 것을 발견했기 때문이었다.

"나만 그런 건 아니었네."

"형님."

샤일론의 부름에 카이스가 고개를 돌렸다.

"응?"

"얘기 들으셨어요?"

"무슨 얘기?"

"프로커스 백작군의 식사에 관한 얘기요."

"그게 무슨 말이냐?"

"지금 병사들 사이에서 소문이 파다해요."

자꾸 말을 던지면서도 정작 핵심은 말하지 않는 샤일론을 향해 카이스가 고개를 갸웃거렸다. 무슨 이야기를 하려고 저렇게 뜸을 들이는 걸까? 그러다 결국 참지 못하고 물었다.

"그냥 말해라. 무슨 얘기가 하고 싶은데?"

"병사들이 하는 얘기를 들어 보니, 프로커스 백작군 식사가 초호화판이라고 그러더라고요. 꽤나 술렁거리는 게 다들 부러워하는 눈치던데요?"

무슨 말일까? 출정에 나선 군대의 식사가 아무리 좋아도 초호화판이 되기는 힘들지 않겠는가. 물론, 진짜 호화스럽다는 말은 아닐 것이다. 하지만 그렇게 표현할 정도로 좋다는 뜻이기도 할 것이다.

문제는 그론스트 백작군 병사들의 식사 역시 크게 박하지 않다는 점이었다. 아니, 박하지 않은 정도가 아니라 다른 영지군이나 왕국군에 비해서도 훌륭한 편이었다.

그런 그론스트 백작군 병사들의 입에서 초호화라는 말이 나왔다면 도대체 얼마나 좋은 음식이 나온단 말인가?

크게 호기심이 동한 카이스가 들고 있던 빵을 입 안으로 우겨 넣으며 벌떡 몸을 일으켰다.

"너도 보러 갈 테냐?"

하지만 샤일론은 고개를 저었다.

"뭐, 이 의자에 타고 움직이는 걸 굳이 많은 병사들에게 보여 줄 필요는 없을 것 같아요. 군대가 움직일 때는 작은 것 하나라도 조심해야 되잖아요."

"하하, 네가 참전한다는 사실은 이미 모든 병사들이 알고 있다."

"아니에요. 알고 있는 것과 실제로 보는 것은 많은 차이가 있는 법이거든요."

"쯧, 걱정도 많구나. 그런 건 신경 쓰지 마라. 네가 불편한 몸을 이끌고도 참전한다는 사실을 직접 눈으로 확인하면 오히려 사기가 더 오를 거다."

군대란 전쟁을 위해 존재하는 집단이다. 그렇기에 흔히 떠오르는 이미지는 거칠고 난폭하다. 하지만 실제로 군대라는 집단은 작은 것 하나에도 민감하고 큰 반응을 보이는 감수성이 풍부한 존재다.

몸이 불편한 지휘관의 동생이 참전한다는 것은 꽤나 선전의 효과가 클 것이다. 물론, 카이스가 그런 상황을 이용하겠다는 것은 아니었지만 말이다.

하지만 샤일론은 고개를 저었다.

"역시 저는 먹던 음식이나 마저 먹어야겠어요. 형님만 보시면 되죠, 뭐."

말은 그렇게 했지만 실은 다른 이유가 있었다. 바로 리카이엔이었다.

처음 만났을 때부터 느낀 것이었지만, 리카이엔이 자신을 바라보는 눈빛은 지금껏 본 그 어떤 것보다 날카로운 눈빛이었다. 그 눈빛을 마주할 때면 언제나 느끼는 것이 머릿속으로 죄다 까발려지는 것 같은 느낌이었다.

그것은 샤일론으로서는 굉장히 불쾌한 느낌이었다.

그렇기에 리카이엔과 만나는 것을 꺼리게 된 것이었다.

그런 동생의 생각을 아는지 모르는지 카이스는 어깨를 으쓱거리며 걸음을 옮겼다.

길 좌우의 평평한 곳에 부대별로 자리를 잡고 식사하는 병사들의 모습이 눈에 들어왔다. 흩어져서 식사를 하면서도 군기가 흐트러지거나 어수선한 분위기는 전혀 보이지 않는다. 자리를 잡고 앉아서 절도 있는 분위기 속에서 음식을 먹고 있는 모습.

그만큼 잘 훈련된 병사들이라는 뜻이었다.

카이스는 늠름한 자신의 병사들을 보며 흐뭇한 표정으로 고개를 끄덕였다.

'후후, 훈련 강도를 높인 보람이 있군. 뭐, 그만큼 돈은 더 들어갔지만…….'

대륙의 정세가 심상치 않다고 느낀 순간부터 카이스는 군비를 늘리면서 병사들을 정예화하는 데 주력했다. 쉬운 일은 아니었지만, 그 성과가 눈에 보이니 그렇게 기분이 좋을 수가 없었다.

하지만 그런 그의 기분은 얼마 가지 못했다.

'제기랄!'

카이스는 프로커스 백작군의 구역으로 들어서자마자 욕부터 터트렸다.

와자하게 떠들면서 게걸스럽게 음식을 퍼먹는 병사들의 모습이 눈에 들어온 것이다. 하지만 카이스가 욕을 한 이유는 그들이 와자하게 떠들기 때문도, 군인답지 못한 분위기도 아니었다.

분명 아무렇게나 주저앉아 떠들면서 음식을 먹고 있는데도 불구하고 날카로운 정예 병사들의 느낌이 지워지지 않기 때문이었다.

이렇게 떠들면서 음식을 먹다가도 뭔가 일이 터지면 그 순간 최정예 군대의 모습을 보일 것 같은 느낌. 아니, 단순한 느낌이 아니라 확신이었다.

다시 말해 이렇게 오합지졸로 보여도 사실은 엄청난 정예병이라는 사실. 그것을 역으로 풀이하면 이들이 자신의 군대보다 훨씬 더 잘 정련된 병사들이라는 뜻이었다.

행군 때부터 느꼈지만, 리카이엔의 병사들은 정말 말 그대로 괴물들이었다.

'하아~!'

그리고 또 하나.

병사들이 먹고 있는 음식이었다.

확실히 자신의 병사들이 먹는 것보다 훨씬 좋은 음식들이었다. 그론스트 백작군 사이에 프로커스 백작군의 식사는 초호화판이라는 얘기가 나오기에 충분했다.

물론, 군대에 어울리지 않게 격식을 갖춘 음식을 먹는다는 뜻은 아니었다. 그래 봐야 빵과 스프, 그리고 소시지와 야채다. 하지만 한눈에 봐도 아주 질 좋은 재료들로 만들었다는 것을 알 수 있는 음식들이었다.

"에이, 망할 놈!"

스스로 그런 말을 하기는 참으로 민망하지만, 카이스는 자신이 꽤 괜찮은 영주라고 생각했다. 그리고 그것은 분명한 사실이었다. 카벤테스 포구를 중심으로 한 각종 이득을 이용해 영지민들의 삶을 윤택하게 만들어 주었고, 지금 이곳에 있는 병사들의 병영 생활 역시 부족함이 없도록 했다.

그런데 이상하게도 리카이엔 옆에만 있으면 자신이 이렇게 초라해 보일 수가 없었다. 그리고 묘하게도 질투까지 피어올랐다.

분개한 카이스가 씩씩거리며 리카이엔이 있는 곳을 향해 급히 달리기 시작했다.

두두두두!

뿌연 먼지가 피어오르고, 그 먼지를 불어오는 가벼운 바람이 주변으로 실어 날랐다.

"에이—!"

"윽, 이거 뭐야~!"

곳곳에서 비명 같은 외침이 터져 나왔다. 카이스가 갑자기 말을 달리는 바람에 일어난 먼지가 병사들의 음식 위로 날아든 것이었다.

괜히 한번 심술을 부려 본 것이었다.

그때였다.

쉐에에엑!

"흡!"

갑자기 귓바퀴를 훑어 대는 파공성과 함께 날아든 날카로운 기운에 카이스가 황급히 시선을 돌렸다. 하지만 날아든 그 무언가가 너무 빨랐다.

때애애앵!

머리에 쓰고 있는 투구가 종이라도 된 듯 크게 울리며 주변에 있는 병사들의 시선을 잡아끌었다.

투구 덕분에 아프지는 않았지만, 굉음으로 인해 고막이 웅웅 울리면서 머리가 멍해졌다.

"어떤 놈이냐!"

카이스가 버럭 소리를 질렀다.

방금 날아든 돌멩이는 분명 누군가가 고의로 던진 것이었다. 그리고 지금 이곳은 병사들만 있는 곳이었다. 높은 신분이라고 해 봐야 기사들.

아무리 카이스의 성격이 좋아도 그냥 넘어갈 수 없는 일이었던 것이다.

그때 누군가의 목소리가 들렸다.

"밥 먹는데 먼지는 왜 날려?"

대놓고 반말을 던지는 그 목소리에 카이스가 살기 어린 시선으로 고개를 돌렸다.

"어떤 놈이… 어?"

하지만 입에서 터져 나온 것은 실성이었다. 조금도 생각하지 못한 인물이 이쪽을 노려보고 있었던 것이다. 바로 리카이엔이었다.

"니가 거기 왜 있냐?"

"밥 먹고 있었다."

"응? 니가 왜 거기서 밥을 먹어?"

"여기서 밥 먹으면 안 되냐?"

리카이엔은 병사들과 함께 식사를 하고 있었던 것이다.

"뭐, 그런 건 아니지만……."

"안 먹었으면 와라. 같이 먹자."

"어, 그래."

이미 빵을 몇 개 집어 먹었지만, 뭔가 와자하게 떠들면서 식사하는 모습을 보니 괜히 조금 더 집어 먹고 싶은 생각이 들었다.

리카이엔 옆자리에 털썩 주저앉아 건네주는 빵을 받아 들던 카이스는 문득 이상한 것을 느꼈다. 자신이 들어왔음에도 불구하고 병사들이 크게 신경을 쓰지 않는 모습을 보았기 때문이었다.

이건 일반적인 반응과는 전혀 다른 것이었다. 아무리 겁이 없어도, 혹은 해당 귀족이 사람이 좋아도 일단 신분의 차이가 있었다. 보통은 슬쩍 자리를 피하거나 눈치를 살피는 것이 당연한 일이었다.

딱히 카이스가 권위의식에 사로잡혀서 그런 것이 아니라 일반적인 반응이 그렇다는 뜻이다.

그리고 이내 그 원인이 무엇인지 알 수 있었다.

리카이엔 때문이었다. 리카이엔이 스스럼없이 병사들과 식사를 하고 이야기를 나누니 병사들도 귀족에 대한 두려움이 옅어진 것이었다.

하지만 사람의 생각이란 쉽게 바뀌는 것이 아니었다. 한두 번으로 이렇게 변할 수 있을 리가 없다.

거기까지 생각한 카이스가 슬쩍 리카이엔을 향해 물었다.

"너, 자주 이렇게 밥 먹냐?"

"매일."

"응?"

"영지에 있을 때는 적어도 점심 정도는 같이 먹는다. 가끔 검술 훈련도 같이 하고, 체력 훈련도 하고."

"그랬군. 그런데 왜?"

카이스가 정말 이해할 수 없다는 표정으로 물었다. 이렇게 해서 병사들과의 유대가 좋아지는 효과를 거둘 수는 있겠지만, 거기서 끝이었다.

카이스가 본 바에 따르면 리카이엔은 병사들에게 많은 것을 주고 있었다. 그 정도만 해도 병사들은 충분히 리카이엔에게 충성을 바칠 것이다. 그런데도 굳이 이렇게까지 하는 이유를 알 수가 없었던 것이다.

그런데 리카이엔은 대답 대신 뜬금없는 질문을 했다.

"다 먹었냐?"

"응? 이제 빵 한 조각 먹었다."

"많이 먹었네. 일어나자."

"이이, 나한테 주는 게 아깝냐?"

"니 거 먹어, 인마."

그러더니 카이스의 팔을 잡고 한쪽으로 잡아끌었다. 뭔가 이유가 있을 거라 생각한 카이스가 못 이기는 척 리카이엔에게 끌려갔다.

리카이엔은 병사들이 식사를 하는 곳과 꽤 거리가 벌어진 후에야 카이스를 놓아주었다.

리카이엔의 의도를 짐작한 카이스가 심드렁한 목소리로 물었다.

"병사들이 들으면 안 되는 얘기냐?"

"안 듣는 게 좋지."

"그래서, 왜 그러는 건데?"

"너, 병사들한테 가장 치명적인 게 뭔 줄 아냐?"

"뭔데?"

"신분이다."

카이스가 저도 모르게 고개를 갸웃거렸다. 신분이라니, 그게 무슨 말인가?

"그게 왜 치명적인 건데?"

"생각을 해 봐. 병사가 있어. 그리고 그 병사에게는 상관이 내린 명령이 있단 말이야. 그런데 갑자기 어떤 귀족이 나타나서 병사가 받은 명령을 수행하지 못하게 한다면? 여기서 병사에게 명령을 내린 상관은 똑같은 평민이었을 때 말이야."

"응? 뭐, 아무래도 해야 될 걸 못하겠지. 그래도 그런 경우가 얼마나 있겠냐?"

"여러 군대가 한곳에 모이는 경우가 많다. 그때는 그럴 일이 의외로 비일비재하다."

"그런가?"

카이스가 고개를 갸웃거리며 잠시 생각에 잠겼다.

"흐음……."

확실히 그럴 수도 있겠다 싶었다. 여러 사람이 모이는 곳에서는 어떤 마찰이 생길지 모르는 일이었다.

그럼에도 불구하고 리카이엔이 말하는 것은 좀 비약이 심한 것 같았다.

"야, 아무리 그래도 그렇지, 그렇게까지 생각하는 건 좀……."

"쯧쯧, 그게 만약 전투 시라면 어떡할래?"

"응?"

"그러면 그 군대는 그대로 돼지는 거야."

"흐음……. 아무튼, 그 얘기를 왜 하는 건데?"

"니가 물어봤잖아. 왜 병사들하고 그러느냐고."

카이스가 고개를 갸웃거리며 물었다.

"그러니까 그렇게 해서 병사들이 귀족을 무서워하지 않도록 만든다는 말이냐?"

"효과는 너도 봤잖아."

리카이엔의 단정적인 말에 카이스가 저절로 고개를 끄덕였다. 확실히 리카이엔의 병사들은 자신이 왔음에도 불구하고 별로 긴장하는 느낌이 없었던 것이다.

하지만 그렇다고 의문이 완전히 없어진 것은 아니었다.

"야, 그런데 그렇게 겁을 안 내다가 정작 자기 영주가 하는 명령도 안 들으면?"

"바보냐? 군대는 신분으로 움직이는 게 아니라 명령이랑 지휘 체계로 움직이는 거다."

"그래?"

카이스가 여전히 고개를 갸웃거리자, 리카이엔이 피식 웃으며 말했다.

"내가 한번 시험을 해 봤거든."

"응? 뭘?"

"자기 소대장이 뭔가 시켰을 때, 내가 다른 걸 시켜 봤단 말이야."

"오오, 그래? 그래서 결과는?"

"내 말을 조용히 무시하더군."

"헉, 그래?"

"무시한 정도가 아니지. 핀잔까지 주더라."

아무렇지도 않다는 얼굴로 이야기하는 리카이엔을 보며 카이스는 저도 모르게 질린 표정을 지을 수밖에 없었다.

그리고 또 한 가지.

다른 건 몰라도 군대로 리카이엔을 이기는 것은 절대 불가능한 일이라는 생각이 머릿속을 스쳤다.

'무서운 놈.'

Chapter 6.

살아 있는 전설, 로바인 후작

"준비는?"

황혼의 기사단 단장인 파벤투스의 목소리가 나지막하게 울려 퍼졌다.

파벤투스가 가장 믿는 심복이자 황혼의 기사단 부단장인 드론델이 느리지만 분명한 목소리로 대답했다.

"말씀하신 대로 별궁을 포위한 상태이며 비밀 통로까지 파악해 두었습니다."

드론델의 설명을 들은 파벤투스가 천천히 고개를 돌렸다. 그의 시선에 들어온 것은 외로이 서 있는 하나의 궁전이었다. 아주 높지는 않지만 적을 방어할 목적인 성벽에 둘러싸여 있고, 성벽 위에는 곳곳에서 병사들이 환하게 횃불을 밝히고 있는 궁전.

수도 크벤티움 외곽에 세워져 있는, 그로니스 제국 제1황위 계승권을 가지고 있는 로우디스 대공의 별궁이었다.

잠시 대공의 별궁을 노려보던 파벤투스가 다시 시선을 돌렸다. 이번에는 드론델의 어깨 너머였다. 그곳에 100여 명의 황혼의 기사들이 검은 야행복에 복면을 쓴 채로 열을 맞춰 서 있었다. 기사들만이 아니라 파벤투스와 드론델 역시 똑같은 차림이었다.

"우리가 이 일을 위해 얼마나 공을 들였는지는 굳이 내가 말하지 않아도 잘 알 것이다."

조금의 흔들림도 없는 강인한 눈빛들이 파벤투스의 말에 대답을 한다. 굳이 소리를 내어 대답할 필요가 없는 말이었다. 이미 그들의 몸으로 직접 체험한 일이기 때문이었다.

"황제 폐하께서 직접 내린 명령이다. 그리고 절대 실패해서는 안 되는 임무다."

순간, 황혼의 기사들의 두 눈에서 시퍼런 독기가 뿜어져 나왔다.

크리온테스 황제가 황혼의 기사단에 내린 명령은 로우디스 대공의 제거였다. 주어진 기한은 두 달. 그것도 독립 기사의 권한을 모두 박탈당한 채 수행해야 할 임무였다.

황제를 제외하고 가장 강한 힘을 가지고 있으며, 암암리에 자신만의 세력을 구축하고 있는 로우디스 대공을 두 달 안에 정당하게 제거한다는 것은 쉬운 일이 아니었다.

하지만 황혼의 기사단은 그 어려운 임무를 해냈다. 로우디스 대공의 주변을 모두 파헤치고, 조금이라도 이상하다 싶은 정보들은 모조리 긁어모았다.

그리고 그 모든 정보들을 로우디스 대공과 이어 놓고 절대 빠져나갈 수 없는 역모의 증거로 만들었다.

그리고 오늘 낮, 크리온테스 황제는 그것을 공표하고 로우디스 대공을 반역죄로 체포할 것을 명령했다.

평소였다면 로우디스 대공이 조목조목 반박하면서 자신의 세력을 이용해 오히려 황제를 궁지에 몰아넣을 수도 있는 일이었다.

하지만 지금 제국의 분위기는 어수선하기 짝이 없었다. 델로스 왕국이 브렌 왕국을 침공하면서 제국 내에서도 개전론(開戰論)이 한창 뜨겁게 달아오르고 있었기 때문이었다.

이러한 시기에는 기존 질서가 흔들릴 수 있는 일에 대해서 아주 민감하게 반응하는 법. 로우디스 대공은 하필이면 정확하게도 그 타이밍에 누명을 쓰게 된 것이었다. 즉, 무슨 말을 해도 역적이 될 수밖에 없는 상황이었다.

그런 이유로 로우디스 대공에게 주어진 선택은 자신의 세력들과 함께 별궁에서 농성을 하는 것밖에 없었던 것이다.

그리고 그 '농성'은 아이러니하게도 로우디스 대공을 궁지에 몰아넣는 결정적인 계기가 되었다.

농성을 한다는 말은 개인적으로 병사를 소유할 수 없는 황도에서 사병을 가지고 있다는 뜻이었다. 그리고 그 병사들이 로우디스 대공이 반역을 획책했다는 증거였다.

이는 로우디스 대공에게 더 이상의 미래가 없다는 뜻이었다.

"후우~!"

파벤투스는 긴 한숨을 내쉬며 대낮처럼 환하게 밝혀져 있는 대공의 별궁을 쳐다보았다.

높지는 않지만 방어하기에는 충분한 높이의 성벽. 그리고 성벽 위에 긴장된 표정으로 아래를 내려다보고 있는 병사들의 모습.

'도대체 언제 저만큼의 병력을 모아 두고 있었단 말인가?'

로우디스 대공에 대해 그만큼 철저하게 조사를 했음에도 불구하고 저 병력들에 대한 내용은 나오지 않았다.

현재로써는 그 병력들의 존재가 황제에게는 아주 로우디스 대공을 끝낼 결정적인 증거로 작용했지만 말이다.

'고맙다고 해야 할지……'

상황이 황제에게 유리하게 돌아가고 있는 것은 분명 환영할 만한 일이었다. 하지만 자신들이 그 사실을 몰랐다는 것은 크나큰 문제였다.

"후~ 어쩔 수 없지."

짧게 숨을 끊어 쉬며 자조적인 표정으로 중얼거린 파벤투스가 천천히 허리의 롱소드를 뽑아 들었다. 어쨌든 모든 준비는 끝났다. 우선은 닥친 일을 처리하고 나머지는 그 다음에 생각해 볼 수밖에 없었다.

그때였다.

"장전—!"

차분하게 가라앉아 있던 밤공기를 뒤흔드는 우렁찬 호령. 대공의 별궁을 포위하고 있는 근위대의 공격 신호였다.

그리고 또 하나의 공격 신호.

파벤투스의 외침이 나직하게 울려 퍼졌다.

"들어간다."

명령과 함께 황혼의 기사들이 아무런 기척도 없이 그 자리에서 모습을 감추었다.

그리고 더 이상 고요할 수 없는 밤이 시작되었다.

쒸우우웅, 푹!

새까만 밤하늘에서 갑자기 화살이 나타나 병사의 목을 관통한다.

아무리 불을 환하게 밝혀 놓았다고 해도 밝은 곳에 적응되어 있는 눈은 어두운 공간을 볼 수가 없다. 그렇기에 새까만 밤하늘을 가로질러 날아드는 화살은 성벽 위의 병사들에게는 갑자기 나타나는 것으로 보일 수밖에 없었다.

"아아악!"

"쏴라, 활을 쏴!"

비명과 호통이 한데 뒤섞이며 대공의 별궁은 순식간에 아수라장으로 변했다. 성벽 위에 있던 대공의 병사들이 후두두 석벽 아래로 떨어져 내렸다.

갑작스러운 화살 세례에 대공의 병사들은 제대로 싸워 보지도 못하고 그대로 무너지는 듯했다.

하지만 그것도 잠시.

"댄싱 플레임(Dancing Flame)!"

"윈드 맨틀(Wind Mantle)!"

갑자기 성벽 위에서 터져 나온 외침.

쿠하아앙—!

무언가 터져 나가는 듯한 굉음과 함께 성벽 위에서 시뻘건 불길이 솟아올랐다. 아니, 단순한 불길이 아니라 불길로 만들어진 장벽.

어느새 성벽 위에는 마법사로 보이는 자들이 한 줄로 늘어서서 손을 뻗고 있었다. 어떤 이의 앞에는 소용돌이치는 바람이, 어떤 이의 앞에는 요동치는 불꽃이 타올랐다. 그리고 그 두 가지 현상이 하나로 합쳐지며 거세게 타오르는 불의 장벽이 만들어진 것이었다.

다시 한 번 허공을 가로지른 화살들이 성벽 위로 쏟아져 내렸다. 하지만 화살들은 작열하는 불의 장벽에 닿자마자 그대로 재가 되어 흩어졌다.

한 차례 화살 공격이 뜨거운 불의 장벽에 불타 버린 직후.

팟!

영원히 타오를 것처럼 시뻘건 불꽃을 토해 내던 불의 장벽이 갑자기 꺼지듯 사라졌다. 그와 동시에 모습을 드러낸 대공의 병사들.

끼이이익!

팽팽하게 당겨진 시위가 잔뜩 약이 오른 화살을 머금은 채 성벽 아래를 노려보았다.

쒀아아아!

거센 폭우와 같은 화살비가 사선으로 쏟아져 내린다.

"허윽!"

"큭!"

근위대 병사들이 억눌린 비명을 터트리며 와르르 무너져 내렸다.

"마법사들은 뭣들 하는가!"

근위대장의 노성이 떨어지기가 무섭게 근위대 곳곳에서 강대한 기운들이 뭉치기 시작했다.

"거쉬 아이시클(Gush Icicle)!"

"그리디 소일(Greedy Soil)!"

쩡, 쩌저저적!

공기가 서늘해지는가 싶더니 갑자기 셀 수도 없을 정도로 엄청난 양의 얼음들이 허공중에 맺히기 시작했다.

그뿐만이 아니다.

근위대의 앞쪽 땅에 갑자기 균열이 생기는가 싶더니, 칼에 베인 상처처럼 쩍 갈라지며 일직선으로 성벽을 향해 뻗어 나갔다.

근위대에 있는 마법사들의 상위 마법이 펼쳐진 것이었다. 황제와 황궁을 지키는 근위대인 만큼 수준 높은 고위 마법사들을 데리고 있었던 것이다.

휘이이이잉!

갑자기 몰아친 바람에 허공에 맺힌 뾰족한 얼음들이 폭풍이라도 된 듯 어지럽게 휘몰아쳤다. 땅을 달리던 균열도 순식간에 성벽에 도착해 성벽 자체를 쪼갤 듯한 기세로 요동쳤다.

이대로 간다면 성벽 위의 병사들이 그대로 몰살당할 것이 분명한 형국.

하지만 성벽 위에 있는 마법사들은 모두가 뛰어난 전투마법사들이었다.

"루페스 월(Rupes Wall)!"

쿠르르륵!

여러 마법사들의 외침이 떨어지기가 무섭게 성벽을 괴롭히던 땅 위의 균열 위에 불쑥 흙벽이 솟아올랐다. 하나가 아니다. 성벽과 완전히 맞닿은 채 하나가 솟고, 솟아난 흙벽에 또 하나가 완전히 맞닿은 채 솟는 것을 반복해 순식간에 20여 개의 흙벽이 솟아올랐다.

힘과 힘의 대결이었다.

그리디 소일이라는 땅을 가르는 마법을 상대하기 위해 20m 정도 되는 두께의 흙벽을 만들어 버린 것이었다. 이 경우 그리디 소일은 길을 막고 있는 흙벽 또한 갈라놓아야 전진할 수 있었다. 하지만 아무리 강력한 마법이라도 그 정도로 솟아 오른 흙벽을 모두 갈라 버리기에는 힘이 부족했다.

하늘에서 휘몰아치며 덮쳐드는 뾰족한 얼음들 역시 마찬가지였다.

성벽 위의 전투마법사들은 처음 선보였던 댄싱 플레임과 윈드 맨틀을 합쳐 불의 장벽을 만들어 내는 것으로 거쉬 아이시클의 얼음덩이들을 모두 녹여 버렸다.

근위대의 상위 마법을 하위 마법의 적절한 운용을 통해 힘들이지 않고 막아 낸 것이었다.

이는 수준은 낮지만 경험과 응용력이 높은 하위 마법사들이 고위 마법사의 공격을 막아 냈다는 뜻이었다. 그리고 전투마법사들이 얼마나 '전투' 라는 것에 잘 적응되어 있는지를 나타내는 것이기도 했다.

쏴아아아아!

성벽 위에서 또 한 번의 화살비가 퍼부어졌다. 이번에는 병사들이 아닌 마법사들을 향한 화살들이었다. 아무리 전투마법사들이 전투에 능하다 해도 고위 마법사들의 그 무시무시한 위력을 그냥 보아 넘길 수는 없기 때문이었다.

푹, 푸푸푹!

"끄어어어억!"

쏟아지는 화살들로 인해 고슴도치가 되어 버린 고위 마법사들이 줄줄이 고꾸라졌다. 그 인원이 얼마 되지 않기에 그만큼 집중적으로 화살 세례를 받았고, 결국 죽음을 맞이한 것이었다.

"무, 물러나라!"

근위대장의 당혹성이 터져 나오면서 근위대 병사와 기사들이 방패를 치켜든 채 천천히 뒷걸음질 치기 시작했다. 어처구니없게도 대공의 병사들이 우위를 차지한 것이었다.

하지만 당혹스러운 목소리로 외치는 근위대장의 표정은 그리 급해 보이지 않았다. 오히려 이제 모든 것이 끝났다는 듯한 안도의 표정을 짓고 있었다.

그는 사실 이 정도 혼란스러움을 만드는 것까지의 임무만 맡았기 때문이었다.

그리고 그 혼란스러운 틈을 타 은밀하게 별궁 안으로 침투하는 이들이 있었다.

황혼의 기사단이었다.

그들의 침투 경로는 다름 아닌 별궁의 비밀 통로. 두어 달전 리카이엔이 황궁으로 침입할 때 사용했던 그 방법이었다. 자신들이 당한 방법을 똑같이 사용할 만큼 리카이엔이 사용한 방법이 효과적이었던 것이다.

"누, 누구… 끅!"

갑작스러운 인기척에 놀란 병사가 꺼냈던 말을 채 끝맺기도 전에 짓눌린 신음을 뱉으며 무너져 내렸다. 죽은 병사를 끝으로 비밀 통로와 그 출입구를 지키던 병사들 중 살아남은 이는 없었다.

통로 밖의 정황을 살핀 파벤투스가 별다른 명령도 없이 재빨리 몸을 날렸다.

뒤이어 통로에서 쏟아져 나온 황혼의 기사들이 일사불란하게 달렸다. 황도에 있는 별궁의 구조는 익히 알고 있었기에 미리 계획을 짜고 동선을 정해 놓았던 것이다.

"후후, 더 이상 빠져나갈 틈도 없군."

로우디스 대공이 스스로를 향해 뒤틀린 미소를 날리며 중얼거렸다.

어쩌다 일이 이 지경까지 왔을까? 황제는 언제부터 자신을 제거하려고 준비를 했던 것일까?

쪼르르륵!

대공의 손에 들린 잔에 호박색의 투명한 액체가 채워졌다. 동시에 짙은 주향이 주변으로 퍼져 나갔다.

꿀꺽꿀꺽!

"커허!"

목울대를 울리며 커다란 잔에 가득 차 있던 호박색 술을 단숨에 비워 버린 대공의 입에서 뜨거운 숨이 뿜어져 나왔다. 하지만 그것으로는 부족했는지 대공은 연거푸 두 잔의 술을 더 들이켰다.

순식간에 배 속이 뜨거워지고 대공의 얼굴 역시 불콰하게 달아올랐다.

"크흐흐흐……."

그리고 새어 나오는 나지막한 웃음소리.

분명히 로우디스 대공은 황위에 대한 욕심을 가지고 있었다. 그것을 차지하기 위해 은밀하게 세력을 끌어 모았고, 긴 시간을 투자해 계획을 진행시키고 있었다.

하지만 적어도 황제가 내민 증거는 로우디스 대공의 황위 찬탈 계획과는 아무런 관련이 없었다.

"멍청한 황제에게 이런 식으로 당할 줄이야……."

대공의 얼굴에는 이해할 수 없다는 표정이 떠올라 있었다.

"도대체 왜?"

황제가 자신을 제거하려는 이유를 알 수가 없었던 것이다. 그는 제국의 대공으로서, 황위 계승권을 가지고는 있지만 욕심을 내지 않는 사람의 모습을 아주 잘 연기해 왔다.

실제로야 어떻든 외부에 보이는 모습만큼은 완벽했다.

별궁 밖으로 나가는 일은 한 달에 한 번 있을까 말까 한 정도였고, 외부의 사람을 만나지도 않았다. 제국의 정치에도 일절 관심을 보이지 않았다.

그럼에도 불구하고 황제가 자신을 노리고 일을 꾸민 이유를 알 수가 없었다.

'불과 두어 달 사이에 일어난 일인데…….'

황제가 제시한 증거들로 미루어 보아 일을 꾸민 지는 그리 오래되지 않았다. 그러다 문득 대공의 머릿속에 떠오르는 일이 있었다.

'그러고 보니!'

괴한들이 황궁에 침입한 사건이 있었다. 그 일이 대략 두 달 전의 일.

대공의 머릿속에 일련의 과정들이 대략적으로 그려졌다. 누군가가 황궁에 침입해 황제를 공격했다. 그리고 그 일 때문에 황제는 자신을 제거하기로 마음먹은 것이었다.

하지만 여전히 진짜 의문은 풀리지 않았다. 당시 황궁에 침입했다는 괴한에 대한 일은 대공은 맹세코 알지 못하는 일이었다. 그럼에도 불구하고 황제는 왜 자신과 그 괴한을 연관 지었는가.

그때였다.

팟!

대공의 뒤에서 가벼운 소음이 터졌다.

"누구냐?"

깜짝 놀란 대공이 황급히 몸을 일으켰다. 하지만 연달아 세 잔이나 들이켠 독한 술로 인해 몸이 제대로 중심을 잡지 못했다.

휘청거리며 간신히 뒤로 돌아선 대공의 눈에 한 사내의 모습이 들어왔다. 자신보다 30cm는 더 커 보이는 커다란 덩치에 깊이 후드를 눌러쓴 사내. 이 별궁에서는 단 한 번도 본 적이 없는 사람이었다.

"네놈은……."

대공이 급히 뭐라고 물어보려 했으나 취기로 인해 혀가 꼬여 제대로 말이 나오지 않았다. 그리고 그 사이 후드를 눌러쓴 사내의 손이 움직였다.

'음?'

그 순간 대공의 얼굴에 한 줄기 의혹이 떠올랐다.

'바람?'

꽉 막힌 방 안에 느닷없이 세찬 바람소리가 들렸기 때문이었다. 하지만 대공의 의문은 오래가지 않았다.

푸우우욱!

명치를 뚫고 들어오는 뜨거우면서도 시린 무엇.

"끄윽!"

지독한 고통에 신음을 토해 내며 그대로 바닥을 나뒹구는 대공의 귀에 또 다른 소리가 들렸다.

"적이다!"

"끄아아악!"

닫혀 있는 문 밖에서 들려오는 요란한 소음들.

'무슨 일이…….'

대공은 바닥에 널브러진 채로 정면을 쳐다보았다. 하지만 방금 자신의 명치에 무언가를 찔러 넣은 사내의 모습은 보이지 않았다.

극심한 고통과 함께 찾아오는 것은 나른함이었다. 그리고
서서히 시야가 어두워졌다.

황제는 왜 자신을 노렸는지, 자신의 배를 꿰뚫은 그것이 무
엇인지, 후드의 사내는 누구인지, 밖에서 들려오는 소란스러
운 소음은 무엇인지. 대공은 그 모든 의문들을 영원히 풀지 못
한 채 눈을 감았다.

그렇게 얼마나 시간이 흘렀을까.

콰앙!

문이 터지듯 부서져 나가며 여러 개의 그림자가 방 안으로
쏟아져 들어왔다.

"대공을 포박……."

가장 선두에 있던 파벤투스가 말을 하다가 말고 흠칫 그 자
리에서 굳었다.

방 한가운데에 널브러져 있는 한 사내와 그의 몸뚱이 아래
로 흥건하게 고여 있는 붉은 핏물을 보았기 때문이었다.

"로우디스… 대공?"

파벤투스는 황급히 달려가 쓰러져 있는 사내의 얼굴을 확인
했다.

철퍽!

들어 올렸던 대공의 머리가 다시 핏물 속으로 떨어져 내렸
다.

"후우~!"

대공의 시신을 확인한 파벤투스가 긴 한숨을 내쉬며 힘없이 몸을 일으켰다.

대공의 역모 사건은 마무리가 되었다. 하지만 자신들은 아직 아무것도 해결하지 못한 채였다.

황제에게서 내려온 명령도 완수하지 못했음은 물론 신뢰도 회복하지 못했다. 이런 상태라면 독립 기사의 신분을 회복하는 것도 요원한 일.

그리고 파벤투스의 머릿속에 떠오르는 또 하나의 의문.

'누가 대공을 죽인 거지?'

주변에 어떤 무기도 보이지 않았다. 더군다나 대공은 절대 자살할 사람이 아니었다. 그렇다면 분명 누군가에 의해 살해당했다는 뜻.

'알 수 없는 일투성이로군.'

대공이 황도 안에 이 정도의 병력을 데리고 있다는 것도 이상한 일이었고, 이렇게 죽어 있는 것도 이상한 일이었다.

하지만 지금 그것을 고민하고 있을 때가 아니었다.

'차차 조사해 보는 수밖에⋯⋯.'

또 한 번 길게 한숨을 집어삼킨 파벤투스가 뒤에 서 있는 황혼의 기사들을 향해 말했다.

"대공의 시체를 수습하고 별궁을 벗어난다."

대륙에 있는 거의 모든 국가의 작위나 관직, 귀족과 관련된 제도들은 비슷한 편이었다. 대륙에서 가장 큰 땅덩이를 가지고 있는 나라, 그로니스 제국의 제도들을 차용했기 때문이었다.

그중 작위를 가진 상위 신분의 귀족들은 크게 영지가 있는 귀족과 영지가 없는 귀족으로 나뉜다.

영지가 있는 귀족들은 각자 영지민과 군대를 다스리며 자신만의 작은 나라를 이끈다. 국왕에게 세금을 내고, 요청이 있을 시에 자신의 군대를 이끌고 국왕의 명을 따른다.

하지만 자신의 영지를 소유한 귀족은 한 나라의 전체 귀족들 중 10%에 불과했다. 대부분의 귀족들은 자신의 영지를 가지고 있지 않았다.

그리고 자신의 영지를 가지고 있지 않은 귀족들은 대부분 관직에 오른다.

일부 공작위나 후작위를 가진 귀족들은 국왕의 직할영지인 주백령의 관리자 주백작으로 등용되거나 왕국 5대 부서의 고위직에 등용된다.

이들 대부분은 특별한 어려움 없이 풍족한 삶을 영위할 수 있었다.

문제는 귀족들 중 가장 많은 수를 차지하는, 영지가 없는 하급 귀족들이었다.

그들이 출세하거나 풍족하게 살 수 있는 방법은 아주 한정적이었다. 왕실 5대 부서인 재상부, 왕실부, 궁내부, 출납원, 원수부의 행정 업무를 담당하는 문관으로 등용되거나 원수부의 군인이 되는 것이었다. 그리고 둘 중 아무것도 안 된다면 할 수 있는 것은 상단을 운영하는 정도.

하지만 그 역시 쉬운 일은 아니었다. 자리를 원하는 자들은 많고, 자리는 한정되어 있기 때문이었다.

그렇게 출셋길이 한정되어 있는, 영지가 없는 하급 귀족들 사이에서 살아 있는 전설로 추앙받는 인물이 있었다.

남부 변경백 로바인 후작이었다. 그의 원래 작위는 남작, 직급은 남부 변방군 소속의 중대장이었다.

그런 그의 출셋길이 열리기 시작한 것은 7차 광맥전쟁 때부터였다.

당시 그가 속한 대대는 아크로니아 산악 지대의 한 협곡에 고립된 상태였다.

식량은 없고, 협곡의 출구에서는 루오 왕국군이 진을 치고 있는 상황. 대대장이었던 보들 자작을 포함해 대부분의 지휘관들이 전사한 상황이라 생존자 중 가장 높은 사람이 로바인 남작이었다.

어쩔 수 없이 대대를 이끌게 된 로바인 남작은 특유의 뚝심과 인내심을 발휘해 협곡 밖에서 진을 치고 있는 루오 왕국군을 밀어내고 탈출할 수 있었다. 그리고 복귀를 하려던 중에 브렌 왕국군을 밀어내고 있는 루오 왕국군 본대의 후미를 기습 공격해 자신의 본대 또한 구하는 공을 세웠다.

그 덕분에 열세에 있던 브렌 왕국군의 사기가 크게 올라가 루오 왕국군을 밀어낼 수 있었고, 원래의 주둔지를 회복하면서 7차 광맥전쟁이 막을 내렸다.

표면적으로는 브렌 왕국과 루오 왕국 누구도 이기지 못한 전쟁이었다. 하지만 굳이 따지자면, 아크로니아 산악 지대를 넘겨주기 직전까지 갔던 브렌 왕국 쪽이 패배한 전쟁이라고 볼 수 있었다.

그리고 전쟁에 패했을 때 필요한 것은 두 가지였다. 패배의 책임을 질 희생양과 패배의 아픔을 잊게 만들 전쟁 영웅.

로바인 남작이 바로 그 전쟁 영웅이었다.

아군을 구하고 아크로니아 산악 지대의 균형을 회복하는 계기를 이끌어 낸 공을 인정받아 남작에서 백작으로 승작하게 된 것이었다. 그리고 직급도 일개 중대장에서 연대장으로 바뀌었다.

200여 명을 지휘하던 남작이 그 10배인 2,000명을 지휘하는 백작이 된 것이었다. 그야말로 파격적인 승진. 그만큼 7차 광맥전쟁에서의 피해가 막심했다는 뜻이기도 했다.

그리고 맞이한 8차 광맥전쟁.

그 전쟁에서 로바인 백작은 긴 시간 활약하지 못했다. 하지만 그 활약이 그만큼 강렬했다.

전쟁 초기, 왕자의 신분으로 참전했던 현 국왕이 젊은 혈기에 적진 깊숙이 들어갔다가 고립당하는 일이 벌어졌다. 그것도 하필이면 7차 광맥전쟁 당시 로바인 백작이 속한 대대가 고립되었던 그 문제의 협곡이었다.

왕국의 왕자가 적국의 포로가 될 경우 국왕은 전쟁이나 왕자 둘 중 하나를 포기해야 했다. 왕자의 고립은 그만큼 위험한 상황이었다.

그때 나선 사람이 바로 로바인 백작이었다. 겨우 200여 명의 기사들만을 이끌고 들어가 왕자를 구해 낸 것이었다.

그리고 그 전투에서 큰 부상을 입어 후방으로 빠질 수밖에 없었다.

전쟁이 끝난 후, 로바인 백작은 왕자를 구출한 공으로 다시 후작이 되었고 직급도 사단장이 되었다. 왕족이거나 개국공신 정도가 아닌 이상 공작위를 받는 것은 절대 불가능한 일. 즉, 로바인 후작은 현실적으로 오를 수 있는 가장 높은 작위에 오른 것이었다.

그리고 현 국왕이 즉위했을 때 남부 변경백의 자리에 앉을 수 있었다.

고립되었을 당시는 구출되지 않았다면 목숨을 잃었거나 왕세자라는 지위를 잃었을 일촉즉발의 상황이었다. 하지만 로바인 후작 덕분에 둘 중 무엇도 잃지 않을 수 있었다. 남부 변경백의 자리는 그 고마움에 대한 보답이었던 것이다.

운이 좋다면 좋은 것이지만, 한편으로는 목숨을 걸고 자신의 일을 한 덕분에 얻은 영광들. 그렇게 해서 로바인 후작은 살아 있는 전설이 될 수 있었다.

그리고 리카이엔과 카이스는 그 살아 있는 전설을 눈앞에 두고 있었다.

"오랜만에 쓸 만한 놈들이 왔군."

로바인 후작이 리카이엔과 카이스를 보고 무뚝뚝한 목소리로 건넨 첫마디였다. 정확하게는 리카이엔과 카이스가 아닌 두 사람이 데리고 온 병사들을 보고 한 말이었다.

큰 덩치는 아니지만 떡 벌어진 어깨와 잘 발달된 근육, 각진 얼굴, 그리고 오른쪽 이마에서 미간을 가로질러 왼쪽 턱까지 사선으로 꿈틀거리는 커다란 흉터. 마치 공들여 담금질해 놓은 강철 같은 느낌의 무인.

타고난 장수.

그것이 로바인 후작의 첫인상이었다.

그리고 이런 인물에게 어떤 칭찬을 해야 하는지 리카이엔은 아주 잘 알고 있었다.

"남부 변방군 병사들도 아주 훌륭하더군요."

그 말에 로바인 후작이 코웃음을 치며 말했다.

"홍, 훌륭하기는 무슨. 꽤 오래 전투가 없었던 탓인지 죄다 군기가 빠졌어. 분위기도 뒤숭숭하겠다, 자네들도 합류했겠다, 조만간 한번 제대로 굴려야 정신을 차리지."

하지만 얼굴에는 잔뜩 기꺼운 표정을 지으며 고개를 끄덕이고 있었다. 로바인 후작 나름의 겸양의 표시였다.

"저희들 외에 남부군과 영지군에서 합류할 병력이 꽤 된다고 들었습니다만?"

"그랬지. 그런데 아직 도착을 안 하는군. 느려 터져 가지고는, 쯧쯧."

"저희가 너무 서둘러 온 탓이겠지요."

"뭐, 그런 감도 없잖아 있기는 하지. 어쨌든 자네들이 가장 먼저 왔으니 막사를 쓸 수 있겠구먼. 다른 놈들은 죄다 천막 치고 야영이야. 뭐, 막사라고 해 봐야 특별히 좋은 곳은 없겠지만 말이야."

"알겠습니다."

"그럼 저녁이나 같이 먹도록 하세. 그전에 병력을 풀고 자리를 잡도록 하게."

"알겠습니다."

대부분의 왕국들은 변방군이 위치한 곳이 국경선이었다. 물론 국경의 모든 지역을 변방군이 지키는 것은 아니다. 하지만 변방군의 위치가 해당 국가의 국경선의 기준이 되기 때문에 변방군은 왕국의 가장 중요한 성벽이었다.

그런 이유로 대부분의 변방군들은 튼튼한 요새를 짓고 자신의 국경선을 철저하게 지킨다. 하지만 브렌 왕국 남부 변방군은 자신들만의 요새가 없었다.

아크로니아 산악 지대를 지켜야 한다는 특수성 때문이었다.

'전쟁'이라 부르지는 않지만 항시 교전이 벌어지는 탓에 국경선의 기준점이 되어야 할 변방군의 위치가 수시로 바뀌기 때문이었다.

전진하면 전진하는 대로 얻은 지역을 지켜야 하고, 물러나면 물러나는 대로 더 이상 뺏기지 않기 위해 그 지역을 지켜야 했던 것이다.

그렇기에 남부 변방군은 자신들의 주둔지에 공들여 건물을 올리지 않았다. 그저 비바람만 피하면 되었고, 적군의 공격을 최소한으로 막아 줄 기본적인 벽이면 충분했다.

그리고 그러한 생활 방식이 남부군의 전통 아닌 전통이 되어, 전투가 없어진 지 꽤 오랜 시간이 흘렀음에도 불구하고 지금도 남부군의 주둔지는 투박하고 단순했다.

목책으로 만든 기본적인 요새 지역에 통나무로 얼기설기 지어 만든 막사가 전부였다.

프로커스 백작군과 그론스트 백작군에 배정된 막사는 전투가 벌어질 때마다 병력이 증원되는 변방군의 특성 때문에 지어 놓은 건물들이었다.

"흐음, 정말 말 그대로 비바람을 겨우 피하는 정도네."

카이스의 말에 리카이엔이 피식 웃으며 대답했다.

"뭐, 소문 그대로네."

"그건 그렇지."

"아무튼 이거라도 있는 게 어디냐?"

"그러게나 말이다. 늦게 오면 이것도 없이 천막이잖아."

"빨리 오길 잘했지?"

"그래도 너희 애들은 너무 빨라."

"로바인 후작, 그게 무슨 말이오? 우리보고 지금 숙영지를 꾸리라고 말하는 거요?"

남부군 사령관 홀츠 후작이 화를 참을 수 없다는 듯 심하게 떨리는 목소리로 물었다. 하지만 로바인 후작은 아무 일도 아니라는 듯 툭하고 말을 뱉는다.

"늦게 왔으니 뭐 어쩔 수 없는 일 아니겠소?"

"아무리 그렇다 해도 국왕 폐하의 군대인 우리 남부군이 남부 변방군의 주둔지에서 천막생활을 한다는 게 말이나 된다고 생각하시오? 게다가 지금까지 저 막사는 늘 남부군이 생활하던 막사요."

"그때야 남부군이 제일 먼저 왔으니 그랬던 것 아니오. 그리고 남부군만이 아니라 지방 영주들의 군대 역시 국왕 폐하의 군대요."

"그래서 남부군 사령관인 나도 천막생활을 해야 한단 말이오?"

홀츠 후작이 기가 막힌다는 표정으로 물었다. 사실 이곳의 막사는 짝을 찾아볼 수 없을 정도로 형편없었다. 하지만 남부 변경백인 로바인 후작의 방 역시 그와 조금도 다르지 않은 수준이었기에 그에 대해서는 불만을 품은 적이 없었다.

하지만 단순히 늦게 왔다는 이유로 막사가 아닌 천막에서 생활을 하라는 건 있을 수 없는 일이었다.

그러나 로바인 후작의 반응은 조금도 변함이 없었다.

"부대와 지휘관이 함께 생활하는 건 당연한 일이지 않소?"

오히려 자신에게 이상하다는 눈초리를 보내는 로바인 후작의 모습에 홀츠 후작은 치밀어 오르는 분노를 애써 숨기지 않았다.

"그러니 저런 애송이들에게 막사를 양보하라는 말이오!"

엉뚱하게 리카이엔과 카이스에게 불똥이 튀었다. 남부군 사령관이 왔으니 인사를 하라는 말을 듣고 찾아왔는데, 막사 때문에 신경전을 벌이고 있었던 것이다.

"양보가 아니라 성실한 군대의 당연한 권리요."

로바인 후작이 심드렁한 목소리로 말했지만, 홀츠 후작은 더 이상 그쪽으로 시선을 주지 않았다. 리카이엔과 카이스를 향해 살기등등한 눈빛을 쏘아 보낼 뿐이었다.

홀츠 후작은 그렇게 한참 동안 리카이엔과 카이스를 노려보더니 나지막한 목소리로 말했다.

"자네들은 좋겠구먼. 나이도 많은 상급자를 천막에서 재우니 말이야."

당연히 그 속에 깃든 뜻은 스스로 막사를 양보하라는 것이었다. 하지만 이런 일에서 고분고분 고개를 끄덕일 리카이엔이 아니었다.

"특별히 좋을 일은 없습니다만…… 제 병사들이 급하게 행군을 한 탓에 충분한 휴식이 필요했는데 마침 남부 변경백께서 좋은 자리를 주시더군요."

그리고 카이스가 말을 덧붙였다.

"남부 변방군의 주둔지에서 모든 결정권은 변경백에게 있으니 저희로서는 명령에 따를 수밖에 없지 않겠습니까?"

아주 공손한 표정으로 말하고 있었지만, 그 내용은 홀츠 후작의 속을 벅벅 긁어 대는 것들이었다.

"이, 이놈들이 감히… 나를 놀리겠다는 것이냐!"

"저희가 어찌 남부군 사령관님을 놀리겠습니까? 그저 명령에 따를 뿐입니다."

한마디도 지지 않고 꼬박꼬박 대꾸하는 리카이엔의 모습에 홀츠 후작의 얼굴은 한층 더 심하게 일그러졌다. 하지만 한자리에 있는 그 누구도 신경을 쓰지 않았다.

로바인 후작은 오히려 한술 더 떴다.

"어서 서두르는 것이 좋지 않겠소? 이러다가 잘못하면 어두울 때 천막을 쳐야 할지도 모르오."

홀츠 후작은 결국 더 이상 이야기해 봐야 자신만 손해라는 것을 알 수 있었다. 카이스의 말대로 남부 변방군의 주둔지에서 모든 결정권은 변경백인 로바인 후작에게 있기 때문이었다. 더군다나 로바인 후작은 국왕의 무한한 신뢰를 받는 인물. 자신이 아무리 해도 그를 이길 방법은 없었다.

"내 두고 보겠소이다!"

홀츠 후작이 신경질적으로 방향을 홱 틀어 밖으로 성큼성큼 걸어 나가 버렸다.

잠시 그 모습을 지켜보던 로바인 후작이 리카이엔과 카이스에게 시선을 던지며 물었다.

"자네들은 어찌 생각하나?"

"뭘 말입니까?"

"두고 보자고 한 놈치고 무서운 놈 없다는 내 생각에 대해서 말일세."

"푸하, 아주 적절하신 것 같습니다."

"역시 내 생각이 틀리지 않았던 모양이군."

Chapter 7.

세르오넨 방어전

델로스 왕국의 원수부에는 총 다섯 명의 원수가 있었다. 오랜 세월 대양 항구를 얻기 위해 스타넨 왕국과 전쟁을 벌이다 보니 군부에 자리가 늘어난 탓이었다.

그 다섯 명 중 가장 나이가 많은 사람이 이번 브렌 왕국 원정군 선발 병력의 총사령관인 고르온 공작이었다.

그리고 가장 젊은 사람이 레이너스 공작이었다. 올해 나이 겨우 서른다섯으로, 델로스의 국왕이 브렌 왕국을 침략하기로 결정하면서 새롭게 임관한 무장이었다.

그 레이너스 공작이 뭔가 잔뜩 기대 어린 표정으로 정면을 바라보고 있었다. 그리고 그런 레이너스 공작 앞에서는 고르온 공작이 서 있었다.

고르온 공작은 손에 한 장의 서류를 들고 천천히 눈동자를 움직이며 꼼꼼하게 읽어 내려가고 있었다. 눈동자와 고개가 아래로 내려가더니 모두 읽었는지 서서히 고개를 들어 올렸다.

그리고 그 모습에 레이너스 공작의 얼굴에 떠오른 기대는 절정으로 치달았다.

'음?'

하지만 고르온 공작의 눈동자는 서류의 첫 줄 가장 첫 문장으로 가더니 또다시 읽어 내려갔다.

레이너스 공작이 저도 모르게 피식 미소를 머금었다.

'하긴 믿기지 않겠지. 후후후……'

그리고 두 번의 정독을 끝낸 고르온 공작. 하지만 고르온 공작의 눈은 다시 서류의 첫 줄로 가 있었다. 또 한 번 그것을 읽어 내려가는 것이었다.

두 번째까지는 여유롭게 기다렸지만, 세 번째가 되자 레이너스 공작은 심장이 죄는 듯한 갑갑함을 느꼈지만 애써 그것을 억눌렀다. 조바심이 커지면 커질수록 그 후에 찾아오는 통쾌함도 크다는 것을 알기 때문이었다.

그런 레이너스 공작의 속을 아는지 모르는지 고르온 공작은 손에 들린 서류를 읽고 또 읽기를 반복했다. 그렇게 열 번째 탐독이 끝난 순간, 그러니까 레이너스 공작이 참지 못하고 뭐라고 버럭 소리를 지르려던 그 순간, 고르온 공작이 눈동자를 들었다.

이번에는 서류가 아닌 레이너스 공작을 향해서였다. 그리고 의구심 가득한 눈으로 물었다.

"이 칙서의 내용이 사실인가?"

고르온 공작이 무려 열 번이나 읽은 서류는 바로 델로스 국왕의 칙서였던 것이다.

레이너스 공작이 회심의 미소를 지으며 말했다.

"아무렴 제가 폐하의 칙서를 가짜로 보여드리겠습니까?"

"그렇다는 말이 아니라, 칙서의 내용이……."

고르온 공작이 말끝을 흐리자 레이너스 공작의 입가에 떠오른 미소가 한층 짙어졌다.

칙서의 내용은 기존에 있던 선발 병력 3만과 레이너스 공작이 이끌고 온 4만의 병력을 합한 원정군 7만의 병력에 대한 최종 지휘권이 레이너스 공작에게 있다는 내용이었다.

즉, 레이너스 공작의 지휘권이 고르온 공작보다 더 위에 있다는 것을 의미했다.

'크크, 약이 오를 것이다.'

레이너스 공작은, 얼굴에는 이보다 즐거울 수는 없다는 표정을 지으면서도 입으로는 위로의 말을 건넸다.

"제 생각에는 연장자이고 경험도 많은 고르온 경이 총지휘를 하는 것이 좋을 것 같습니다만, 폐하의 칙령을 어길 수는 없는 일이 아니겠습니까? 어떤 기분일지 능히 짐작은 됩니다만, 어쩔 수 없는 일이라 생각하고 마음 편히 가지십시오."

말을 마친 레이너스 공작은 기대감이 잔뜩 어린 눈을 들어 고르온 공작을 보았다.

그런데 뭔가 이상하다. 분명 붉으락푸르락 낯빛이 변하고 있어야 할 고르온 공작의 얼굴이 너무 멀쩡했다.

아니, 단순히 멀쩡한 정도가 아니다. 아주 편안한 얼굴, 뒤이어 떠오른 환한 미소. 그것은 아무리 부정적으로 평가한다 해도 기뻐하는 얼굴이 분명했다.

'뭐지?'

불길한 기운을 느낀 레이너스 공작이 고개를 갸웃거린다. 어서 빨리 지금의 상황을 파악해야 했다. 하지만 채 그러기도 전에 고르온 공작이 함박웃음을 지으며 말했다.

"폐하께서 자네를 높이 평가하신 게지. 그러한 일에 왜 내가 마음이 불편해야 한단 말인가? 오히려 아주 좋다고 생각하네. 좋은 정도인가? 자네 정도 되는 장수라면 이제 큰 공을 하나 세울 때도 됐지."

고르온 공작 정도 되는 장수가 지휘권을 뺏긴다는 것은 더 이상의 굴욕이 없을 정도로 심각한 일이다. 그런데도 불구하고 고르온 공작은 너무나 흔쾌히 그 일을 받아들였다.

'이 노인네가 뭘 꾸미는 거지?'

바보가 아닌 이상 상식적이지 않은 일이 일어났는데 그것을 고개 끄덕이며 받아들이는 것은 있을 수 없는 일. 레이너스 공작이 두 눈을 가늘게 좁히며 고르온 공작의 얼굴을 유심히 살폈다.

하지만 고르온 공작의 얼굴에서는 예의 그 편안함 외에 아무런 감정의 흔적도 찾아볼 수가 없었다.

'나이가 너무 많아서 노망이라도 들었나? 아니면 세르오넨 요새 공략이 실패할 거라 생각하고 미리 나에게 책임을 전가하겠다는 건가?'

레이너스 공작은 급히 도리질을 치며 머릿속에 떠오른 생각을 지워 버렸다. 그가 아닌 고르온 공작은 저런 어려운 장애물을 만나면 더욱 불타오르는 사람이지 책임을 회피할 사람이 아니었다. 그리고 그렇기 때문에 더욱더 지금 고르온 공작의 반응이 의아한 것이었다.

하지만 그렇다고 뭔가 다른 방법을 취할 수도 없는 일이었다. 국왕의 칙령을 어길 수는 없기 때문이었다.

레이너스 공작은 한참을 그렇게 우두커니 고민하더니 갑자기 피식 웃어 보였다.

'뭐가 있든 저 요새만 무너트리면 내 앞을 막을 건 없지.'

어차피 고르온 공작이 설 자리는 없었다. 그가 모르는 사이에 델로스 왕실과 정계는 은밀하게 많은 변화를 맞이했고, 자신은 그 중심에 서 있는 사람 중 하나였다.

흐트러진 마음을 다잡은 레이너스 공작이 고르온 공작을 향해 말했다.

"폐하의 명령에 의해 제가 지휘를 맡게 되었으니… 죄송하지만 고르온 공께서도 제 의견을 따라 주셨으면 좋겠군요. 그리고 가지고 계신 많은 경험으로 저에게도 도움을 주시면 감사하겠습니다."

"허허, 물론일세."

고개를 끄덕이는 고르온 공작의 얼굴이 그렇게 기꺼울 수가 없었다. 그리고 그것은 고르온 공작의 진심이었다.

'이제 좀 짐을 내려놓을 수 있게 되었군.'

하지만 마냥 기꺼운 마음만 있는 것은 아니었다. 뼛속까지 무장인 그가 지휘권을 뺏겼는데 어떻게 마냥 좋기만 하겠는가. 게다가 세르오넨 요새라는 어려운 시험에 도전해 보고 싶은 마음도 있었기에 그 안타까움 역시 아주 컸다.

하지만 이번만큼은 아니었다.

고르온 공작은 사흘 전부터 뭔가가 확실히 잘못되었다는 것을 느끼고 있었다. 개전 때부터 어렴풋이 느꼈지만, 며칠 전의 상황으로 거의 확신할 수 있었다. 그 느낌이라는 것은, 이 전쟁이 어딘지 모르게 아주 잘 짜인 각본 같다는 생각이었다.

난데없이 튀어나온 세르오넨 요새의 내통자, 그리고 발각을 통한 실패. 마치 기다렸다는 듯 조금도 당황하지 않고 대응하는 세르오넨 요새.

내통이라는 것은 아주 좋은 계략 중 하나다. 이런 난공불락의 요새를 무너트리는 데 가장 좋은 방법 중 하나다. 그리고 어지간해서는 실패하기가 힘들다. 다만 내통자를 만들기가 그 어떤 일보다 어렵다는 점이 문제였다.

그런데 국왕은 미리 준비라도 한 듯 브렌 왕국 원정을 명하면서 내통자의 존재를 가르쳐 주었다.

그리고 공격 당일, 하필이면 그날 내통자가 잡혔다.

단순하게 생각하면 실패한 작전일 뿐이지만, 고르온 공작 정도 되는 사람의 눈에는 그리 단순하지가 않았던 것이다.

그리고 사흘 전, 세르오넨 요새의 병력이 갑자기 3배로 늘어났다.

브렌 왕국 중부군의 합류였다. 아무리 평소에 훈련이 잘된 군대라 해도 중부군이 이렇게 빨리 합류할 수는 없었다. 거꾸로 생각하면 브렌 왕국은 미리 전쟁이 나리라는 것을 알고 중부군의 이동을 준비하고 있었다는 뜻이었다.

그러니 고르온 공작으로서는 잘 짜인 각본 같다는 의심을 할 수밖에 없었다.

게다가 승산 없는 싸움에 수하들을 희생시키기도 싫었다. 그가 데리고 온 3만의 병력은 모두 오랜 세월 그가 지휘해 왔던 부대이기에 그만큼 가족 같은 사람들이기 때문이었다.

마지막으로 또 한 가지.

의심을 품은 고르온 공작은 자신의 정보선을 이용해 일련의 사태에 대해서 조사하는 중이었다. 그 정보를 받기 전에는 가능하면 움직이지 않으리라 마음먹고 있었던 것이다.

그러니 지금 이곳은 레이너스 공작에게 맡기는 것이 좋았다. 고르온 공작의 눈에 이번 일은 모든 것이 명확해질 때까지 자존심을 죽이고 물러날 만한 가치가 있었다.

"후우~!"

홀로 마음을 정리한 고르온 공작이 가벼운 한숨을 내쉰 후 레이너스 공작의 어깨를 두드렸다.

"그럼 자네만 믿겠네."

레이너스 공작이 자신만만한 표정으로 말했다.

"후후, 걱정 마십시오."

"와아아아아ー!"

요란한 함성과 함께 뿌연 먼지가 피어올랐다.

애매한 경사의 긴 오르막길 아래에서 시작된 먼지 구름은 위협적인 속도로 위를 향해 치닫는다. 오르막길의 꼭대기에 있는 것은 거대한 성벽이다. 흔히 난공불락이라 일컫는 세르오넨 요새의 성벽이었다.

사나운 기세로 피어오른 먼지 구름은 오르막길의 절반도 채 오르지 못하고 눈에 띄게 속도가 줄었다.

급하지 않고 오히려 완만하게 느껴지는 경사인 탓에 전력으로 질주할 수는 있지만, 그렇기 때문에 피로는 더 빨리 찾아온다. 전력 질주를 할 수 있을 정도로 완만하다고 해도 어쨌든 오르막길을 뛴다는 사실은 변하지 않기 때문이다.

이 긴 오르막길이 바로 세르오넨을 난공불락의 요새로 만들어 준 일등공신이었다.

공격하는 입장에서는 요새의 장거리 공격에 자신들을 훤히 드러내고 전력으로 오르막을 뛰어 올라가야 하기 때문이었다. 그리고 막상 도착하고 나면 이미 지칠 대로 지친 상태에서 싸워야 한다. 모든 불리한 조건을 죄다 끌어안아야 하는 것이다.

"어제 증원 병력이 합류했다고 하더니… 의욕이 넘치는 놈들이군."

카일렌 공작이 저 멀리서 새까맣게 몰려오는 델로스 왕국의 병력을 내려다보며 중얼거렸다.

공작의 뒤에서 발센 후작과 함께 나란히 서 있던 서부군 사령관 아델 후작이 크게 고개를 끄덕이며 대답했다.

"그러게 말입니다. 어떻게 해도 이 요새를 함락할 수는 없다는 것을 모르지는 않을 텐데요."

"흐흐, 머저리 같은 것들이 무슨 생각을 하겠는가? 우리야 저렇게 계속 와 준다면 고맙지만 말일세."

"그러게 말입니다."

두 사람이 이야기를 나누는 사이, 델로스 왕국군은 오르막길의 3분의 2 지점까지 올라와 있었다. 그 위치부터는 성벽에서 쏘는 화살의 사정거리였다.

"아델 후작."

"예, 사령관님."

"자네가 수성을 지휘하게."

"네? 사령관님께서 지휘를 하셔야……."

말뜻을 이해하지 못한 아델 후작이 뭐라고 물어보려는 찰나, 카일렌 공작은 성큼성큼 성벽 아래로 내려가고 있었다. 그리고 아델 후작에게 대답을 해 주는 대신 성벽 아래에서 대기 중인 병사들을 향해 외쳤다.

"성문을 열 준비를 해라! 총사령관인 나 카일렌이 직접 선두 지휘를 할 것이다!"

카일렌 공작은 전쟁을 좋아했다. 살과 뼈를 가를 때 손끝을 타고 오르는 섬뜩한 감각, 코끝을 찡하게 만드는 짙은 피비린내, 메아리치는 함성과 비명, 삶과 죽음의 경계에서 치솟는 광기. 공작은 그 모든 것을 사랑했다. 그 한가운데에 서 있을 때면 온몸의 신경을 타고 흐르는 짜릿한 기분에 정신마저 멍해질 정도였다.

그러다 보니 수성전 따위는 하품이 나올 정도로 따분한 일이었다.

"와아아아!"

쩌렁쩌렁 울리는 공작의 외침이 터져 나간 직후 병사들의 함성이 메아리쳤다.

총지휘관이 전투에 뛰어들어 직접 지휘한다는 것은 병사들의 사기를 단번에 끌어올릴 수 있는 방법 중 하나이기 때문이었다. 물론 그만큼 위험을 감수해야 하는 일이기는 했지만, 카일렌 공작은 지금껏 수많은 전장을 누비면서도 여전히 생생하게 살아 있을 정도로 뛰어난 검술 실력을 가지고 있었다.

특히 중부군 3사단 소속 병력들의 함성은 하늘을 찌를 정도였다. 카일렌 공작의 직속이나 다름없는 병력들이다 보니 카일렌 공작과 비슷한 성향을 가지고 있었기 때문이었다.

그 모습을 지켜보던 아델 후작은 아연실색할 수밖에 없었다. 카일렌 공작의 그런 성향이야 익히 알고 있었지만, 수성만으로도 충분한 상황에 굳이 병력을 이끌고 나갈 줄은 생각지도 못했기 때문이었다.

그때 델로스 왕국군을 살피던 발센 후작이 다급한 목소리로 외쳤다.

"아델 후작, 어서 공격 명령을!"

그 말에 요새 바깥으로 시선을 돌리던 아델 후작이 다급한 목소리로 외쳤다.

"공격! 단 한 놈도 성벽에 닿지 못하게 하라—!"

"쏴—!"

"공격—!"

아델 후작의 호령이 끝나는 동시에 곳곳에서 중간 지휘관들의 외침이 터져 나왔다. 그리고 화살비가 억수같이 퍼붓기 시작했다.

"크악!"

"아아악—! 사, 살려 줘!"

여기저기서 단말마의 비명이 터져 나왔다. 곳곳에서 붉은 선혈이 번지기 시작했다.

보통의 경우라면 공성하는 측에서는 이쪽에서 방패로 화살을 막으며 응사하는 것이 정석이다. 하지만 오늘의 델로스 왕국군은 그러한 것이 없었다.

화살을 맞고 쓰러진 병사의 몸뚱이를 뒤에 있던 병사가 밟고 지나간다. 그 병사 또한 날아온 화살에 바닥을 구르지만, 그 역시 뒤따라오던 병사가 밟고 지나갈 뿐이었다.

끝없이 퍼붓는 화살들, 그리고 속절없이 몸을 꿰뚫리며 비명을 내지르는 병사들. 적의 화살이 아닌 쓰러진 아군에 발이 걸려 넘어지고, 다시 뒤따라오는 아군에게 밟혀 죽어 가는 병사들의 모습까지.

델로스 왕국군은 순식간에 아비규환의 지옥 한가운데로 떨어졌다. 하지만 그런 상황에서도 변하지 않는 것 하나.

델로스 왕국군은 여전히 전진하고 있었다.

으득, 으드드득!

본래의 형체를 알아볼 수 없을 정도로 짓이겨진 시체들이 길을 붉게 물들였다.

"돌격! 앞으로 나가라! 뒤처지는 놈은 목을 자를 것이다!"

레이너스 공작의 목소리가 쩌렁쩌렁 울려 퍼진다.

"끄아아악!"

그리고 그의 외침이 한 번 터져 나올 때마다 뒤처지는 병사들의 목이 잘려 나갔다. 다음이 자신의 차례가 될지도 모른다는 두려움에 병사들은 황급히 발을 놀린다.

아무리 많은 수가 죽어 나가도 앞으로 나가고, 그렇게 나가

다 보면 성벽에 도달할 수 있다는 무식하고 말도 안 되는, 그리고 무자비한 전술이었다.

그런데 확실히 분명한 효과가 있는 전술이기도 했다.

성벽 위에 오를 수 있는 병사의 수는 한정적이고, 아무리 훈련이 잘되어 있다 해도 시위를 당기는 체력 또한 한계가 있었다.

그 두 가지가 한계점에 이르는 순간, 공성 측의 돌격은 무한한 탄력을 받게 되는 것이다.

다만 거기까지 가는 데 희생되어야 할 병사들의 수가 부지기수라는 것이 문제였다.

"아아아악!"

"끄억!"

길 위에는 여전히 비명이 난무했다. 죽은 병사의 시체 위에 또 다른 시체가 겹쳐지고 그것이 반복되면서 쌓인 시체들이 어른의 키 높이까지 오를 즈음 전황에 변화가 생겼다.

후우우웅!

묵직한 바람소리와 함께 가장 먼서 병사들을 짓누른 것은 거대한 풍압.

콰드드득!

성벽 위로 떨어진 거대한 돌덩이에 서너 명의 병사가 그대로 내리깔렸다. 단말마의 비명조차 지르지 못하고 짓이겨진 병사들의 자리에는 진득한 핏줄기만이 흐를 뿐이었다.

뒤늦게 움직인 투석기들이 마침내 사정거리에 도착해 제 기능을 하기 시작한 것이었다.

동시에 앞서 말한 두 가지 한계점이 브렌 왕국군에 찾아왔다.

"와아아아아!"

델로스 왕국군의 거대한 함성에 두꺼운 성벽이 부르르 떨릴 지경이다.

탁!

긴 사다리가 성벽에 걸쳐졌다. 탄력을 받아 돌격한 델로스 왕국군의 선두가 마침내 세르오넨 성벽에 도착한 것이었다.

성벽 곳곳에 사다리가 걸렸다. 투석기는 쉬지 않고 바윗덩이를 날리고, 사다리보다 조금 늦게 도착한 충차가 성문을 두드렸다.

슈우우욱, 푸욱!

새파랗게 벼려진 창날이 섬뜩한 소음과 함께 바람을 가르는가 싶더니 순식간에 붉은 선혈을 머금는다.

"끄으으윽!"

창에 배를 꿰뚫린 델로스 병사가 신음을 삼키며 두 손으로 창대를 그러쥐어 보지만, 어느새 병사의 몸뚱이는 성벽 아래로 추락하고 있었다.

쉐에에엑!

창을 회수한 브렌 병사가 두 번째 제물을 찾는 순간, 또 다른 종류의 파공성이 귓바퀴를 훑었다. 깜짝 놀라 소리가 난 쪽으로 시선을 돌리지만, 이미 시린 칼날이 브렌 병사의 목을 가르고 있었다. 그리고 사다리를 타고 성벽 위로 올라오는 델로스 병사들의 수가 하나둘 늘어나기 시작했다.

성벽을 타고 흘러내리는 핏줄기가 점점 늘어나면서 세르오넨 성벽이 붉게 물들어 가고 있었다. 그리고 그러면 그럴수록 함성과 비명은 더욱 커졌다.

"크하하하하! 고르온 늙은이가 이 모습을 봤어야 하는 건데!"

레이너스 공작이 광소를 터트리며 성벽 위로 올라간 병사들을 쳐다보았다. 한 번도 적의 발길을 허락한 적이 없다는 세르오넨 성벽 위에 마침내 자신의 병사들이 발을 디딘 것이었다. 단순히 발을 디딘 것만이 아니었다. 성벽 위에 오르는 델로스 병사의 수가 점점 많아지고 있었다.

백전노장이라는 고르온 공작조차 성공해 본 적이 없는 커다란 성과였다.

물론 그것을 위해 엄청난 수의 병사들이 허무하게 목숨을 잃었지만, 레이너스 공작에게 그 정도 희생쯤은 당연한 것이었다.

"돌격, 돌격이다! 주저하지 말고 앞으로 나서라! 성문을 부숴라! 세르오넨 요새를 함락시켜라!"

"크으윽……."

고르온 공작이 뭐라고 말도 할 수 없을 정도로 참담한 표정을 지은 채 성벽을 쳐다보고 있었다. 어제 레이너스 공작에게 지휘권을 넘길 때의 홀가분함은 더 이상 찾아볼 수 없었다. 물론, 그 지휘권을 레이너스 공작에게 준 것은 국왕이었지만 그 홀가분한 기분이 고르온 공작에게 일말의 책임감을 안겨 주고 있었다.

'미쳤나?'

조금의 완곡함 없는 직설적인 질문. 아침의 전술회의 때 고르온 공작이 레이너스 공작에게 대뜸 던진 말이었다. 순화된 표현을 쓰는 것은 생각도 못할 정도로 말 그대로 미친 게 아닌가 싶은 전술이었기 때문이다.

아니, 전술이라는 수식어를 갖다 붙이는 것조차 용납이 안 될 정도였다. 군이 표현을 하자면 우격다짐, 그 이상 그 이하도 아니었다.

'나는 이런 말도 안 되는 방법으로 내 병사들을 죽일 생각은 없네.'

'그렇다면 고르온 경께서는 뒤로 빠지십시오. 저 성벽은 제가 데리고 온 병력만으로 무너트려 보이겠습니다.'

그리고 결과는 고르온 공작이 예상한 대로였다. 어림짐작으로 보아도 죽은 병사가 벌써 2천여 명은 되는 듯했다. 그리고 물러나지 않는 한 더 많은 병사들이 죽을 것이다. '전사'라고 말할 수도 없는, 말 그대로 개죽음.

그때 누군가 고르온 공작을 향해 달려왔다.

"아버지!"

아들이자 부관인 그레인이었다.

"무슨 일이냐?"

세르오넨 성벽에서 눈을 떼지 않은 채 건성으로 묻는 고르온 공작에게 그레인이 무언가를 불쑥 내밀었다.

"음?"

단단히 밀봉되어 있는 봉투. 고르온 공작이 이상하게 돌아가는 정세를 제대로 파악하기 위해 조사를 지시한 것에 대한 보고서가 담긴 봉투였다. 고르온 공작가의 비밀 정보선이라 그레인이 홀로 외부로 나가 보고서를 가져온 것이었다.

찌이익!

"음!"

급히 봉투를 찢어 보고서를 읽어 가던 고르온 공작의 눈이 휘둥그레졌다.

'으음······.'

보고서의 내용은 헤이즌 의전관을 조사하여 그것을 바탕으로 델로스 왕가와 델로스 정계의 움직임에 대한 내용과 주변 나라들의 움직임에 대한 내용이었다.

헤이즌 의전관이 비밀스러운 집단과 자주 접선했으며, 문제의 그 집단은 헤이즌 의전관뿐만이 아니라 다른 많은 귀족들은 물론 델로스 국왕과도 은밀한 연계가 있었다. 그리고 그 집단과 관계되어 있는 귀족들은 이번 브렌 왕국 원정을 주도했던 이들이었다.

정황상으로 보면 문제의 비밀스러운 집단이 이번 전쟁에 지대한 영향력을 행사했다고 볼 수 있었다.

더불어 이번 브렌 왕국 원정에 대한 결론이 나기 전, 그 일을 반대하던 몇 명의 귀족이 사고로 죽거나 작위를 물려주거나 국왕에게 강등당하는 사건이 있었는데, 그 일을 재조사한 결과 석연찮은 부분들이 드러났다고 했다.

그뿐만이 아니었다. 델로스 왕국만이 아니라 그로니스 제국을 포함한 대륙의 대부분 나라들에 약속이라도 한 듯 같은 시기에 개전론이 고개를 들었다고 한다.

그리고 그 결론은, 델로스 왕국의 브렌 왕국 원정에는 문제의 비밀 집단이 관여했을 확률이 크며 다른 나라들의 움직임에도 석연찮은 부분들이 있다는 정도였다.

내용만으로 본다면 대부분이 확실한 증거가 없는 추측성 결론들이었다. 하지만 그것을 읽어 가는 고르온 공작은 모골이 송연해지는 듯한 기분이었다.

보고서의 내용들이 추측이 아니라 분명한 사실이라는 예감이 들었던 것이다. 그리고 이런 유의 예감은 항상 들어맞는 편이었다.

보고서를 와락 구겨 버린 고르온 공작이 다시 시선을 돌려 세르오넨 요새를 쳐다보았다. 여전히 개죽임을 당하고 있는 수많은 병사들. 그리고 그것을 즐기는 듯 더욱더 병사들을 앞으로 내모는 레이너스 공작.

레이너스 공작 역시 보고서에서 비밀 집단과 연계되어 있는 귀족 중 한 명이었다.

'내가 이런 전쟁을 계속해야 한단 말인가?'

고르온 공작은 참담한 표정으로 부르르 주먹을 떨었다. 그러다 갑자기 한 가지 의문이 고개를 들었다.

'그렇다면 왜 나를 지휘관으로 내세웠단 말인가?'

보고서의 내용이 사실이라면 자신이 지휘관으로 오는 것은 말이 안 된다. 적임자를 꼽으라면 지금 병사들을 사지로 밀어넣고 있는 레이너스 공작이었다. 그럼에도 불구하고 가장 중요한 자신을 선발로 보냈다는 것은 무언가 숨은 이유가 있으리라.

하지만 지금 이곳에서 그 숨어 있는 이유를 알아내기란 불가능했다.

'무언가 나를 이용할 부분이 있다는 뜻인데…….'

고르온 공작의 머릿속에서 수백 수천 가지 생각들이 우르르 떠올라 한데 뒤엉키고 있었다. 하지만 아무리 고민을 해 봐도 자신을 이용해 먹을 만한 무언가가 있어 보이지 않았다.

"아버지, 왜 그러세요?"

고르온 공작의 표정이 좋지 못한 것을 본 그레인이 걱정스러운 얼굴로 물었다.

"응? 아, 아니다."

손사래를 치며 고개를 저은 고르온 공작이 다시 한 번 세르 오넨 성벽을 쳐다보았다. 그리고 빠르게 결론을 내렸다.

'순순히 앉아서 당하지만은 않을 것이다!'

그렇게 마음먹은 고르온 공작이 그레인을 향해 나직하게 말했다.

"그레인, 사단장들과 예하 연대장들을 모두 내 천막으로 불러 모아라."

"네? 갑자기 왜요?"

"우리는 오늘 이 전쟁을 포기한다."

"네?! 그게 무슨, 헙!"

깜짝 놀란 그레인이 뭐라고 큰 소리로 외치려 했지만, 그보다 더 빨리 고르온 공작이 그의 입을 막았다.

"쉿! 조용히 하고 어서 그들을 불러 모아라."

아버지의 뭔가 단단히 결심을 한 듯한 얼굴을 본 그레인이 놀란 표정을 지으며 고개를 끄덕였다.

그레인이 황급히 다른 이들에게 달려가는 사이, 고르온 공작 역시 급히 자신의 천막을 향해 뛰기 시작했다.

'어디 어떻게 나오는지 한번 두고 보자!'

상대의 계략을 모를 때 이쪽에서 예측할 수 없는 움직임을 보이면 상대 역시 그에 맞는 반응을 보일 수밖에 없다. 그리고 그 반응은 상대의 생각이 무엇인지 이끌어 낼 수 있는 단서가 되는 법이었다.

그렇다고 고르온 공작의 델로스 왕국에 대한 충성심이 옅어진 것은 아니었다. 하지만 정체도 모르는 자들의 의지를 대신 수행할 마음은 추호도 없었다.

'오냐, 한번 붙어 보자!'

천막으로 들어가기 전 고르온 공작이 마지막으로 전장을 살펴보았다. 만약 자신이 군대를 데리고 빠져 버린다면 레이너스 공작의 군대는 전멸을 면치 못할 것이다. 하지만 그 역시 상대의 움직임을 끌어내기 위한 방법 중 하나였다.

그로 인한 병사들의 죽음은 마음이 아프지만 어쩔 수 없는 일이었다. 전쟁터에서 지휘관을 잘못 만난 자신들의 운명을 탓하는 수밖에.

성벽 위에서는 아군과 적군이 한데 뒤엉켜 사방으로 날 선 병기들을 휘둘러 댔다. 쉴 새 없이 죽어 나가는 병사들의 피가 질척하게 바닥을 적신다.

고함과 비명의 차이가 없어진 지는 한참 되었고, 요새 전체를 휘감은 피비린내에 코가 마비될 지경이었다.

"으흐음—!"

카일렌 공작이 고개를 들고 코로 깊이 숨을 들이마신다. 그리고 미세하게 어깨를 부르르 떤다.

이 소리, 이 냄새, 이 광기. 무려 7년여의 시간 동안 잊고 지낼 수밖에 없었던 전쟁의 짜릿함.

"크크크!"

카일렌 공작의 입에서 나지막한 웃음소리가 흘러나왔다. 그리고 정면에 있는 수문병들을 향해 외쳤다.

"문을 열어라—!"

성문 밖에 있는 것은 다름 아닌 델로스 왕국군. 문을 열면 그들이 쏟아져 들어올 것이 분명했다.

쉐에엑, 츠컥!

주저하는 병사를 향해 카일렌 공작의 검이 날아들었다. 그리고 제대로 된 비명이 들리기도 전에 한 병사의 머리가 둥실 떠올랐다.

"힉, 히이이익!"

깜짝 놀란 다른 수문 병사가 괴상한 비명을 지르는 순간, 카일렌 공작의 검이 그를 겨누었다.

더 이상의 말은 하지 않는다. 하지만 그것이 문을 열라는 뜻이라는 것을 모를 리가 없었다.

끼익!

양쪽으로 된 두 개의 문 사이에 금이 그어지는가 싶더니 순식간에 틈이 벌어졌다.

끼이이이이익!

"와아아아아—!"

문 사이에 틈이 생기는 순간, 억지로 문을 열고 안으로 밀고 들어오는 델로스 왕국군.

"성문이 열렸다!"

"돌격하라!"

"적들을 모조리 도륙하라!"

성문이 열림과 동시에 델로스 왕국군 병사들의 함성이 더욱 거세게 메아리친다.

"요새를 점령하라—!"

곳곳에서 중간 지휘관들이 목이 터져라 외친다. 하지만 그들을 가로막고 있는 것은 카일렌 공작과 브렌 왕국군.

카일렌 공작이 나직한 목소리로 수하들을 향해 말했다.

"공격!"

말이 떨어지기가 무섭게 가장 먼저 튀어 나간 것은 역시나 카일렌 공작이었다. 그리고 카일렌 공작의 핼버드가 살기를 머금었다.

슈우우욱!

"아아아악!"

"컥!"

비명과 함께 델로스 병사들이 삽시간에 십여 명이나 피를 뿌리며 쓰러졌다.

동료의 갑작스러운 죽음에 그 뒤에 있던 병사들이 주춤하는 순간, 카일렌 공작의 핼버드가 또 한 번 바람을 갈랐다. 그리고 재차 외치는 호령.

"돌격하라!"

두두두두두!

말발굽이 거세게 돌로 된 바닥을 박찬다. 그와 함께 가장 선두에 있던 기사단이 랜스를 수평으로 받쳐 들고 달리기 시작했다.

푹, 푸욱푹!

비명도 터져 나오지 않았다. 요새 안으로 발을 들이민 델로스 왕국군이 줄줄이 기사단의 랜스에 꼬치처럼 꿰이기 시작했다.

콰아아앙!

"뭐, 뭐냐!"

레이너스 공작이 당황스러운 목소리로 외쳤다. 병사들이 성문을 뚫고 들어갔다고 생각한 순간, 갑자기 성문 인근에서 무언가 터지는 듯한 굉음이 들려왔다.

그와 동시에 델로스 왕국군을 그대로 짓뭉개며 몰려나오는 브렌 왕국군.

그들이 지나가는 곳에는 오직 재만 남는다 해서 '불의 사단'이라는 별칭으로 불리는 브렌 왕국 중부군 3사단의 돌격이었다.

"한 놈도 남기지 말고 모두 쓸어버려라!"

카일렌 공작의 광기에 찬 목소리가 사방으로 울려 퍼졌다. 그가 가장 즐겨 하는 전투가 바로 돌격전과 난전이었다. 전투의 짜릿함을 가장 제대로 만끽할 수 있다는 이유에서였다.

그리고 레이너스 공작은 그런 불의 사단의 광기를 온몸으로 맞이할 수밖에 없었다.

물살을 가르는 물고기처럼 델로스 왕국군의 대열을 그대로 갈라내며 쭉쭉 뻗어 나가는 불의 사단. 그리고 그 공격의 일직 선상에 있는 레이너스 공작.

"후, 후퇴하라!"

불의 사단이 뿜어내는 광기에 본능적으로 위험하다는 것을 감지한 레이너스 공작이 급히 말 머리를 돌렸다.

"헉!"

그리고 보았다. 텅 비어 있는 자신들의 숙영지. 원래 그 자 리를 채우고 있어야 할 고르온 공작의 군대가 보이지 않는 것 이었다.

"이, 이게 어찌 된……."

망연자실한 표정으로 비어 있는 숙영지를 살피는 사이, 불 의 사단이 모두 요새에서 쏟아져 나왔다. 뒤이어 중부군 2사 단과 서부군 1사단이 요새 밖으로 뛰쳐나오고 있었다.

"한 놈도 살려 보내지 마라!"

카일렌 공작의 광기 가득한 외침만이 쩌렁쩌렁 전장을 휩쓸 뿐이었다.

Chapter 8.

잭슨 협곡

"헉헉, 끅!"

잔뜩 웅크린 채 가쁜 숨을 몰아쉬던 카이스가 짙은 신음을 내뱉었다. 그런 그의 옆구리에서는 붉은 피가 쉬지 않고 흘러내리고 있었다. 옆구리 외에도 몸 곳곳에 크고 작은 상처가 가득했다.

나란히 앉아 주변을 살피는 리카이엔 역시 상황은 별반 다르지 않았다. 그나마 다행이라면 카이스의 옆구리에 난 상처처럼 심각한 부상이 없다는 정도.

주변을 살펴 위험이 없다는 것을 확인한 리카이엔이 서둘러 카이스의 옆구리 상처를 살폈다.

앞뒤로 꿰뚫린 듯 커다란 구멍이 뚫려 있는 옆구리. 다행히 내장이 상하지는 않았지만 이대로 두면 심한 출혈로 죽을지도 몰랐다.

부우우욱!

리카이엔이 입고 있던 옷을 찢어 엉성하나마 붕대를 만들어 카이스의 상처를 싸맸다.

"끄으으윽! 사, 살살 해라, 인간아!"

"지랄, 엄살은……."

리카이엔의 말에 카이스가 울컥한 표정으로 버럭 소리를 질렀다.

"니 눈에는 이게 엄살로 보이냐?!"

"조용히 해라!"

"헉!"

깜짝 놀란 카이스가 황급히 손으로 제 입을 틀어막는다. 그리고 리카이엔이 카이스를 향해 눈을 흘기며 장난스러운 표정으로 말했다.

"울컥하는 거 보니 아직 기운은 있는 모양이네?"

"지, 지랄……."

"이 자식 설마… 괜찮은 거 아냐?"

"윽! 넌 이 상황에 농담이 나오냐?"

"아니면 아닌 거지 또 울컥하기는……."

"쳇!"

그렇게 티격태격하는 사이 리카이엔은 카이스의 상처를 완전히 싸맸다. 일단 아쉬우나마 출혈 정도가 조금은 덜해진 것 같았다.

"후우~!"

카이스가 이제야 살 것 같다는 얼굴로 손으로 상처를 누른 채 길게 한숨을 내쉰다. 그때 갑자기 리카이엔이 벌떡 일어나 철창을 겨누었다.

"누구냐?"

나직하게 내뱉는 소리에는 싸늘한 살기가 묻어 있다. 그만큼 지금의 상황이 위험하다는 의미였다.

리카이엔이 철창을 겨누고 있는 방향, 그곳에 있던 십여 개의 그림자 중 하나가 작은 목소리로 대답했다.

"볼프입니다."

목소리까지 확인한 후에야 리카이엔이 창을 거두었다. 그리고 숲의 짙은 그림자에 가려 있던 십여 개의 인영이 모습을 드러냈다.

프로커스 기사단의 볼프, 율리아, 톰과 잭. 그리고 카이스의 수행 기사인 던베인과 그론스트 기사단의 기사들이었다.

볼프가 리카이엔을 향해 말했다.

"현재로써는 위험은 없습니다. 일단은 안심하고 쉬어도 될 것 같습니다."

"수고했다."

리카이엔이 고개를 끄덕이고 카이스가 그 말을 받는다.

"너희도 일단 앉아서 좀 쉬어라."

기사들이 일제히 자신들의 주군을 중심으로 호위하듯 자리를 잡았다.

리카이엔이 바닥에 털썩 가부좌를 틀고 앉아 한 손으로 턱을 괴었다. 그리고 심드렁하게 툭 뱉어 낸다.

"그나저나 그거 진짜 빌어먹을 새끼네."

카이스가 공감해 마지않는다는 얼굴로 격렬하게 고개를 끄덕였다.

"내 말이 그 말이다. 빌어먹을 놈의 새끼!"

델로스 왕국의 브렌 왕국 침공이 전 대륙에 전쟁 분위기를 확산시킨 계기였다면, 세르오넨 공방전에서 브렌 왕국군이 델로스 왕국군 7만을 전멸시킨 사건은 전 대륙을 전쟁의 구렁텅이로 몰아넣은 계기였다.

델로스 원정군을 전멸시킨 브렌 왕국군은 그 여세를 몰아 6만의 병력을 이끌고 델로스 왕국으로 진격했다.

그 다음 벌어진 것이 루오 왕국의 침공이었다. 브렌 왕국의 병력 6만이 델로스 왕국으로 향하고, 브렌 왕국의 모든 관심이 그쪽으로 쏠렸을 때 루오 왕국이 기다렸다는 듯 공격해 온 것이었다.

이렇게 세 왕국 사이에서 일어난 전쟁은 그로니스 제국을 자극했다. 때마침 로우디스 대공을 제거하고 황권을 다진 황제는 오랜 세월 위험 요소였던 북방의 블리젠 부족연합 정벌에 나섰다.

그리고 제국의 시선이 북방으로 쏠린 사이, 모렐리아 공화국은 수년 동안 미뤄 두고 있던 켈벤 왕국 정복에 나서게 되었다.

그 외에 체슬로니아 왕국과 스타넨 왕국은 아직 전쟁을 하고 있지는 않지만, 그 분위기로 인해 생긴 이득을 취하기 위해 병력을 일으키고 있는 중이었다.

그리고 리카이엔이 있는 곳이 바로 두 번째로 전쟁이 벌어진 아크로니아 산악 지대였다.

평화에 젖어 해이해져 있다는 소문과는 달리 루오 왕국의 공격은 거셌다. 하지만 브렌 왕국 역시 이런 사태에 대해 예상하고 있었기에 당황하지 않고 대응할 수 있었다.

그 후 국왕은 당연한 수순으로 아크로니아 산악 지대의 점령을 명령했다. 이로써 브렌 왕국은 국경을 맞대고 있는 두 개의 나라와 동시에 전쟁을 하게 된 것이었다.

그리고 리카이엔이 산속에 몸을 숨기는 상황에 처한 지금이 열흘째 밤이었다.

리카이엔과 카이스가 이를 바득바득 갈며 욕을 하고 있는 문제의 '빌어먹을 놈의 새끼' 는 바로 남부군 사령관 홀츠 후작이었다.

오늘 낮에 있었던 일이다.

아크로니아 산악 지대에서, 브렌 왕국군과 루오 왕국군 주둔지 사이에는 총 세 개의 경로가 있었다. 거대한 산악 지대이니만큼 그보다 훨씬 많은 길이 존재했지만, 많은 병력이 이동할 수 있을 정도로 넓은 길은 세 개밖에 없었다.

오늘은 그중 가장 동쪽에 있는 길목을 장악하기 위한 전투가 있었다. 동쪽 루트 중간에는 잭슨 협곡이라 불리는 계곡 지역이 있었는데, 입구를 지키는 것만으로도 적의 공격을 막을 수 있는 지형적으로 중요한 장소였다.

리카이엔과 카이스의 군대는 그 잭슨 협곡을 탈환하는 전투의 전위대로 참가하게 되었던 것이다. 물론, 그들이 전위대를 맡게 된 이유는 두 사람에게 앙심을 품고 있는 홀츠 후작이 밀어붙였기 때문이었다.

사실 이 협곡을 차지하려는 노력은 벌써부터 시작됐어야 했다. 하지만 문제의 홀츠 후작이 사사건건 로바인 후작의 전술에 반대하고 나서면서 일이 지체되었다.

좀 더 깊이 들어가 보면, 홀츠 후작의 속셈은 총사령관인 로바인 후작을 밀어내고 자신이 전쟁의 주도권을 잡는 것이었다. 그렇기에 로바인 후작이 주도하는 일에는 조언이라는 얼토당토않은 이유를 들며 무조건적인 반대를 해 댔다.

그러다 보니 지지부진 일이 제대로 진행되지 못했고, 브렌 왕국군은 어정쩡하게 시간만 보낼 수밖에 없었다. 그러던 중 홀츠 후작이 요구한 것이 프로커스 백작군과 그론스트 백작군의 선봉이었다.

남부군에도 잘 훈련된 전위부대가 있음에도 불구하고 그런 요구를 했던 것이다.

로바인 후작뿐만이 아니라 리카이엔과 카이스 역시 하루라도 빨리 잭슨 협곡을 차지해야 한다는 데 생각을 모으고 있었기에 마음에 들지는 않지만 선봉에 서기로 마음먹은 것이었다.

　그렇게 프로커스 백작군과 그론스트 백작군, 두 개의 군대가 선봉에 서서 공격을 하고 그 뒤로 홀츠 후작이 남부군 1만의 병력을 통솔해 뒤따라가는 상황이었다.

　리카이엔과 카이스가 선봉장이 되어 협곡으로 진입해 적들을 밀어붙이던 순간이었다. 갑자기 협곡의 좌우 꼭대기에서 루오 왕국군이 모습을 드러냈다. 좁은 협곡에 갇혀서 위에서 떨어지는 공격을 받아 내야 하는 상황에 처한 것이었다.

　순간적으로 후퇴를 해야 한다고 판단한 리카이엔은 큰 북소리로 신호를 보내고 차근차근 후퇴 작전에 돌입했다. 하지만 그 북소리가 울려 퍼지기도 전에 홀츠 후작은 자신의 군대를 이끌고 협곡을 빠져나가고 있었다.

　후퇴라는 것은 무작정 방향을 돌려 달아나기만 해서 되는 것은 아니었다. 그럴 경우 후미에 적이 따라붙어 결국 큰 피해를 입게 된다.

　공격을 받아 내면서 천천히, 한 걸음 한 걸음 물러나야만 피해를 최소한으로 줄이면서 성공적으로 후퇴할 수가 있다. 하지만 홀츠 후작은 그러한 부분을 완전히 무시한 채 아군을 버리고 자신만 쏙 빠져나간 것이었다.

　그로 인해 리카이엔과 카이스, 그리고 그들의 군대는 잭슨 협곡 안에서 루오 왕국군에게 앞뒤를 막히고 포위당할 위기에 처하게 되었다.

율리아와 궁병들의 활약으로 협곡 위에서의 공격은 그럭저럭 저지했지만, 이미 루오 왕국의 본대가 좁은 길을 우회하여 뒤쪽 출구를 막아서고 있었다.

리카이엔과 카이스가 맞이한 문제는 시간이었다.

뒤쪽 출구가 완전히 막히기 전, 그리고 앞쪽 출구로 적군이 밀려들어오기 전에 협곡을 빠져나가야 했다. 하지만 두 가지 조건을 동시에 만족시킬 수가 없었다.

유일한 방법은 일부가 남아 앞쪽 출구를 지키는 사이 나머지가 뒤쪽 출구를 뚫고 빠져나가는 것이었다.

그래서 남기로 한 사람이 리카이엔과 카이스, 그리고 지금 같이 있는 기사들이었다.

영주가 병사들을 위해 남아서 길목을 지킨다는 것은 상식적으로는 절대 이해할 수 없는 일이었지만, 입구를 막고 제대로 시간을 벌어 준 후, 그 자리를 탈출할 수 있을 정도로 출중한 실력을 가진 이가 그들밖에 없었기에 어쩔 수 없는 일이었다.

그 결과 모두들 크고 작은 상처들을 입었고, 카이스는 옆구리를 창에 꿰뚫리는 심각한 부상을 당한 것이었다.

마스터마저도 찍어 누르는 리카이엔의 무시무시한 실력에 루오 왕국군이 기가 질린 틈을 타 협곡을 탈출한 그들은 방향에 상관없이 적군이 없는 쪽으로 몸을 움직였고, 지금은 원래의 장소와 꽤 떨어진 곳에 몸을 숨기고 있었다.

"그 자식 처음부터 이걸 노렸던 걸지도 몰라."

카이스가 잔뜩 인상을 찡그린 채 말했다. 그 모습을 본 리카이엔이 피식 웃으며 대답했다.

"아마도 그랬던 것 같다. 그래도 어쨌든 그 자식 뜻대로 되지는 않았잖아."

정황상으로 보면 홀츠 후작은 프로커스 백작군과 그론스트 백작군의 전멸을 노렸던 것이 분명했다. 그런데 대부분 병력이 무사히 후퇴하고, 자신들도 이렇게 살아남았으니 홀츠 후작이 원래의 목적을 이루지 못한 것만큼은 분명했다.

물론 그렇다고 해서 지금 이 상황이 기분이 좋을 리는 없다. 카이스가 한층 더 인상을 구기며 구시렁거렸다.

"좋기도 하겠다."

"크크, 좋을 리가 있겠냐? 지금 어떻게 갚아 줘야 잘 갚아 줬다고 소문이 날지 고민 중이다."

"응? 뭐 좋은 방법이라도 있냐?"

"있으면 벌써 말했겠지."

"쳇!"

카이스가 고개를 홱 돌렸다. 그리고 리카이엔은 턱을 괸 채 홀로 생각에 잠겼다.

한참을 미동도 하지 않고 앉아 있던 리카이엔이 슬며시 카이스를 향해 고개를 돌렸다.

"그런데 얼마나 버틸 수 있을 거 같냐?"

"글쎄다?"

"흐음……."

리카이엔이 고민스러운 눈빛으로 아직도 피가 배어 나오는 카이스의 상처를 훑었다. 그런 리카이엔을 향해 카이스가 피식 웃으며 말했다.

"너답지 않게 무슨 걱정이냐? 내가 이 정도 상처에 어떻게 될 거 같으냐?"

"니가 불사신이 아닌 한 이대로 놔두면……."

"놔두면?"

"뒈진다."

"이, 이런 썩을! 말 참 곱게도 한다."

"그러니 일단 치료부터 하자."

"응? 그런 것도 할 줄 아냐? 아니, 그보다 여기서 무슨 수로 치료를 하냐?"

"산에는 의외로 사람 몸에 도움이 되는 것들이 많거든."

전장에서 오랜 세월을 보내다 보면 당연히 부상이 잦을 수밖에 없다. 그런 전장에서의 잦은 부상은 도검에 의한 상처에 대한 해박한 지식을 습득하는 과정이기도 했다.

그리고 리카이엔이 가지고 있는 또 하나의 무기는 이전의 기억들. 지금의 그가 아닌 이전의 리카이엔은 무수히 많은 지식을 머릿속에 보관하고 있었고, 그중에는 치료와 약초 등에 관한 것들도 있었다.

하지만 카이스는 손을 내저었다.

"야야, 그런 거보다 일단 돌아갈 생각부터 하자. 얼른 돌아가야 그 빌어먹을 놈한테 한 방 먹여 주지."

"크크, 한 방 먹여 줄 수 있냐?"

어쨌든 상대는 후작이다. 하지만 카이스는 뜻을 굽힐 생각이 없는 듯 진지한 표정으로 말했다.

"까짓것, 눈 가리고 끌고 가서 패면 지가 어쩔 건데?"

"큭!"

리카이엔이 저도 모르게 터져 나오는 웃음을 억지로 집어삼켰다. 처음에도 꽤나 재미있는 놈이었지만, 시간이 지나면 지날수록 점점 색다른 모습을 보여 주는 것이 봐도 봐도 질리지 않는 것 같았다.

"뭐, 어쨌든 그건 그거고……."

리카이엔이 뭐라고 말을 하려고 하는데 카이스가 다시 그의 말을 잘랐다.

"아아, 돌아가자니까. 우선 여기가 어딘지 파악한 다음에 방향 잡고 움직이자."

정신없이 도망치다 보니 방향도 제대로 잡지 못했다. 그러다가 밤이 되었고, 겨우 지금 이 좁은 분지까지 오게 된 것이었다.

그 말에 리카이엔이 대뜸 대답했다.

"응? 여기가 어딘지 모르냐?"

"그럼 넌 아냐?"

"보렌 분지다."

"응?"

카이스가 멍한 얼굴로 리카이엔을 보았다. 카이스뿐만이 아니다. 볼프와 던베인을 포함한 기사들도 모두 두 눈을 크게 뜨고 리카이엔을 보았다.

자신들은 방향 구분도 못하고 있는데 너무 당연하다는 표정으로 현재의 위치를 말하니 놀랄 수밖에.

카이스가 떨리는 목소리로 물었다.

"그걸 어떻게 아냐? 지도라도 있냐?"

리카이엔이 손가락으로 자신의 머리를 톡톡 두드렸다.

"여기에."

"뭐? 그걸 외우고 있다고?!"

카이스가 질린 표정으로 비명처럼 외쳤다. 하지만 리카이엔에게는 아주 당연한 일이었다. 자신의 작전 지역, 혹은 주둔지를 중심으로 한 주변 지역의 지도를 무조건 머릿속에 숙지하는 것은 전생의 장윤명이 가지고 있던 오랜 버릇 중 하나였다.

"여러 번 확인하지 마라."

"어, 그래……. 뭐, 아무튼 그럼 더 잘됐네. 길도 알고 있으니 복귀하기도 쉽겠네."

하지만 리카이엔은 고개를 저었다. 그런 리카이엔의 모습에 카이스가 신경질적인 표정을 지었다.

"야, 너 자꾸 이딴 식으로 나올 거냐? 내가 됐다는데……."

"아니, 그런 게 아니고, 널 치료하는 것도 하는 것이지만 그거 외에 따로 생각해 둔 게 있거든."

"뭘?"

리카이엔이 싸늘한 미소를 지으며 말했다.

"한번 들어 볼래?"

쾅―!

"네가 정녕 나를 능멸하려 드는 게냐!"

거세게 탁자를 내려치며 버럭 소리를 지른 사람은 홀츠 후작이었다. 그리고 홀츠 후작 앞에서 무표정한 얼굴로 서 있는 이는 프로커스 기사단의 단장 안톤이었다.

"능멸이 아니라 수하로서의 도리를 다하려는 것입니다."

"허! 이미 죽은 자를 찾아가서 뭘 하겠다는 게냐?"

순간, 안톤의 온몸에서 싸늘한 살기가 뿜어져 나왔다.

채앵!

살기가 뿜어져 나오는 순간, 홀츠 후작의 호위 기사 다섯이 동시에 롱소드를 뽑아 안톤을 겨누었다.

하지만 그 정도에 기가 죽을 안톤이 아니었다. 오히려 한껏 숨을 들이마신 후 큰 소리로 외쳤다.

"저희 주군께서는 아직 살아 계십니다!"

"이놈! 감히 누구에게 역정을 내는 것이냐! 그리고 낙오된 지 벌써 닷새나 지났는데 아직까지 살아 있다고 생각하다니, 제정신이 아닌 게로구나!"

리카이엔에 대한 이야기였다.

잭슨 협곡에서 벗어난 지 오늘로 닷새째였다. 리카이엔의 부재로 프로커스 백작군의 지휘를 맡게 된 안톤은 그 다음 날부터 리카이엔을 구출하기 위해 수색에 나섰다. 하지만 사흘째부터 홀츠 후작의 명령으로 군대를 움직일 수 없었던 것이다. 그렇게 닷새가 지난 후, 안톤이 다시 홀츠 후작을 찾아온 것이었다.

"척후병의 보고에 의하면 루오 왕국군은 아직까지 잭슨 협곡 인근의 산들을 수색하고 있습니다. 그것은 저희 주군께서 잭슨 협곡을 무사히 벗어났다는 뜻입니다. 그렇지 않고서야 루오 왕국군이 그 일대를 수색하고 있을 리가 없지 않습니까?"

"시끄럽다! 내 허락이 있기 전에 병력을 움직이는 것은 반역 행위나 마찬가지다. 만에 하나라도 그런 일이 벌어진다면 네놈과 네 군대는 모조리 참수형에 처할 것이다!"

"제가 찾아온 것은 허락을 구하기 위해서가 아니라 알려드리기 위해서입니다. 허락은 이미 로바인 총사령관님께 받아 두었습니다."

"뭐라? 이제는 명령 계통마저도 어기겠다는 말이더냐?"

엄밀히 말해 영지군은 전쟁이 터질 경우 왕국군으로 편성된다. 지금 프로커스 백작군은 남부군 사령관인 홀츠 후작의 명령에 따라 움직이는 것이 맞다.

로바인 후작이 아크로니아 산악 지대에서의 전투에 대한 총지휘권을 가지고는 있었지만, 어쨌든 프로커스 백작군의 소속은 남부군인 셈이었다.

그리고 홀츠 후작의 말도 일부분은 맞는 말이었다. 영지군이 총사령관에게 무언가를 이야기하기 위해서는 직속상관인 남부군 사령관을 거쳐야 하는 것이 제대로 된 명령 계통이기는 했다.

하지만 한편으로는 총사령관인 로바인 후작의 허락이 떨어졌다면 그 뜻을 따르는 것 또한 홀츠 후작의 의무였다. 문제는 홀츠 후작이 로바인 후작을 꽤나 얕보고 있다는 점이었다.

그때 천막 입구 밖에서 호위병의 목소리가 들렸다.

"그론스트 백작군의 샤일론 그론스트 공자가 후작님을 뵙기를 청합니다."

그 말을 들은 홀츠 후작이 저도 모르게 얼굴을 찌푸렸다. 안톤이야 일개 기사단장이니 윽박지르면 그만이었다. 하지만 샤일론은 어쨌든 그론스트 백작의 친동생이었다. 게다가 낙오된 그론스트 백작이 전사한 것이 기정사실인 이상 그는 차기 그론스트 백작이었다. 함부로 대할 수가 없는 것이다.

"들어오라 하라."

말이 끝나기가 무섭게 입구의 휘장이 젖혀지며 앳된 얼굴의 소년이 바퀴 의자에 몸을 실은 채 안으로 들어왔다.

"어서 오게. 그래, 무슨 일인가?"

홀츠 후작의 말에 샤일론이 차분한 목소리로 앞에 서 있는 안톤을 가리키며 말했다.

"안톤 기사단장과 같은 용건이 아니겠습니까?"

"흐음…… 누차 말하지만 겨우 몇 명 때문에 아군 전체를 위험에 빠트리는 일은 할 수 없네. 며칠 전에도 프로커스 백작군이 지키고 있는 동부 외곽에 야습을 시도했다지 않았나?"

"겨우 활 조금 쏘고 빠진 것을 야습이라고 부르는군요. 그리고 아군 전체를 움직여 달라는 청을 하지는 않았습니다만? 그저 그론스트 백작군과 프로커스 백작군이 독립적으로 움직일 수 있도록 허가만 해 달라는 것입니다."

"내 자네의 그 마음을 모르는 바는 아니네만, 그렇다고 일부에게만 그런 특혜를 줄 수는 없네. 한번 선례가 생기면 나중에는 그게 당연시된다는 걸 모르는 겐가?"

"영주가 자신의 군대를 살리기 위해 시간을 벌어 주는 일이 이후에 또 있으리라 보시는지요?"

물론 두 번 다시 없을 일이다. 리카이엔과 카이스가 남아서 자신의 군대가 빠질 시간을 만들어 준 것은 그 두 사람이기 때문에 가능한 일이었다. 정확하게 말하자면 리카이엔이 먼저 나섰기에.

그리고 좀 더 냉정하게 보자면, 리카이엔은 프로커스 백작군 정도의 정예군을 양성하는 데 얼마나 많은 돈과 시간이 소모되는지를 알기 때문에 남은 것이었다. 자신이 남을 경우 충분히 시간을 버는 것은 물론 빠져나갈 수 있다는 판단이 섰기 때문이었다.

"아마 또 그런 일이 일어날 가능성은 거의 없다고 봐야겠지. 허나 인간이 하는 일은 언제 어떤 쪽으로 흘러갈지 알 수 없는 법이라네. 사실 이번에 프로커스 백작과 그론스트 백작이 그곳에 남아서 시간을 벌어 주는 일을 할 거라고는 아무도 상상하지 못하지 않았던가?"

리카이엔이기에 가능한 일들이었다. 하지만 샤일론은 한마디도 지지 않았다.

"물론 사람 사는 세상에 무슨 일이 일어날지는 아무도 모르는 법이지요. 하지만 이대로 가다가는 사기에 큰 영향을 줄 것입니다."

"음?"

"생각해 보십시오. 일반 병사도, 기사도 아닌 영주가 낙오되었습니다. 그런데 그 영주를 구출하는 일을 허락하지 않는다면 도대체 어떤 영주가 전투에 앞장서겠습니까?"

영주 혹은 지휘관이 낙오되는 것은 누구라도 당할 수도 있는 일이었다. 그런데 그때 자신을 찾으러 누구도 오지 않을 거라고 생각한다면 어느 누가 용감하게 적을 맞이하겠는가.

물론 리카이엔처럼 자신의 군대를 위해 스스로 적을 맞이하러 가는 식의 바보 같은 짓을 해서 낙오되지는 않겠지만.

"그래서 이틀의 시간을 주지 않았나? 그런데도 찾지 못했고, 그들에게서는 아직 아무런 연락도 없다네. 이런 상황이라면 이미 죽은 거라 생각해야 되지 않겠는가?"

"그중 한 사람은 오러 블레이드도 없이 마스터를 불구로 만든 사람이고, 또 한 사람은 마스터입니다. 그런 그들이 쉽게 죽었으리라 생각하십니까?"

홀츠 후작이 살짝 놀란 표정을 지었다. 샤일론의 말투로 보아 또 한 사람의 마스터란 카이스를 가리키는 말이었다.

리카이엔이 결투에서 마스터인 그레일더 자작의 오른손을 못 쓰게 만든 사건에 대해서는 익히 알고 있었다. 하지만 카이스가 마스터의 수준에 있다는 이야기는 오늘 처음 듣는 이야기였다. 그렇다고 해서 그들이 죽었으리라는 생각에 변화가 있는 것은 아니었지만.

"마스터라 해도 사람이라는 사실은 잊지 말게."

홀츠 후작은 끝까지 자신의 생각을 꺾지 않았다. 아주 특별한 이유가 있지 않은 한, 프로커스 백작군과 그론스트 백작군이 자신들의 주군을 찾으러 떠나는 것을 용납하지 않을 것이 분명했다.

하지만 홀츠 후작이 진정으로 원하는 것은 다른 것이었다. 리카이엔과 카이스의 군대였다.

인생의 대부분을 무관으로 보냈던 그이지만 단 한 번도 이 정도의 강군을 본 적이 없었다. 로바인 후작의 남부군도 강군이기는 했지만, 그들은 훈련 잘된 정예라기보다는 경험이 많은 노련한 병사라는 느낌이 강했다. 어떤 명령이라도 일단 명령을 내리면 완벽에 가깝게 임무를 수행하는 이런 부대는 정말이지 처음이었다.

리카이엔과 카이스가 죽었다고 해서 그 두 영지군이 완전히 자신의 수하가 되는 것은 아니지만, 적어도 이 전쟁이 지속되는 한은 자신의 병사들이었다. 제대로 활용하기만 한다면 이번 전쟁에서 충분히 자신을 부각시키고 공을 세워 더 높은 곳으로 오를 수 있게 해 줄 밑거름이 될 병사들.

그러니 그들을 포기할 수 없는 것이다.

물론, 처음에 그들을 잭슨 협곡에 두고 빠져나온 목적은 그런 것이 아니었다. 마음에 들지 않는 리카이엔과 카이스의 군대를 고립시켜 큰 손실을 입히거나 운이 좋으면 죽음으로 몰아넣기 위해서였다. 그런데 어쩌다 보니 이런 정예 군대를 얻었다. 그러니 더 포기할 수 없는 것이다.

그때 또다시 천막의 휘장을 열고 누군가 안으로 들어왔다. 그리고 홀츠 후작의 얼굴이 심하게 일그러졌다.

"로바인 후작?"

남부 전쟁의 총지휘관인 로바인 후작이었다.

"지나가는 길에 소란스러운 소리가 들리기에 와 봤는데, 마침 저 두 사람이 와 있으니 온 김에 잠시 이야기를 했으면 싶은데… 시간이 괜찮으시겠소?"

당연히 거짓말이다. 안톤이나 샤일론 둘 중 한 명이 와 달라는 부탁을 했으리라.

홀츠 후작이 한층 더 인상을 찌푸리며 귀찮다는 듯 건성으로 손을 내저었다.

"저 두 사람의 일은 내 소관이오. 로바인 총사령관이 관여할 문제가 아니외다. 그러니 시간을 내 달라는 청도 미안하지만 거절해야겠소."

아예 면전에 두고 무시하는 홀츠 후작의 태도에도 로바인 후작은 별로 신경이 쓰이지 않는 듯 웃으며 말했다.

"그대의 소관이기도 하지만 어쨌든 총사령관은 나고, 지휘권 역시 내가 더 위에 있소. 홀츠 경이 시간을 내 줄 수 없다면 내 간단히 말하겠소. 저 두 사람에게 프로커스 백작과 그론스트 백작의 수색 및 구출을 명하오. 이는 총사령관인 나 로바인 후작의 명령이오."

딱 잘라 단정적으로 말하는 로바인 후작을 보며 홀츠 후작이 짧게 숨을 내쉰다. 그러고는 한층 더 격앙된 목소리로 말한다.

"총사령관의 그 명령에는 따르지 못하겠소. 적군과 대치하고 있는 상황에서 몇 사람의 목숨을 구하자고 전력을 빼돌리다니, 있을 수 없는 일이오! 저들이 빠지는 바람에 자칫 아군이 밀리기라도 한다면 어쩌려고 그러시오?"

그들이 루오 왕국군과 대치하고 있다는 것은 사실이지만, 제대로 된 전투를 벌인 것은 개전 첫날밖에 없었다. 홀츠 후작의 끊임없는 시비로 인해 브렌 왕국군은 제대로 된 작전을 수행한 적이 없었고, 그 탓에 별다른 전투도 없이 소강상태에 들어 있었던 것이다.

굳이 두 영지군의 병력이 빠진다고 해서 문제가 될 정도는 아니라는 뜻이다. 그럼에도 불구하고 저런 식으로 말한다는 것은 단순한 억지일 뿐이었다.

"명령을 따르지 못하겠단 말이오?"

"나는 남부군 사령관으로서 지휘관의 잘못된 판단에 대해 조언을 할 의무와 권한이 있으며, 지금 그 의무와 권한을 행사하는 것이오."

이번에도 역시나 하는 말은 '조언'이다. 무슨 일만 생기면 앵무새처럼 똑같은 말만 내뱉은 홀츠 후작의 모습에도 로바인 후작은 차분하게 대응했다.

"하지만 나는 당신의 조언을 무조건 받아들여야 할 의무가 없지. 그런고로 다시 한 번 명령하오."

"있을 수 없는 일이오. 소를 위해 대를 희생하려 하다니, 절대 받아들일 수 없소. 흐음, 원래 하급 지휘관 출신들이 전체를 보는 눈이 없지. 어쩌다 그런 자가 이번 큰 전쟁을 총괄하게 되었는지……."

흔히 전설로까지 표현될 정도로 대단한 과정을 거쳐 지금의 자리에 오른 로바인 후작은 하급 귀족들에게는 추앙의 대상이지만 상급 귀족들에게는 같은 작위로 불린다는 것 자체가 불쾌하기 짝이 없는 존재일 뿐이었다.

"지금 뭐라고 했소?"

로바인 후작이 한층 더 차분해진 목소리로 물었다.

홀츠 후작의 말은 바보가 아닌 이상 알아차리지 못할 리가 없는 명백한 시비였다.

평소에도 두 사람은 보이지 않는 기 싸움을 하곤 했지만, 오늘처럼 이렇게 직접적인 말이 오간 적은 없었다. 어지간해서는 그냥 그러려니 하고 넘어갔던 로바인 후작이었지만, 이렇게까지 모욕을 당했는데 참고 넘어갈 수는 없었다.

"지금 당신의 말은 나에게 작위와 지휘권을 하사하신 국왕 폐하까지도 모욕하고 있다는 걸 알고 있는 거요?"

"허, 지금 나에게 무슨 누명을 씌우려는 거요? 내가 국왕 폐하를 모욕하다니, 가당치도 않은 말이군. 나는 그저 정작 중요한 것은 보지 못하면서 작은 것만을 크게 생각하는 어떤 누군가를 두고 한 말일 뿐이오."

엄밀히 말하면 지금 홀츠 후작의 행동은 명령 불복종, 혹은 하극상에 속한다. 그리고 그것을 빌미로 여차하면 로바인 후작은 홀츠 후작의 지휘권을 박탈할 수 있다. 전시에는 총지휘관의 재량권이 가장 크게 확대되기 때문이다.

그럼에도 불구하고 홀츠 후작이 이렇게 공공연하게 맞서는 데는 그래도 자신에게 어쩌지 못하리라는 자신감이 있기 때문이었다.

지방의 영주들뿐만이 아니라 중앙의 대신들이나 군부의 무관들 사이에도 파벌은 존재한다. 그리고 홀츠 후작은 다름 아닌 아이젠 공작에게 선을 대고 있는 사람이었다. 그리고 지금 모여 있는 거의 모든 영지군들도 아이젠 공작 일파였다. 즉, 아크로니아 산악 지대에 있는 4만의 브렌 왕국군 중 홀츠 후작의 지배하에 있는 병력이 거의 3만에 이른다는 뜻이었다.

이 말은 여차하면 실력행사로 로바인 후작을 밀어낼 수도 있다는 것을 의미한다. 홀츠 후작의 자신감은 바로 거기에서 나오는 것이었다.

로바인 후작의 차분한 표정에 싸늘한 미소가 떠오른다. 그리고 조용히 한 걸음 물러서며 말했다.

"진짜 중요한 것이 뭔지 모르는 사람과는 이야기를 할 필요가 없지. 이만 돌아가겠소."

말이 끝나자마자 돌아서서 천막을 나서는 로바인 후작의 뒷모습을 일견한 홀츠 후작이 아직도 천막 안에 남아 있는 안톤과 샤일론을 향해 말했다.

"자네들도 나가 보게. 그리고 내 허가 없이 병력을 움직인다면 반역 행위로 간주하여 모두를 참수형에 처할 것이라는 것도 잊지 말게."

안톤과 샤일론 역시 홀츠 후작의 천막을 나섰다.

"그런데 어찌할 건가?"

천막을 나서자마자 샤일론이 물었다. 그리고 안톤이 어쩔 수 없다는 듯 어깨를 으쓱거리며 말했다.

"별수 있겠습니까? 모가지가 잘려도 할 건 해야지요."

"뭐, 그럴 거라고 생각했네. 기사들이나 병사들의 반응은?"

"후후, 우리 쪽 반응이야 뭐 당연한 거 아니겠습니까?"

"그렇군. 알았네, 나도 준비를 해야겠군."

"잠시 후에 따로 찾아뵙겠습니다."

찌이익!

어딘가 일상적이지 않은 소리가 들렸다. 그리고 소리와 함께 퍼지는 피비린내와 노린내.

카이스가 있는 대로 인상을 구기며 질겅질겅 입 안에 든 무언가를 씹어 삼킨다. 그런 카이스의 입술 사이를 비집고 나오는 것은 끈적한 피와 역한 노린내다.

"끄으윽!"

힘겹게 모두 씹어 삼킨 카이스의 입에서는 거북한 감정이 가득 담긴 소음이 새어 나왔다. 그리고 옆에 있는 리카이엔을 향해 한마디 하는 것을 잊지 않았다.

"제길, 오늘이 마지막이지?"

"크크, 그래도 처음에 비해서 잘 먹네."

리카이엔이 묘한 웃음을 흘리며 넓적한 돌 위에 놓인 생고기를 한 점 들어 입 안으로 넣는다. 그리고 이보다 더 맛있는 것은 없을 거라는 듯 한참을 공들여 씹은 후 삼켰다.

카이스가 눈살을 잔뜩 찌푸리며 친구의 식사 광경을 지켜보았다. 그리고 끝내 참지 못하고 물었다.

"니 얼굴 보면 진짜 맛있어 보인다."

"어차피 먹을 거면 맛있다고 생각하는 게 좋아."

"그래도 그렇지……. 앞으로 내 앞에서 스테이크를 레어로 먹는 놈 있으면 내 맹세코 조져 버릴 거다!"

이를 부득부득 갈며 말하는 모양새가 그렇게 한스러울 수가 없었다.

닷새째. 카이스는 무려 닷새째 짐승의 생고기를 먹고 있었다. 스테이크를 핏기 가득한 레어로 먹기는 하지만, 어차피 그 고기는 그렇게 먹어도 나름의 맛이 괜찮기에 먹는 것이다. 아무 부위의 고기나 그렇게 핏기도 가시지 않은 상태로 먹는 것은 힘들다. 더군다나 그것이 이런 산속에서 잡은 산짐승이라면 더더욱.

그런데 이곳 보렌 분지에 온 후 무려 닷새 동안이나 짐승의 생고기를 먹었다. 이제는 입 안에 남아 있는 노란내와 비린내가 너무 당연하게 느껴질 정도였다.

리카이엔이 어깨를 으쓱거리며 말했다.

"불을 피우면 안 되니까 어쩔 수 없지."

그 말 그대로 그들이 닷새 동안 산짐승의 생고기와 이름도 모를 과일로 배를 채운 이유는 불을 피워 위치를 노출시키지 않기 위해서였다.

그러면서 리카이엔의 시선이 가볍게 훑고 지나간 것은 던베인을 포함한 그론스트의 기사들이었다. 여자인 율리아조차도 얼굴을 구기면서도 억지로 집어삼킨 고기를 그론스트 기사들은 처음 한 입 이후 단 한 번도 입에 대지 않았던 것이다. 그저 이름도 모를 과일들만으로 배를 채웠을 뿐이었다.

물론 그렇게 해서는 제대로 힘을 못 쓴다고 말했지만, 기사들은 끝내 먹기를 거부했다.

아니, 단순히 거부만 하는 것이 아니라 생고기를 맛있게 먹는 리카이엔을 향해 혐오스러운 표정을 짓기까지 했다. 리카이엔이 보지 못하게 한다고 했지만, 리카이엔은 처음부터 그런 반응을 훤히 알고 있었다.

불을 피우지 않는 것 외에 몸을 숨기기 위해 한 일은 깊이 땅을 파고 그 안에서 지내는 것이었다.

처음에 땅을 파기 시작했을 때, 카이스와 모든 기사들은 떡 벌어진 입을 다물지 못했다. 한 영지의 주인이자 백작이라는 신분을 가진 리카이엔이 어떻게 저렇게 신들린 삽질을 할 수 있는지 놀라울 따름이었다. 그것도 철창에 넓적한 돌을 묶은 엉성하기 짝이 없는 삽으로 말이다.

그것은 리카이엔이 전생에 추살대에 있을 때 몸에 익혀 둔 일이라 아주 자연스러웠지만, 그 사정을 모르는 다른 사람들은 커다란 불가사의일 수밖에 없는 것이다.

그렇게 보면 불가사의는 또 있었다. 카이스의 치료에 관한 부분이었다. 상처를 꿰매는 것은 율리아가 했지만, 며칠 동안 그의 상처에 바른 약은 모두 리카이엔이 홀로 산으로 들어가 구해 온 약초를 짓이긴 것들이었다.

그리고 그 약초들은 꽤나 훌륭한 효과를 보였다. 삽질에 이어 약초나 치료에 대한 해박한 지식까지 가지고 있으니 불가사의는 더욱 짙어질 수밖에.

어쨌든 그렇게 땅속에서 생고기로만 연명하며 치료에 전념한 지 닷새째였다.

리카이엔이 갑자기 손을 휘두르며 물었다.

"이제 괜찮냐?"

퍽!

"윽!"

카이스가 저도 모르게 신음을 흘렸다.

상처가 완전히 치료된 것은 아니었지만 더 이상 덧나지도 않았다. 잘 꿰매 준 덕분인지 거의 다 아물어서 크게 움직여도 괜찮을 정도였다. 여전히 좀 뻐근한 감은 있었지만, 그건 어쩔 수 없는 부분.

물론 그렇다고 해서 리카이엔처럼 무자비하게 후려쳤는데도 멀쩡할 정도는 아니었다. 아니, 멀쩡한 상태에서도 방금처럼 맞으면 정신이 아찔해질 것이다.

"망할 놈. 친구만 아니었으면 콱, 그냥!"

"흐음, 그렇게 대답할 정신이 있는 거 보니 괜찮은 모양이네."

"그래, 괜찮다! 됐냐? 됐어? 이 망할 인간아!"

카이스가 버럭 소리를 질렀지만 리카이엔은 늘 그렇듯 이런 앙탈은 가볍게 무시한다.

"약속대로 닷새 만에 낫게 해 줬으니 이제는 내 말대로 해야지?"

"쳇, 알았다."

"잘 생각했다. 자, 각자 무기들 챙기자."

리카이엔이 철창을 집어 들며 말하자, 카이스가 이를 부득부득 갈다가 갑자기 실성한 듯 웃으며 말했다.

"으히히히, 이제 그 지긋지긋한 생고기 안 먹어도 되겠네. 생각만 해도… 우웩!"

Chapter 9.

탈영

"무슨 일이냐!"

홀츠 후작의 당황스러운 목소리가 천막 안에 울려 퍼졌다. 깊은 밤, 천막 밖에서부터 갑자기 소란스러운 소리가 들렸기 때문이었다.

기다리기라도 했다는 듯 부관인 뷰렌 자작이 안으로 뛰어 들어와 외쳤다.

"탈주입니다!"

"탈주?"

아직 잠이 덜 깬 탓인지 그 의미를 단번에 이해하지 못한 홀츠 후작이 고개를 갸웃거렸다. 뷰렌 자작이 급히 설명을 덧붙였다.

"프로커스 백작군과 그론스트 백작군이 무단으로 주둔지를 벗어났습니다!"

"뭐라!"

잠이 확 달아나는 기분이었다. 함부로 군대를 움직이면 모두 참수시키겠노라 그렇게 말했음에도 불구하고 결국 일을 벌인 모양이다.

"잡아라! 모조리 잡아들여!"

홀츠 후작이 버럭 소리를 지르며 천막 밖으로 뛰쳐나갔다. 그의 뒤를 뷰렌 자작이 뒤따르며 외쳤다.

"이미 산으로 들어갔습니다!"

"뭣이! 흡!"

천막 밖으로 뛰어나온 홀츠 후작이 그 자리에서 석상처럼 굳어 버렸다.

프로커스 백작군과 그론스트 백작군이 있던 숙영지가 횅하니 비어 있었던 것이다.

첫 전투가 벌어진 후, 브렌 왕국군은 원래의 남부 변방군 주둔지를 나와 남하하고 있었다. 그리고 현재 자리를 잡고 있는 곳이 그레센 산성이었다.

이곳 아크로니아 산악 지대에서는 브렌 왕국과 루오 왕국의 크고 작은 분쟁이 오랜 세월 계속되었고, 그중에는 흔히 광맥 전쟁이라 일컫는 대대적인 전쟁도 있었다. 그런 탓에 아크로니아 산악 지대 곳곳에는 여러 종류의 군사시설이 있었는데 그레센 산성도 그중 하나였다.

물론 산성이라고 해서 제대로 성벽을 쌓은 방어 시설은 아니었다. 여기저기서 돌과 바위를 가져다가 대충 쌓은, 보통 남자의 허리 어림까지밖에 오지 않는 돌벽. 썩어 문드러지는 것을 겨우겨우 보수해 놓은 목책 등이 전부였다. 게다가 북쪽에서 공격해 올 경우 조금도 방어 시설이 될 수 없다는 지형적 한계까지.

어디까지나 남쪽에서의 공격을 막으면서 임시로 병력을 주둔시키는 용도의 산성이었다.

그 산성에서 프로커스 백작군과 그론스트 백작군은 남동쪽의 가장 허술한 목책 쪽에 숙영지를 만들고 그곳을 지키고 있었다.

그런데 지금, 목책은 이미 무너져 있었고 두 백작군의 모습은 보이지 않았다. 그 외에 다른 병사들만이 분주하게 이리저리 뛰어다니고 있을 뿐이었다.

홀츠 후작이 급히 물었다.

"어디로 갔느냐!"

"일단 발이 빠른 병사들이 쫓아가도록 했습니다. 그리고 2개 연대 병력과 1기사단이 준비하고 있습니다!"

뷰렌 자작의 보고가 끝나기가 무섭게 홀츠 후작이 다시 천막 쪽으로 방향을 틀었다. 그때 세 사람이 급히 이쪽으로 달려왔다.

남부군 1사단 1, 2연대의 연대장과 남부군 1기사단의 단장이었다.

1연대의 대장인 다운스 백작이 큰 소리로 말했다.

"1, 2연대와 1기사단은 준비를 마쳤습니다. 명령을 내려 주십······."

"이런 머저리 같은 놈! 지금 무슨 명령이 필요하단 말이냐! 당장 가서 놈들을 잡아들여라. 한 놈이라도 놓쳤다가는 네 목이 달아날 것이다!"

분노로 일그러진 홀츠 후작의 모습에 깜짝 놀란 다운스 백작이 황급히 무너진 목책 쪽을 향해 달렸다. 함께 온 또 한 명의 연대장 케베런 백작과 기사단장 포넬츠 자작에게 외친 것은 그 다음이었다.

"어서 가자!"

그 세 사람과 1, 2연대, 그리고 1기사단이 뛰어가는 뒷모습을 보며 홀츠 후작이 부득부득 이를 갈아붙였다.

그는 분명히 경고를 했었다. 명령을 어기고 주둔지를 이탈할 경우 지위고하를 막론하고 모두 참수형에 처할 거라고 말했었다.

하지만 프로커스 백작군과 그론스트 백작군은 아주 보란 듯이 주둔지를 벗어났다. 그것도 일부 병력이 아니라 한 명도 빠짐없이 모두.

이는 군의 사기 문제도 있었지만, 홀츠 후작에게 더 중요한 것은 스스로의 위신과 구겨진 자존심이었다. 그렇게까지 말했음에도 불구하고 이렇게 대놓고 이탈했다는 건 홀츠 후작에

대한 명백한 무시다.

일개 영지 기사단장 주제에 남부군 사령관을 무시하다니. 사지를 찢어 죽여도 시원찮은 일이었다.

"감히 내 말을 무시해?"

분노로 인해 격하게 떨리는 목소리로 한마디 내뱉은 홀츠 후작이 더 생각할 것도 없다는 듯 천막을 향해 달렸다. 그러다 갑자기 뒤를 돌아보며 뷰렌 자작을 향해 버럭 소리를 질렀다.

"이 멍청한 놈! 뭘 멍하니 서 있는 게냐!?"

"네?"

"겨우 두 개 연대로 될 것 같으냐? 한 놈도 빠짐없이 모두 깨워라! 당장 놈들을 추적한다!"

홀츠 후작의 두 눈은 살기로 번들거리고 있었다.

"아, 알겠습니다!"

뷰렌 자작이 황급히 뛰어가는 사이, 홀츠 후작은 자신의 천막으로 들어가 수행병의 시중도 받지 않고 순식간에 무장을 챙겼다.

사령관인 자신이 무기를 드는 것은 그만큼 전투에 대해 자신이 없는 뜻이라며 곧 죽어도 지휘봉 하나만 들고 전투에 나섰던 그가 오랜 세월 손에 쥐지 않았던 롱소드를 집어 들었다. 직접 목을 치지 않는 한 이 화가 사그라질 것 같지 않았던 것이다.

그 모습만 보아도 그가 지금 얼마나 분노가 치밀었는지 알 수 있었다.

밖으로 나오니 남부군 2개 사단 2만 명이 모두 무장한 채 대기하고 있었다.

남부군에는 그 외에 각지의 영지군을 통합한 1만의 병력이 있었지만, 그들은 아직 우왕좌왕하고 있는 상태였다. 아무래도 오랜 시간 전쟁 준비를 하며 정예화된 남부군과는 상황 대처 속도가 차이 날 수밖에 없었던 것이다.

그리고 남부 변방군 1만이 이미 완전히 무장을 갖춘 채 조금 떨어진 곳에 서 있었다. 홀츠 후작의 명령을 따르려는 것이 아니라 갑작스러운 상황이 일어나자 반사적으로 전투 준비를 한 것이었다.

허둥대고 있는 영지군들을 본 홀츠 후작이 더 생각할 것도 없다는 듯 휘하에 있는 두 명의 사단장을 향해 외쳤다.

"굳이 설명하지 않아도 상황에 대해서는 알 것이다. 놈들을 잡는다. 어서 움직여라!"

영지군들도 굳이 함께 나갔다가는 오히려 움직임이 굼뜨게 되리라는 것을 알고 있기에 그들을 두고 가려는 것이었다.

그때 몇 명의 사람이 이쪽으로 빠르게 다가왔다.

"젠장!"

시선을 돌리던 홀츠 후작이 반사적으로 험한 말을 중얼거렸다. 총사령관인 로바인 후작이 자신의 부관과 수행 기사들을 데리고 이쪽으로 달려오고 있었기 때문이었다.

"무슨 일이오?!"

아직 로바인 후작에게는 보고가 들어가지 않았는지 두 백작 군의 탈영에 대해 전혀 모르는 얼굴이었다.

"프로커스 백작군과 그론스트 백작군이 주둔지를 무단으로 이탈했소!"

"뭐, 뭐요?"

로바인 후작의 낯빛이 시커멓게 변했다.

"이게 다 로바인 당신이 그들을 너무 무르게 다룬 탓이오!"

"그럴 사람들이 아닌데……."

"아니긴 뭐가 아니오? 지금 결과를 보고도 그런 소리가 나온단 말이오?"

홀츠 후작이 화를 내는 진짜 이유는 따로 있었지만, 어쨌든 주둔지의 무단이탈은 여간 심각한 일이 아니었다.

그들의 이탈 이유라고 해 봐야 낙오된 주군들을 구출하는 것일 터. 심정적으로는 이해가 가지만 그래도 지금은 전시였다. 감정적으로 이해를 한다 해도 그들이 심각한 규율을 어겼다는 사실은 변하지 않는다. 그 정도 죄라면 더 볼 것도 없이 참수형이다.

'도대체 왜 그런 짓을…….'

말없이 홀로 생각에 잠긴 로바인 후작을 향해 홀츠 후작이 사납게 한마디 쏘아붙였다.

"어쨌든 그놈들의 처분에 대한 권한은 나에게 있으니 행여

나중에라도 이 일에 대해 끼어들 생각은 마시오!"

"그래서 지금 병력을 이끌고 그들을 쫓아가겠다는 말이오?"

"그렇다면 가만히 놔두라는 거요?"

"적과 대치하고 있는 상황에서 겨우 탈영병을 쫓으려고 이 정도 군대를 움직이는 것은……."

"시끄럽소! 그들과 남부군은 모두 내 소관이오. 그러니 그 병력을 움직이는 것에 대해 당신이 참견할 수 없단 말이오!"

홀츠 후작의 말이 끝나자마자 로바인 후작이 단호한 표정으로 나직하게 외쳤다.

"남부군은 내 명령이 있기 전에는 주둔지를 떠나지 말라!"

이번에는 그도 물러나지 않았다. 아니, 물러설 수가 없었다. 지금 홀츠 후작의 행동 또한 지휘권을 무시하는 행동이기 때문이었다.

"허! 지금 뭐라고 했소?"

홀츠 후작의 입에서 실소가 터져 나왔다. 황당하다는 의미의 실소가 아니다. '네가 감히'라는 의미를 담은 실소였다. 그리고 그런 홀츠 후작의 속마음은 누가 들어도 알 수 있을 정도로 노골적이었다.

하지만 로바인 후작은 동요하지 않았다. 여전히 나직한 목소리로 차분하게 말했다.

"주둔지를 떠나지 말라고 했다. 이는 총사령관으로서의 명령이며, 이를 어기는 것은 국왕 폐하의 뜻을 어기는 것과 마찬가지다. 만일 허락 없이 주둔지를 떠난다면 그것을 반역 행위로 간주할 것이다."

홀츠 후작 역시 조금도 놀라는 기색이 없다. 아니, 오히려 로바인 후작을 도발하고 나섰다.

"반역 행위로 간주하고 나서 그 다음은 참수인가? 겨우 1만 밖에 되지 않는 남부 변방군으로 남부군 2만을 어찌할 수 있다고 생각하는 모양이군. 후후, 그 얼토당토않은 자신감 하나는 알아줘야겠어."

로바인 후작의 시선이 홀츠 후작 뒤에 있는, 남부군 소속의 사단장들을 포함한 각각의 지휘관들에게로 향했다. 그리고 그들은 슬그머니 시선을 돌려 로바인 후작의 시선을 피했다. 총사령관인 로바인 후작이 아니라 남부군 사령관 홀츠 후작을 따르겠다는 무언의 대답이었다.

군대라는 조직은 옳고 그름을 판단하고 움직이는 집단이 아니다. 오직 명령에 의해서만 움직인다. 그리고 그 명령들 중 가장 영향력이 높은 것은 직속상관의 명령이었다.

사단장들은 자신들의 직속상관인 홀츠 후작의 뜻에 따라야 했고, 그 아래 지휘관들 역시 각자의 직속상관의 뜻을 따를 수밖에 없었던 것이다.

홀츠 후작이 조소를 머금으며 물었다.

"자, 이제 어찌할 거요? 우리 모두를 잡아들이고 참수시켜 보겠소?"

평소에 은연중 품고 있던 로바인 후작을 경시하는 감정을 이제는 조금도 숨기지 않는다.

로바인 후작은 여전히 똑같은 표정이었다. 그리고 일관된 나지막한 목소리로 말했다.

"떠나는 것까지 말리지는 않겠다. 하지만 돌아올 생각은 하지 않기를 바란다. 다음번에 볼 때는 우리 화살이 너희에게 가 있을 테니까."

"크흐흐, 해 볼 수 있으면 해 보시오."

그렇게 말을 맺은 홀츠 후작이 뒤에 있는 수하들을 향해 버럭 소리를 질렀다.

"뭣들 하는 거냐! 어서 출발해라!"

더 이상 로바인 후작에게 시간을 할애할 수 없었다. 당장은 자신의 말을 무시한 프로커스 백작군과 그론스트 백작군을 잡아 죽이는 것이 무엇보다 시급했다.

썰물처럼 산성을 벗어나는 남부군을 노려보는 로바인 후작의 얼굴에 싸늘한 살기가 맺힌 복잡한 미소가 떠올랐다.

"질긴 놈들이군!"

리카이엔이 쓴웃음을 머금으며 중얼거렸다. 그런 그의 시선이 머물러 있는 곳은 정면의 산등성이 위였다.

리카이엔 일행이 몸을 숨기고 있는 보렌 분지는 세 개의 봉우리가 둥근 능선을 그리며 벽처럼 둘러싸고 있는 지형이었다.

그 보렌 분지를 둘러싸고 있는 능선 위에 루오 왕국군 병사들이 촘촘한 간격으로 지키고 서 있었던 것이다.

리카이엔 일행이 몸을 숨긴 지 닷새가 지났음에도 불구하고 떠나지 않고 지키고 있는 것을 보니, 방금 말한 대로 꽤 끈기가 있는 상대들이었다.

'그리고 감각도 예리해…….'

보렌 분지는 그리 넓은 지역이 아니었다. 그렇기에 한 번 훑었을 때 보이지 않는다면 없는 것으로 간주하는 게 일반적이었다.

그런데 지금 이곳을 포위하고 있는 루오 왕국군 지휘관은 눈에 보이지 않음에도 불구하고 이곳에 리카이엔 일행이 있을 거라는 생각을 가지고 포위하고 있는 것이다. 그것도 거의 확신하고 있는지 꽤나 촘촘하게 포위하고 있었다.

어지간히 감이 좋지 않고는 이렇게 과감하게 행동할 수는 없었다.

"에이, 지겨운 놈들!"

카이스가 살짝 인상을 구기며 말했다. 분지 아래에서 능선을 타고 오르려니 꿰맨 상처가 쓸리고 땅겨서 자꾸 신경에 거슬린 탓이었다.

그때 리카이엔이 낮은 목소리로 말했다.

"먼저 간다."

"뭐?"

카이스가 지금 무슨 말을 하는 건가 하는 얼굴로 고개를 드는 순간, 리카이엔은 능선 위를 향해 몸을 날리고 있었다. 그리고 그 뒤를 따르는 볼프와 율리아, 톰, 잭.

"이런 미친것들!"

카이스가 한층 더 인상을 구겼다. 능선을 따라 포위하고 있는 병력의 수는 거의 1천에 가까웠다. 병력의 단위로 보면 한 개 대대급 병력. 그런데 리카이엔은 겨우 열 명 남짓한 머릿수로 천 명의 적을 향해 돌격하고 있으니 아무리 봐도 제정신이 아닌 것 같았다.

물론 그것이 단순히 1,000명 대 10명이 될 수 없다는 것은 분명히 알고 있었다. 루오 왕국군은 분지를 감싸는 능선 전체에 분산되어 있었고, 한쪽만 뚫으려고 들면 상대해야 될 적은 대략 1할 정도로 줄어든다.

그 정도면 이 분지 정도는 충분히 뚫고 나가리라. 문제는 그 다음이었다. 이렇게 끈질긴 상대라면 뚫렸다고 해서 포기할 리가 없었다. 분명히 추격전이 벌어질 것이고, 어느 순간 포위를 당해 잡히거나 죽을 가능성이 컸다.

어찌 되었든 적의 수는 이쪽에 비해 월등히 많았고, 리카이엔이 아무리 엄청난 실력이 있다 해도 그 엄청난 수의 적을 다 감당할 수는 없기 때문이었다.

하지만 리카이엔과 그의 기사들은 이미 산등성이 위로 뛰어올라가고 있었다. 슬쩍 시선을 돌려 보니 던베인과 기사단장

테일이 자신을 보고 있었다. 어떻게 할 거냐는 물음을 담은 시선.

"쳇! 어쩌긴 뭘 어째? 가자─!"

외침과 함께 카이스가 롱소드를 불끈 쥐고 달리기 시작했다. 옆구리의 상처가 땅기고 욱신거렸지만 자신의 상처가 아닌 것처럼 무시하고 달렸다. 지금 상처 따위에 신경 쓰다가는 목이 달아날지도 모른다.

쿠웅!

단단한 바위가 깨질 정도로 무지막지한 충격과 함께 사나운 기운을 잔뜩 머금은 철창이 커다란 궤적을 그렸다.

"나, 나왔……."

스격!

갑작스러운 리카이엔의 등장에 뭐라고 외치려던 병사 하나가 제대로 된 비명도 지르지 못한 채 몸이 둘로 갈라진다.

일단 살기를 머금으면 한 올의 자비도 찾아볼 수 없는 것이 리카이엔의 철창이었다. 군더더기 없는 궤적이 쉴 새 없이 허공을 갈라내고, 그 궤적을 따라 붉은 선혈이 튀어 오른다.

순식간에 열 명의 병사가 죽고 난 후에야 경고성이 터져 나왔다.

"적이다!"

"놈들이 나타났다!"

여기저기서 터져 나오는 소리에 어두웠던 산이 삽시간에 대낮처럼 환하게 밝아졌다. 하지만 불을 밝힌 것은 루오 왕국군의 커다란 실수였다.

숙, 슈슈슉!

"으아악!"

화살이 허공으로 쏘아져 나갈 때마다 밝혀진 불 주위에서 비명이 터져 나왔다. 눈이 밝은 율리아에게 불을 환하게 밝히고 있는 목표물은 가만히 서 있는 커다란 표적판과 다를 바가 없었다.

허공에 대고 크게 휘두르는 철창에서 웅웅거리는 묵직한 파공성이 울린다. 그리고 터져 나오는 볼프의 우렁찬 기합.

"으랏차차―!"

외침과 동시에 철창이 망치질하듯 바닥으로 떨어져 내린다. 정확하게는 바닥에 서 있는 적병들.

콰콰콰콱!

얼마나 세게 휘둘렀는지 땅바닥의 흙이며 돌조각, 나뭇잎 따위가 사방으로 비산한다.

쾅, 쾅!

볼프가 한 번 두드릴 때마다 꼬박꼬박 서너 명씩은 나가떨어진다.

"크흐, 크흐!"

잠시 손을 멈춘 볼프의 입에서 기묘한 숨소리가 뿜어져 나왔다. 그리고 그의 주위는 사람은 물론 나무나 바윗덩이들까지 온통 처참하게 부서져 있었다.

"옆이다!"

슈우욱!

"뒤!"

쉐엑!

대화를 주고받듯 서로 꼬박꼬박 한마디씩 주고받는다. 그리고 한마디 나올 때마다 철창이 예리한 각도로 파고든다.

톰이 말하면 잭이 휘두르고, 잭이 말하면 톰이 휘두른다. 서로가 서로를 보아 주고, 서로의 등을 지켜 주는 형식이었다. 기사단에 들어오기 전부터 죽마고우였던 두 사람은 언젠가부터 당연하다는 듯 이런 식의 합격술(合擊術)을 쓰고 있었다. 아주 정교하지는 않지만, 서로를 잘 아는 두 사람이다 보니 그 효과는 꽤나 훌륭했다.

리카이엔과 그의 기사들이 각자 개성 넘치는 방식으로 자신들만의 전투를 이어 갔다. 체계적이지 않고 요란하지만 효과만큼은 극대화된 전투. 그에 반해 카이스와 그의 기사들은 조용했다. 특별한 각자의 개성 같은 것은 찾아볼 수 없었다. 하지만 그 말이 실력이 없다는 뜻은 아니다.

정석. 카이스와 그의 기사들은 한마디로 정석의 전투를 보여 주고 있었다.

던베인과 테일이 앞쪽에 서고 그 뒤에 카이스, 그리고 나머지 기사들이 카이스를 호위하듯 둘러싼 채 일종의 진형을 이

루고 전진한다.

슈욱!

날카롭게 공간을 파고드는 검날의 궤적은 조금의 군더더기
도 없이 가장 짧은 거리를 움직이며 원하는 것을 잘라 낸다.
카이스를 포함한 누구 하나 다를 바가 없다.

그야말로 교본에서나 볼 수 있는 기본에 충실한 전투였다.
하지만 그만큼 적은 힘으로 극대화된 효과를 얻을 수 있는 전
투이기도 했다.

"크아아악!"

곳곳에서 비명이 울려 퍼졌다. 사방에서 화살이 날아들었지
만, 일행 중 누구에게도 위협이 되지 못했다. 무인지경으로 빠
르게 돌파해 나가는 그들을 막을 수 있는 것은 아무것도 없었
다.

닷새 동안 몸을 숨긴 탓에 루오 왕국군의 긴장이 풀어진 것
도 이유였지만, 잭슨 협곡에서와는 달리 이미 어떻게 움직일
지 정해 놓은 덕분이기도 했다.

"빨리 안 오냐!?"

"빌어먹을! 갑자기 튀어 나가 놓고 한다는 소리가 그거냐?
그냥 혼자 가라, 인마!"

리카이엔의 외침에 카이스가 진담 반, 농담 반으로 대답하
며 바쁘게 걸음을 움직였다.

그때 가장 선두에서 뚫고 나가는 리카이엔의 앞으로 한 무

리의 인영이 우르르 몰려들었다.

"제길! 반응 한번 빠르군!"

리카이엔이 잠시 멈칫하며 달려오는 이들을 살펴보았다. 기세로 보아 일반 병사는 아니었다. 특히 가장 선두에 위치한 이는 숨이 막힐 정도로 과격한 기운을 뿜어내고 있었다.

"거기 서라—!"

문제의 과격한 기운을 뿜어내는 사내가 산이 쩌렁쩌렁 울릴 정도로 큰 소리로 외쳤다. 그 말을 들은 리카이엔이 뒤에 있는 카이스를 향해 말했다.

"야, 저놈 니가 맡아라."

"내가 왜?"

"덩치도 비슷한 게 너랑 붙으면 딱이겠다."

리카이엔의 말대로 문제의 사내는 카이스만큼이나 큰 키에 좋은 체격을 가지고 있었다. 하지만 카이스는 그것을 인정하지 않았다.

"내가 저렇게 무식해 보이냐?"

"크크크. 자식, 발끈하기는……."

"지금이 장난칠 때……."

카이스가 뭐라고 버럭 소리를 지르려는 찰나, 리카이엔이 그의 말을 끊었다.

"먼저 간다!"

동시에 땅을 박차고 무시무시한 속도로 앞으로 튀어 나가는 리카이엔. 그리고 자연스레 그 뒤를 따라 달리는 볼프와 톰, 잭. 율리아 역시 손가락 사이사이 화살을 끼고 팽팽하게 시위를 당기고 있었다.

그 모습을 본 카이스가 울컥한 표정으로 버럭 소리를 지르며 달려 나갔다.

"같이 가자, 좀!"

순식간에 좁혀진 서로 간의 거리. 리카이엔이 창을 든 두 손에 잔뜩 힘을 주었다. 그러면서도 얼굴에는 묘한 미소가 떠올랐다.

'카이스 말대로 무식해 보이기는 하네.'

정면에서 달려오는 루오 왕국군은 모두 쉰 명 정도. 그중 선두의 과격해 보이는 사내가 급히 발을 멈추며 외쳤다.

"나는 루오 왕국군 북방 기사단장 페스론이다!"

"그래서?"

리카이엔이 농담하듯 외치며 힘차게 진각을 밟았다.

콰드드득!

깊게 땅이 파이는가 싶더니 어느 순간 리카이엔이 바람처럼 쏘아져 나가고 있었다.

"흡!"

페스론이 헛바람을 들이켜며 급히 두 손을 움직였다. 그의 손에 들린 것은 거대한 검날을 가진, 검이라기보다는 몽둥이에 가까운 그레이트 소드.

쩌엉!

묵직한 쇳소리가 웅웅 고막을 울렸다. 하지만 두 사람의 철창과 거대한 검날은 떨어질 줄 몰랐다. 서로 부딪치는 순간, 이미 힘겨루기에 들어간 것이었다.

'이거 사람 맞아?'

리카이엔의 시선이 저도 모르게 페스론의 팔뚝으로 향했다. 터질 듯 부풀어 오른 근육은 어지간한 성인 남자의 허벅지만큼이나 거대했다. 아니, 팔뚝만이 아니다. 어깨며 허벅지 등등 온몸이 근육으로 팽팽하게 부풀어 올라 있었다.

지지직!

힘겨루기에 들어간 상태에서 리카이엔이 서 있는 자세 그대로 뒤로 밀리고 있었다. 단순히 힘으로는 절대 이길 수 없는 상대였다.

"차앗!"

리카이엔이 힘차게 기합을 내지르며 땅을 박차고 뒤쪽으로 몸을 날렸다.

후아아앙!

순간 리카이엔의 얼굴을 덮쳐드는 것은 그레이트 소드가 만들어 내는 거대한 풍압!

"에라이, 괴물 같은 놈!"

외침과 동시에 리카이엔이 다시 한 번 땅을 박찼다. 뒤로 몸을 날렸던 힘을 그대로 반탄력으로 이용해 한 번 더 철창을 휘둘렀다.

콰아아앙!

무시무시한 진각에 바닥의 흙이 폭발이라도 하듯 사방으로 터져 나간다. 솟아오르는 진각의 힘이 온몸의 관절을 지나며 증대되고, 그 힘이 철창의 끝에 응집되었다.

지이잉!

창날 끝에서 불쑥 솟아오른 붉은 빛덩이.

"이건!"

페스론의 입에서 신음이 튀어나왔다. 극히 짧은 순간이었지만 리카이엔의 창날에서 뻗어 나온 것이 오러 블레이드라는 것을 알아차렸기 때문이었다.

"어디 한번 해보자!"

외침과 동시에 페스론의 그레이트 소드에도 푸른 빛덩어리가 맺혔다.

쫘아아앙!

그저 부딪치기만 했을 뿐인데도 사방으로 무시무시한 기운이 사방으로 폭사되었다. 그리고 한 사람이 뒤로 물러섰다. 그런데 이번에 뒤로 물러선 사람은 페스론이었다. 그런 그의 얼굴에 떠오른 것은 불신이었다.

지금껏 그 누구에게도 힘으로 밀린 적은 없었다. 자신보다 강한 상대와 싸웠어도 힘만큼은 절대 밀리지 않았었다. 그런데 오늘, 자신의 절반 정도밖에 되어 보이지 않는 체구를 가진 자에게 힘으로 밀린 것이었다.

그것은 페스론에게 있어서는 자존심에 큰 상처를 주기에 충분한 일이었다.

"죽어라—!"

안 그래도 거대한 페스론의 근육이 한층 더 크게 부풀어 올랐다. 그레이트 소드가 주변의 공간마저도 일그러트릴 정도로 가공할 힘을 끌어안고 뻗어 나갔다.

슈우우욱!

순간, 검날의 궤적을 지나치는 한 줄기 바람. 그야말로 찰나의 틈을 헤집고 들어오는 하나의 점. 가만히 있다가는 그대로 목을 꿰뚫릴 정도로 소름 끼치는 일격이었다.

빠득!

페스론은 어금니를 꽉 깨물고 힘차게 어깨를 들어 올렸다.

또 한 번 굉음이 울렸다.

"크윽!"

그리고 페스론의 입에서 신음이 비집고 나왔다. 어깨의 갑옷과 함께 살점이 뭉텅 떨어져 나가고 붉은 선혈이 울컥울컥 뿜어져 나오고 있었다.

두 사람의 주변에서도 이미 격렬한 싸움이 벌어지고 있었다. 리카이엔과 함께 달려왔던 카이스와 볼프, 던베인 등이 다른 기사들과 난전을 벌이고 있었다.

하나둘 터져 나오는 비명이 늘어났다. 그리고 비명이 터져 나올 때마다 북방 기사단 기사들의 시체도 함께 늘어났다.

루오 왕국 북방 기사단 기사들의 실력도 출중한 편이었지만, 지금 리카이엔과 함께 있는 이들의 실력이 워낙 뛰어난 탓이었다. 특하나 그들을 이끌고 싸워야 할 페스론이 리카이엔에게 애를 먹고 있는 상황이라 더욱더 단합이 되지 않았고, 그 탓에 피해는 점점 더 커져만 가고 있었다.

페스론은 어깨에 무거운 상처를 입었음에도 불구하고 그레이트 소드를 휘두르는 힘은 여전히 무시무시했다.

쾅, 콰쾅!

철창과 그레이트 소드가 쉴 새 없이 부딪친다. 울려 퍼지는 굉음이 산 곳곳에 메아리치고, 그 소리가 중첩되면 될수록 싸움은 격렬해졌다.

"대단하군!"

리카이엔의 입에서 진심 어린 감탄이 터져 나왔다. 리카이엔은 자신의 창술과 검술이 충분한 궤도에 올랐다고 자평하고 있었다. 아직까지 북진무사 이율의 절기인 혈하를 창술로 재정립하는 것은 요원한 일이었지만, 각자의 무기들에 대해서는 꽤나 완성되었다고 느끼고 있었다. 그것은 자만심이 아니라 충분히 객관적인 평가였다.

그런데 지금 눈앞에는 오직 힘만으로 자신과 비등한 싸움을 벌이는 자가 있는 것이었다. 이대로 죽이기에는 아까운 마음이 들 정도로 대단한 인물이었다.

하지만 그런 생각이 들었다고 해서 전장에서 만난 적을 향해 손속에 정을 둘 정도로 리카이엔은 무른 인간이 아니었다.

"이만 끝내자!"

우렁찬 외침과 동시에 리카이엔의 발이 땅을 두드렸다.

쿠우웅!

주변의 땅이 흔들릴 정도로 격렬한 진각이 터져 나왔다. 동시에 그 힘을 그대로 품은 채 철창이 뻗어 나갔다.

"흡!"

페스론이 급히 호흡을 끊어 내며 그레이트 소드를 쥔 두 손에 잔뜩 힘을 불어넣었다.

철창이 다가오려면 아직 꽤 거리가 있음에도 불구하고 무시무시한 압력이 온몸을 죄어 왔다.

"흐아아아앗!"

목이 터져라 기합을 터트리며 휘둘러 오는 철창을 맞받아 쳤다.

쩌어엉!

날렵하면서도 깔끔한 소음이 울렸다. 그리고 갑작스레 찾아온 정적.

철컹!

정적을 깬 것은 묵직한 쇳소리였다. 정확하게는 두 동강으로 잘려 바닥에 떨어진 페스론의 그레이트 소드. 그리고 뒤이어 들려온 소리.

"큭!"

쿠우웅!

짧은 신음과 함께 페스론의 거대한 몸뚱이가 바닥으로 무너져 내렸다.

"후우!"

리카이엔이 먼지와 땀으로 지저분해진 얼굴을 훔치며 긴 숨을 내쉬었다. 그리고 주변을 둘러보니 북방 기사단의 기사들도 이미 전멸 상태였다. 그로 인한 대가인지 일행들의 몸에도 온통 크고 작은 상처가 가득했지만, 어쨌든 상황은 어느 정도 마무리가 된 듯했다.

철창을 갈무리한 리카이엔이 카이스를 향해 말했다.

"넌 아직 낫지도 않았는데 또 다쳤냐?"

요즘 들어 점점 자신을 갈구는 일이 잦아진다고 느낀 카이스가 인상을 찡그렸다. 농담으로 하는 말이라는 건 알지만 자주 그러면 어쩔 수 없이 마음이 상할 수밖에 없는 것이다.

"그럼 니가 하지 그랬냐?"

"너보고 맡으라니까 싫다며?"

"아, 진짜 말이나 못하면."

그때였다.

"잡아라!"

"저쪽에 있다!"

뒤에서 요란한 외침과 함께 루오 왕국군 병사들이 우르르 달려오고 있었다.

　"됐다! 농담 그만하고 얼른 가자!"

　"쳇, 알았다. 앞장서!"

　"잘 따라와라!"

Chapter 10.

철옹성의 함락

"백작님, 백작님!"

밖에서 들려오는 라울의 목소리에 데릭은 저도 모르게 살짝 인상을 찌푸렸다. 자신은 이미 리카이엔에게 작위를 물려주었으니 더 이상 '백작'이라고 부르지 말라고 했는데도 라울은 여전히 그를 '백작'이라고 불렀다.

그러다 라울의 목소리가 뭔가 다급하다는 것을 뒤늦게 깨닫고는 급히 대답했다.

"무슨 일이냐?"

벌컥, 문을 열고 뛰어 들어온 라울이 심각한 표정으로 말했다.

"잠시 밖으로 좀 나가 보셔야 할 것 같습니다!"

아무래도 심상치 않다고 생각한 데릭이 두말없이 자리에서 일어섰다.

라울이 데릭을 데리고 간 곳은 내성 입구 쪽. 밖으로 나가니 마차가 준비되어 있었다. 아마 내성 밖으로 나가야 할 일인 모양이었다.

일단 라울과 함께 마차에 오른 데릭은 마차가 출발한 후에야 사정을 물었다.

"그래, 무슨 큰일이 있기에 이러는 것이냐?"

"그, 그게… 찾아온 사람이 있는데……."

데릭이 궁금한 표정으로 고개를 갸웃거렸다. 지금까지 그가 보아 온 라울은 아직 나이는 어리지만 행정적인 일과 관련하여 가히 천재적인 능력을 발휘하고 있었다. 그런 그가 이렇게 당혹스러워 하고 있으니 그 이유가 심히 궁금해질 수밖에 없는 것이다.

그렇게 얼마나 달렸을까. 천천히 마차가 속도를 늦추기 시작했다. 그제야 창밖을 내다보던 데릭이 또 한 번 고개를 갸웃거렸다. 마차가 도착한 곳은 다름 아닌 외성 성문이었던 것이다.

그리고 마차에서 내려 성문으로 다가선 후에야 라울이 그렇게 당황스러워 한 이유를 알 수 있었다.

"이건 도대체……."

성문 입구에 엄청난 인파가 모여 있었던 것이다. 그것도 죄다 특이한 외모의 사람들. 그리고 그 사람들의 가장 선두에 낯익은 얼굴이 있었다.

"마이스터 테하스?"

마지막에 보았을 때보다 조금 더 나이가 들어 보이기는 했지만, 그 선두에 있는 사람은 분명 테하스였다. 그리고 그 뒤에 있는 사람들은 모두 바이론인들.

"오랜만입니다, 백작님."

테하스가 지친 기색이 역력한 얼굴로 인사를 건넸다. 데릭이 얼떨떨한 표정으로 고개를 끄덕였다.

"이게 무슨 일이오? 그리고 저 사람들은……?"

테하스 뒤에 모여 있는 바이론인들의 수는 눈대중으로 보아도 대략 5천 명 정도는 되어 보이는 대인원이었다. 도대체 저 많은 사람들을 데리고 이곳까지 온 이유가 무엇인지 도통 알 수가 없었다.

테하스가 지친 얼굴에 겸연쩍은 미소를 지으며 말했다.

"잠 좀 재워 주시겠습니까?"

"음?"

그때였다.

"스승님!"

갑자기 뒤에서 들려온 소리에 데릭이 고개를 돌렸다. 프리엘라가 놀란 얼굴로 황급히 뛰어오고 있었다. 그러고는 다른 사람들에게 인사를 할 경황도 없이 테하스 앞으로 달려갔다.

"이게 어찌 된 일이에요?"

예정대로라면 지금쯤 물이 나오고 사람들이 거주할 만한 장소를 찾아 일을 진행하고 있어야 했다. 그런데 갑자기 이 먼 프로커스 백작령에 나타났으니 놀라는 것이 당연한 일이었다.

테하스가 쓴웃음을 지으며 말했다.

"뭐, 요즘 대륙 전체가 흉흉하게 돌아가지 않느냐."

그 말에 단번에 무슨 일인지 눈치챈 프리엘라가 날카로운 표정으로 물었다.

"모렐리아 공화국인가요?"

"후후, 그리되었구나. 사람의 생각이라는 게 항상 좋은 쪽으로만 흐르지는 않는 법이 아니더냐."

최대한 편안한 표정으로 말을 하고는 있었지만, 목소리에는 한이 맺혀 있었다.

사실 테하스는 무단으로 일을 시작한 것이 아니었다. 모렐리아 공화국의 최고 의사결정 기구인 대의회 의장과 어느 정도 이야기를 했었다. 물론 아주 긍정적인 대답을 들은 것은 아니었다. 어차피 사람이 살 수 없는 사막이니 바이론인들이 들어와 지내도 크게 문제가 되지는 않는다는 정도였다.

하지만 테하스가 사막 한 곳에서 물을 뽑아 올리는 것을 확인한 대의회는 바로 말을 바꾸었다. 그들 역시 바이론인들의 특이한 술법에 대해서는 알고 있었지만, 그것을 통해 물을 뽑아 올릴 수 있으리라고는 생각지도 못했던 것이었다.

처음에는 저 열사의 사막에서 사람이 살 수 있을 리가 없다고 생각했기에 진지하게 생각하지 않았는데, 물을 뽑아 올리니 단순하게 생각할 수 없다고 여긴 것이었다.

물이 있다는 것은 사람이 모인다는 뜻이었다. 대륙 전체에 퍼져 있는 바이론 난민이 대략 8, 90만 정도라고 알려져 있는데, 그들 모두가 사막에서 집단을 이루고 살 거라고 생각하니 보통 심각한 문제가 아니었다.

하나의 국가라고 말하기에는 턱없이 부족한 인구였지만, 물을 뽑아 올리는 것은 물론 갖가지 특이한 술법을 사용할 수 있는 바이론인 8, 90만 정도가 사막에 모여 있다는 것은 크나큰 위협이 될 수도 있기 때문이었다.

그리고 때마침 대륙 전체에 전운이 감돌기 시작했다. 모렐리아 공화국에서도 한동안 멈췄던 켈벤 왕국 원정에 대한 이야기가 활발하게 진행되고 있었다.

그러한 때에 자신들의 턱밑에 적이 될지도 모르는 이들을 가만히 두는 것은 불안할 수밖에 없는 일. 결국 모렐리아 공화국 대의회는 사막에 있는 바이론인들을 쫓아내는 쪽으로 의견을 모았고, 그 결과 테하스는 사막을 나올 수밖에 없었다.

문제는 자신의 뜻에 따라 모인 동포들. 사막에서 살 수 있는 기본적인 조건들, 물을 뽑아 올리는 것이나 거주지를 만드는 등의 일들을 하기 위해 우선적으로 모여든 사람들이 무려 5천 명이었다. 그들 대부분은 원래 살던 곳을 버리고 왔기에 딱히 갈 곳이 없었다. 테하스로서는 그들을 나 몰라라 할 수가 없었던 것이다.

그러다 결국 생각한 것이 프로커스 백작령이었다. 클레우스의 유물 중 자신의 몫 일부를 포기하는 조건을 건다면 일단은 안전하게 지낼 곳을 구할 수 있으리라 생각했던 것이었다.

"후우~ 그런 일이 있었습니까? 참으로 신의가 없는 사람들이군."

데릭이 인상을 찌푸리며 말했다. 그러고는 더 이상 지체할 필요가 없다는 듯 라울을 향해 물었다.

"행정총관, 이 사람들이 지낼 만한 곳이 있는가?"

테하스의 이야기를 듣는 동안 라울은 열심히 머리를 굴리고 있었다. 5천 명이나 되는 인파는 결코 적은 수가 아니었다. 그 많은 사람들이 함께 생활할 수 있는 땅. 억지로 그 조건에 부합하는 곳은 딱 한 곳이 있었다.

"영지군의 병영이 있습니다."

"병영?"

데릭이 고개를 갸웃거렸다. 프로커스 백작군의 병력은 대략 2천 정도였다. 그중 리카이엔과 함께 아크로니아 산악 지대로 떠난 병력이 1천. 다시 말해 병영에는 1천 명 정도의 공간밖에 없었던 것이다.

데릭의 의문이 무엇인지 눈치챈 라울이 설명을 덧붙였다.

"병영의 막사에는 모두 들어가기 힘들 것입니다. 하지만 병사들의 훈련장에 천막이나 가건물을 만든다면 충분히 수용할 수 있습니다."

"그 방법밖에 없나?"

데릭이 살짝 불만스러운 표정으로 물었다. 어쨌든 이쪽을 믿고 도움을 청하러 온 사람들이었다. 그리고 이전에는 라카이엔이 도움을 받은 적도 있었다. 그런데 그런 사람들에게 천막생활을 하게 하는 것은 도의에 어긋난다고 생각이 들었던 것이다.

하지만 라울은 단호했다.

"없습니다."

딱 잘라 말하는 모양새가 조금의 여지도 없어 보인다. 사실 병영이 아니라도 프로커스 백작령에는 그런 땅이 있었다.

라카이엔이 작위를 이어받은 후 시작한 토지 개간 작업이 순조롭게 진행되면서 아직 사람들을 이주시키지 않은 지역이 여럿 있었던 것이다.

그곳에는 이미 건물들도 들어서 있었기에 들어가서 살기만 하면 되는 곳이었다.

하지만 그 땅을 저들에게 내줄 수는 없었다. 저들은 이 프로커스 백작령에 정착하기 위해 온 사람들이 아니라 임시로 몸을 피하기 위해 온 사람들이었다.

만일 저들에게 그 땅을 내준다면, 원래 그곳에 정착해야 할 사람들이 늦게 들어갈 수밖에 없었다. 그리고 그로 인해 영지의 운영에 꽤나 큰 차질이 생길 수도 있었다.

이미 관개수로 공사까지 끝났기에 들어가 농사만 지으면 되는 땅에 잠시 거쳐 가는 사람들을 지내게 하는 것은 절대 안 될 일이었다.

하지만 데릭이 라울을 향해 애처로운 표정을 짓고 있었다.

"정말 없는 것인가?"

금방이라도 울 것 같은 표정을 짓고 있는 데릭을 보며 라울은 한층 전투적인 자세를 취했다.

"없다니까요."

"내가 알기로 아직 영지민들이 정착하지 않은 마을이 있는 것으로 아는데…… 거기는 이미 건물까지 다 지어 놓지 않았는가?"

"윽!"

데릭도 이미 생각하고 있었던 모양이다. 하지만 그렇다면 더더욱 안 될 일이었다.

"거기는 영지민들을 정착시킬 준비를 이미 마친 상태입니다. 저분들을 거기에서 지내게 한다면 이주 준비를 마친 영지민들은 어쩌시려는 겁니까?"

의외로 이런 부분에 관해서는 아주 냉정한 라울이었다. 원래도 리카이엔의 무른 부분을 자신이 매우겠다는 생각으로 왔기에 이 정도는 당연한 일이었다. 물론, 리카이엔의 성격이 무르다는 것은 잘못된 정보(?)였지만 말이다.

데릭의 표정이 한층 더 울상이 되었다.

"그것도 문제기는 하지만 그래도 좀 어떻게……."

그리고 그 모습을 보는 라울의 표정도 점점 울상이 되어 가고 있었다.

요즘 들어 느낀 것이지만 데릭은 의외의 강적이었다. 영주로 있을 때는 그저 인심이 넉넉한 어진 영주일 뿐이었는데, 리카이엔에게 작위를 물려준 후에는 그냥 마음 약한 중늙은이가 되었다.

며칠 전에도 전쟁터로 떠난 병사들의 가족들을 위로하자며 그 많은 사람들을 모두 모아 연회를 열자고 졸랐었다. 그때는 라울이 딱 잘라 내 겨우겨우 막았지만, 오늘은 왠지 힘들 것 같은 기분이었다.

하지만 데릭의 입장에서는 그럴 수도 있는 일이었다. 자신이 영주로 있을 때는 가난한 영지의 사정상 영지민들에게 많은 것을 베풀지 못했었다. 그런데 지금 영지의 살림이 아주 넉넉해졌기에 그때 하지 못했던 일들을 조금이라도 해 보고 싶은 마음이 들었던 것이다.

그렇다고 해서 대책 없이 돈을 쓰려고 달려드는 것은 아니었다. 그저 조금만 넉넉하고 여유롭게 인정으로 일을 하자는 것뿐이었다.

그때 테하스가 앞으로 나서며 라울을 향해 말했다.

"그로 인해 손해가 나는 부분은 내가 돈을 내도록 하마. 그리고 필요하다면 사람들이 이주하기 전에는 우리가 그곳의 농사를 대신 해 주겠다. 우리도 얹혀사는데 밥값은 해야 되지 않겠느냐?"

하지만 그렇다 해도 여전히 쉬운 일은 아니었다. 이 일로 인해 이주하지 못하는 영지민들은 불안해질 수밖에 없고, 그것은 곧 민심에 직결되는 일이었다. 원래 백 번 착한 일 하다가 한 번 못된 짓을 하면 그 사람은 못된 사람이 되는 법이었다.

그러나 이제는 더 이상 거절할 수가 없었다. 테하스가 이렇게까지 나왔는데 절대 안 된다고 할 수는 없기 때문이었다. 결국 그로 인해 발생하는 일은 자신과 그 밑에 있는 각 부서의 행정관들이 죽어나는 수밖에 없었다.

"휴우~ 알겠습니다. 성 인근에 있는 지역으로 준비하겠습니다."

"허허, 잘 생각했네."

데릭이 기분 좋은 표정으로 고개를 끄덕이며 라울의 어깨를 토닥거렸다. 그리고 테하스를 향해 말했다.

"일을 처리하는 동안은 불편하겠지만 병영에서 지내도록 하십시오. 저 친구가 최대한 빨리 준비해 줄 것입니다."

"불편하다니요. 사실 저희는 병영에서 천막을 치고 지내도 상관없습니다만······."

사실 테하스는 그러는 쪽이 더 낫다고 생각했다. 사람이 편히 잘 수 있는 집이 생기면 그곳을 떠나기 힘든 법이었다. 혹여나 나중에 다시 사막으로 가야 할 때, 바이론인들이 떠나고 싶어 하지 않는다면 큰 낭패가 될 수도 있었다.

하지만 데릭이 저렇게 말하는데 자신이 거절을 하는 것도 예의가 아니었기에 어쩔 수 없이 그렇게 하기로 마음먹은 것이었다.

"아닙니다. 저에게 부탁을 하러 온 사람인데 최대한 편안하게 모셔야지요. 그래야 생색도 낼 수 있는 법 아니겠습니까?"

"흘흘, 그리 볼 수도 있겠군요."

"자, 그럼 들어가십시다."

콰르르!

크고 작은 돌덩이들이 바닥을 향해 와르르 떨어져 내렸다.

"아아악!"

뒤이어 비명이 터진다. 아니, 비명은 꽤 긴 시간 동안 쉬지 않고 울려 퍼지고 있었다.

브렌 왕국 서부의 세르오넨 요새가 자연의 힘이 만들어 낸 난공불락이라면, 델로스 왕국 동부의 볼베인 장벽은 인간의 힘과 시간이 만든 철옹성이다.

두 개의 산이 만나 만들어 낸 넓은 계곡 사이에 긴 시간에 걸쳐 돌을 쌓고 쌓기를 반복해 만든 높고 두꺼운 성벽이 바로 볼베인 장벽이었다. 일반 성벽보다 훨씬 높고 서너 배는 될 정도로 두꺼운 볼베인 장벽은 델로스 왕국이 한창 스타넨 왕국 원정에 열을 올리면서 쌓기 시작한 성벽이었다.

대부분의 병력이 스타넨 왕국으로 가 있는 동안 혹시나 있을지 모르는 브렌 왕국의 침략에 대비해 만든 것이었다.

지금까지는 두 나라 사이에는 단 한 차례의 전쟁도 없었기에 볼베인 장벽의 위용이 어느 정도인지 확인된 바는 없었다. 하지만 브렌 왕국군이 델로스 왕국의 국경을 넘은 지금, 그 철옹성의 위용은 유감없이 드러나고 있었다.

투웅!

곳곳에서 무언가 끊어지는 듯한 묵직한 소리가 들린다. 쉴 새 없이 바윗덩이를 던져 대던 투석기의 밧줄이 결국 그 힘을 감당하지 못하고 끊어져 나가기 시작한 것이었다.

"이런 머저리들! 앞으로 달려라!"

카일렌 공작의 호령 소리는 볼베인 공략이 시작된 시점부터 지금까지 쉬지 않고 들려왔다.

"피, 피해라!"

성벽 가까이 다가가 하늘에서 떨어지는 화살을 향해 거대한 타워 실드를 들고 있던 한 병사가 사색이 된 얼굴로 외쳤다. 순간, 병사와 그 주위에 드리워지는 기다란 그림자.

"아아, 아아악!"

"어어어! 어어, 악!"

하늘에서 비명이 들리는가 싶더니 갑자기 긴 그림자의 실체가 떨어져 내렸다. 볼베인 장벽에 걸쳐 놓았던 사다리가 적병에 의해 넘어진 것이었다.

"제기랄!"

카일렌 공작의 입에서 사나운 소리가 터져 나오는가 싶더니 카일렌 공작이 갑자기 몸을 날려 무언가를 집어 들었다. 방금 바닥으로 떨어진 사다리였다.

"가자! 오늘 물러서면 절대 이 성을 함락할 수 없다. 죽어도 달려!"

외침이 끝나기가 무섭게 카일렌 공작이 사다리를 타고 오르기 시작했다.

브렌 왕국의 델로스 원정군 총사령관 카일렌 공작. 최고 지휘관이 직접 사다리를 타고 성벽 위로 올라가기 시작한 것이었다.

"와아아아—!"

여기저기서 함성이 터져 나왔다. 절대 뒤에 숨지 않고 적극적으로 전투에 참여하는 일은 그리 희귀한 장면이 아니다. 용맹한 지휘관들은 기사들과 함께 돌격전을 하거나 난전 상황에서 병사들과 한데 뒤섞여 싸우는 일이 종종 있었다.

하지만 공성전에서 그 지휘관이 직접 사다리를 타고 적의 성벽으로 올라가는 것은 대륙 역사상 단 한 번도 없던 일이었다.

그 모습이 병사들의 마음속 깊은 곳에 있는 용기를 끌어올렸다. 아니, 없는 용기도 갑자기 샘솟게 하는 모습이었다.

그리고 또 한 번 울려 퍼지는 호령.

"나를 따르라!"

연달아 함성이 울려 퍼진다. 한껏 사기가 오른 브렌 왕국군이 투지를 불사르며 앞 다투어 성벽을 향해 쇄도했다.

"탁, 타다닥!

지금껏 섣불리 움직이지 못했던 병사들이 조금의 망설임도 없이 사다리를 걸고 올라가기 시작했다.

"음!"

중간 정도까지 올라갔을까. 갑자기 사다리에 힘이 가해지는 기분이 들었다. 성벽 위의 델로스 왕국군이 카일렌 공작이 타고 오르는 사다리를 밀어내고 있는 것이었다.

그 모습을 본 카일렌 공작이 조금도 당황하지 않고 등에 메고 있던 핼버드를 뽑아 들었다.

콰드드득!

그리고 내지른 핼버드가 그대로 성벽에 박혔다. 사다리를 끌어안은 채 성벽에 박아 넣은 핼버드를 불끈 쥐고 있으니 사다리가 더 이상 뒤로 넘어가지 않는다.

"으으으윽!"

성벽 위에서 잔뜩 힘을 주는 소리가 들리지만, 사다리는 요지부동 그 자리에 못 박힌 듯 고정되었다.

성벽에 박힌 핼버드에 사다리를 고정시켜 더 이상 사다리가 넘어가지 않도록 만든 카일렌 공작이 바쁘게 손발을 놀리며 다시 위로 오른다.

슈우우욱!

성벽 꼭대기 근처까지 올라간 순간, 날카로운 파공성이 날아들었다. 카일렌 공작 때문에 브렌 왕국의 사기가 올라가는 것을 본 델로스 왕국 기사들이 공작을 향해 창을 찔러 넣은 것이었다.

하지만 카일렌 공작은 이번에도 눈도 깜빡하지 않는다.

"흥!"

오히려 콧방귀를 뀌며 사다리를 잡고 있지 않은 한 손으로 날아드는 창대를 움켜쥐었다. 그리고 찔러 들어오는 힘을 그대로 받아들이며 창대를 잡아당겼다.

"어어, 아아아악!"

창을 찔러 넣던 기사 한 명이 비명을 지르며 바닥으로 추락하는 사이, 카일렌 공작은 성벽 꼭대기에 도착해 있었다.

"크하하하! 모조리 죽여 주마!"

광소를 터트리는 카일렌 공작을 향해 성벽 위에 있던 델로스 왕국 기사들과 병사들이 달려들었다.

그리고 카일렌 공작이 그들을 향해 마주 달리기 시작했다.

쉬아악!

공작이 평생 애용해 온 무기는 핼버드였다. 그 묵직한 무게를 이용한 파괴력은 공작의 성격에 가장 잘 맞는 무기였다. 아쉽게도 그 핼버드를 사다리를 고정하는 데 써 버리고, 지금은 적 기사로부터 뺏은 창을 들고 있을 뿐이지만 평생 핼버드를 사용하며 길러 온 그 파괴력만큼은 그대로였다.

"크아아악!"

비명이 터지며 뜨거운 선혈이 공작을 향해 쏟아졌다.

코끝이 찡할 정도로 짙은 혈향, 연방 귓바퀴를 타고 도는 단말마의 비명, 눈을 어지럽히는 붉은 선혈, 혀끝에 감도는 비릿한 피 맛, 그리고 적의 살점을 갈라내며 손끝을 타고 오르는 그 섬뜩한 감각.

전장은 그의 오감을 모두 충족시켜 주는 최고의 장소였다. 그리고 그 감각이 자극되면 자극될수록 몸속 깊은 곳에서 더할 수 없이 힘이 솟았다.

"크하하하하하!"

쉬지 않고 광소를 터트리며 창을 휘두르는 카일렌 공작의 모습은 더 이상 사람의 그것이 아니었다. 한 마리 살귀.

하지만 아군에게는 더 이상 든든할 수 없는 수호신이었다.

카일렌 공작의 활약에 힘입은 브렌 왕국 병사들이 연달아 성벽 위로 뛰어 올라왔다.

쿵, 쿠우웅!

갑작스러운 적의 침입으로 성벽 위의 병력이 우왕좌왕하는 사이 충차가 성문을 때리기 시작했다.

"공작님, 받아요!"

카일렌 공작이 귀에 익은 목소리에 고개를 돌리니 한 자루 핼버드가 이쪽으로 날아오고 있었다.

탁!

핸버드를 받아 든 공작이 그 방향 그대로 휘둘렀다. 또다시 두 줄기 비명이 터져 나온다.

그제야 무기를 던진 사람을 살펴보니 부관인 헤이벤 자작이 인상을 찡그리며 달려오고 있었다.

"제발 혼자 가지 좀 마세요!"

버럭 소리를 지르는 모양새가 누가 본다면 무례하기 짝이 없는 태도였다. 하지만 카일렌 공작에게는 별로 신경 쓸 일이 아니었다. 아니, 오히려 가장 편안한 태도였다.

공작은 스스로 전장에 뛰어들지 않으면 안 되는 성격이었고, 그러다 보니 부관이나 직속 기사단들 역시 신분보다는 성격을 위주로 등용했다. 그런 이유로 대부분이 전투를 즐기는 파괴적인 성격의 사람들이었고, 그런 속에서는 이러한 태도가 꽤나 자연스럽게 만들어졌던 것이다.

"으하하하! 올라오느라 수고했다!"

"덕분에 편하게 올라왔습니다!"

보통 행정적인 업무를 도맡아 하는 여느 부관들과는 달리 공작의 부관인 헤이벤 자작은 서류 따위 한 번도 제대로 본 적이 없는 사람이었다. 그 역시 카일렌 공작의 영향으로 전투를 즐기는 성격이었던 것이다.

"좋아, 가자!"

카일렌 공작이 외침과 함께 앞으로 달려 나갔다. 그리고 헤이벤 자작과 뒤늦게 합류한 카일렌 기사단이 나란히 앞으로 돌격했다.

성벽은 순식간에 피로 물들었다. 총사령관 카일렌 공작으로 인해 투지가 활활 타오르는 브렌 왕국군을 막는 것은 거의 불가능한 일이었다.

우지지직, 콰아앙!

끊임없이 두드려 대던 충차에 마침내 성문이 부서졌다.

성벽 밑에서 전투를 지휘하던 서부 변경백 발셴 후작과 서부군 사령관 아델 후작이 누가 먼저랄 것도 없이 동시에 외쳤다.

"성문이 열렸다! 돌격하라!"

"진군! 진군하라!"

성문 안으로 무서운 속도로 쇄도해 들어가는 브렌 왕국군. 그리고 이미 피로 물든 성벽. 결과는 이미 나온 상태였다. 델로스 왕국군 역시 그 사실을 알고 있는지 어느새 곳곳에서 백기가 올라가기 시작했다. 병사들도 하나둘 땅바닥으로 무기를 버리고 있었다.

보통은 이쯤에서 포로를 잡고 전투를 마무리하는 것이 수순이었다. 적어도 발셴 후작의 기준에서는 그랬다. 하지만 성벽에서 쩌렁쩌렁 울리는 무시무시한 호령.

"모조리 죽여라!"

앞으로 나가려던 발셴 후작이 우뚝 말을 멈췄다. 이제 저 성문을 통과하면 어떤 장면을 보게 될지 너무나 잘 알기 때문이었다.

절대 항복을 받아 주지 않는 장수. 그것이 카일렌 공작이었다. 오로지 섬멸전만을 최고의 전투로 생각하며, 그가 지나가는 곳에는 재밖에 남지 않는다.

흔히 들리는 뜬소문에 그가 사람의 고기를 먹고, 피를 마신다는 이야기까지 들릴 정도로 잔인한 전투를 즐겼다.

발셴 후작은 그런 카일렌 공작의 성향과는 정반대의 성격이었다. 최대한 적은 피해로 승리하는 것이 최고의 전투라고 생각하는 무장이었다.

그러니 카일렌 공작의 전투 방식이 좋을 리가 없었다.

하지만 문제는 카일렌 공작의 전적이었다. 잔혹한 성격이기는 해도 그 말이 훌륭한 무장이 아니라는 뜻은 아니기 때문이었다. 실제로 카일렌 공작이 지휘하는 전투는 단 한 번의 패배도 없었다.

그러니 불만이 있다고 해도 뭐라고 말을 할 수도 없었다. 그저 명령에 따라 전투를 수행할 뿐.

"아아아악!"

"살려 줘—!"

"이 악마!"

성벽 너머에서 갖가지 비명이 울려 퍼지고 있었다. 발셴 후작은 그 소리가 완전히 잦아들 때까지 그렇게 성문 밖에서 기다렸다.

"윽, 끄윽!"

카이스의 입에서 신음이 새어 나왔다. 나란히 있던 리카이엔이 버릇처럼 그를 갈군다.

"조용히 해라."

"끄으윽!"

"조용히 좀 하자. 이러다 들킨다."

순간, 뻗어 가던 손을 우뚝 멈춘 카이스가 리카이엔을 노려보며 말했다.

"너, 솔직히 말해라. 알고 있었지?"

그 말에 리카이엔이 피식 웃으며 되물었다.

"뭘?"

"이 절벽!"

쉐에에엑!

날카로운 바람 소리가 두 사람의 귓전을 스치고 지나갔다. 지금 두 사람이 서 있는, 아니 매달려 있는 곳은 끝이 보이지 않을 정도로 높은 절벽이었다. 두 사람만이 아니다. 볼프와 율리아, 던베인과 테일 외에 기사들이 모두 절벽을 기어오르고 있었다.

양손에 하나씩 날카로운 단검을 들고, 한 손을 뻗어 절벽에 박아 넣은 후 거기에 매달려 몸을 끌어올린다. 그리고 반대편 손에 쥔 단검을 조금 더 위쪽에 박고, 조심스럽게 발을 끌어올려 울퉁불퉁한 절벽 면에 아슬아슬하게 발을 지지한다. 그리고 처음 절벽에 박았던 단검을 뽑아 조금 더 위쪽에 박으며 조심스럽게 몸을 끌어올린다.

아주 힘겹고 지루한 동작의 반복이었다.

"허어……."

카이스의 입에서 허탈한 신음이 새어 나왔다.

아침 해가 뜰 때 출발했는데 지금은 하늘에 달이 떠 있었다. 그런데 절벽은 반의반도 오르지 못한 것이다.

과연 이대로 절벽 끝까지 오를 수 있을 것인가? 그러다 슬쩍 옆으로 고개를 돌렸다.

콰득!

단검을 박는 손에는 힘이 넘쳤다. 뒤이어 몸을 끌어올리는 것도 조금도 힘들어 보이지 않는다. 너무나 부지런히 절벽을 오르는 인물. 그 사람은 다른 누구도 아닌 율리아였다.

카이스가 특별히 여자를 무시하는 건 아니었지만, 그래도 보통은 남자보다 여자가 체력이 더 약하다. 그런데 율리아가 쌩쌩하게 절벽을 타고 올라가니 왠지 모를 자괴감까지 들었다.

그때 가만히 기다리고 있던 리카이엔이 말했다.

"안 올라가고 뭐 하냐?"

"너까지 포함해서 니네 애들은 다 괴물이다. 이 망할 괴물들아!"

"어허, 멀쩡한 사람보고 괴물이라니. 그거 좀 실례다."

"지랄! 멀쩡하기는……."

카이스가 허탈한 표정으로 말끝을 흐렸다. 그러다 또다시 조금 전에 했던 말이 떠올랐다. 아무리 생각해도 자신의 생각이 맞는 것 같았다.

"너, 솔직하게 말해라. 여기 절벽인 거 알고 있었지?"

"몰랐다니까."

"진짜냐?"

"진짜다."

하지만 리카이엔의 얼굴은 웃고 있었다. 그리고 그 웃음이 카이스의 심증을 굳혔다.

"이 빌어먹을 놈! 이런 놈도 친구라고!"

"그럼 내가 친구 아니면 누가 니 친구냐?"

"아, 정말 실수였다."

"뭐가?"

"너하고 친구 먹은 거."

리카이엔이 피식 웃으며 물었다.

"그래서 어쩌려고?"

"어쩌긴 뭘 어째? 이미 친구 먹은 거 물릴 수도 없고, 그냥 내 팔자려니 해야지. 젠장!"

"크크크, 좋은 마음가짐이다. 그럼 얼른 올라가자."

말이 끝나기가 무섭게 리카이엔이 바쁘게 손을 놀리기 시작했다.

콱, 콰콰콱!

단검이 절벽 면을 파고 올라가는 소리가 바쁘게 귓전을 맴돌았다.

"하아~ 진짜 괴물이다."

하지만 사실은 그런 괴물을 따라 절벽을 기어 올라가고 있는 카이스나 다른 기사들 역시 인간이라고 보기에는 살짝 무리가 있었다.

그리고 리카이엔도 그들이 이 정도는 할 수 있을 거라 생각했기에 이 절벽을 기어오르는 길을 택한 것이었다.

힐끗 먼저 올라간 리카이엔과 그의 기사들을 쳐다본 카이스가 뒤따라오는 자신의 기사들을 향해 말했다.

"빨리 안 오냐?"

Chapter 11.

종결, 광맥전쟁

"야, 루딜. 너 괜찮냐?"

"예? 뭐, 그럼 안 괜찮을 만할 일이라도 있어요?"

근심 어린 얼굴로 묻는 헐리를 향해 루딜이 심드렁한 표정으로 대꾸했다.

하지만 실제로는 정말 안 괜찮았다. 프로커스 백작령에서 이곳 아크로니아 산악 지대로 올 때의 행군 따위와는 비교도 할 수 없을 정도의 피로. 과장을 살짝만 더 보태면, 한 번만 더 뛰면 죽을지도 모른다는 생각이 들 정도였다.

잭슨 협곡에서 리카이엔이 낙오된 후 닷새째 밤. 프로커스 백작군은 남부군 사령관 홀츠 후작의 경고를 무시하고 주둔지를 이탈했다.

함께 나온 그론스트 백작군과는 밖으로 나오자마자 서로 다른 쪽으로 방향을 잡았다.

프로커스 백작군이 선택한 경로는 아크로니아 산악 지대 동쪽에 위치한 봉우리들끼리 이어져 있는 능선을 따라 남하하는 것이었다. 그렇게 능선만 따라 움직였다면 루딜이 이 정도로 탈진하지는 않았을 것이다. 문제는 그 능선에서 수도 없이 오르내렸다는 점이었다.

조금 움직였다 싶으면 갑자기 능선 좌우로 난 길을 따라, 가끔은 길도 없는 비탈을 따라 내려가고, 내려가자마자 다시 원래의 능선으로 올라간다. 그렇게 하기를 하루에도 여러 번. 루딜이 프로커스 백작령에 머물던 며칠 동안 아침마다 했던 공복에 산타기를 쉬지 않고 해 대는 것과 마찬가지였다.

프로커스 백작령에서 이곳으로 오는 행군만으로도 탈진 직전까지 갔던 루딜에게는 그야말로 생사를 넘나드는 강행군이 아닐 수 없었다.

그나마 지금까지 버틸 수 있었던 것은 헐리와 같은 소대의 병사들이 수시로 그를 챙겨 준 덕분이었다. 다리가 풀린 루딜을 부축해 주고, 개개인에게 지급된 식량 등이 담긴 등짐을 들어 주기도 하고, 심지어 다리에 쥐가 나 걷지 못하게 되면 업어 주기까지 했다.

그렇게 도움을 받은 덕분에 겨우겨우 지옥 같은 닷새를 버틸 수 있었던 것이다. 물론, 앞으로 얼마나 더 이렇게 가야 하는지를 생각하면 막막하기 그지없었지만.

그리고 또 하나 그가 포기하지 않을 수 있었던 것은 리카이엔에 대한 걱정 때문이었다.

'도대체 처남은 어떻게 되신 거지?'

언젠가부터 루딜은 리카이엔을 처남이라 칭하고 있었다. 리카이엔의 군대에서 꽤 많은 고생을 하면서도 아직까지 잘 버티고 있는 스스로를 돌아보니 왠지 세이나의 마음도 얻을 수 있을 것 같은 자신감이 들었던 것이다.

그러다 보니 리카이엔에게 좀 더 마음이 가고, 또 한편으로는 이렇게 뛰어난 군대를 만든 그에 대한 존경심도 무럭무럭 피어올랐다. 그런 마음들 때문에 리카이엔이 더 걱정되는 것이다.

물론, 처남이라는 말은 절대 입 밖으로는 낼 수 없는 말이었지만.

그러고 보면 며칠 전부터 이상하게 생각하던 것이 있었다. 잭슨 협곡에서 리카이엔이 홀로 남아 시간을 벌다가 낙오된 지가 벌써 열흘째였다. 그런데 이상하게도 병사들 사이에는 불안함이 보이지 않았다.

영지군 단위에서 영주의 생사 여부는 사기에 절대적인 영향을 미치는 일이었다. 그렇다고 루딜이 리카이엔이 죽었다고 생각하는 것은 절대 아니었다. 하지만 이미 열흘째 실종 상태라면 불길한 생각을 하는 것이 당연했다.

하지만 루딜이 속해 있는 소대의 병사들은 단 한 명도 그런 기색을 내비치지 않았다. 아니, 루딜의 소대만이 아니었다. 주변에 있는 다른 병사들 역시 마찬가지였다.

　루딜 역시 리카이엔 같은 무지막지한 인간이 그런 곳에서 허무하게 죽었을 리가 없다는 확신을 가지고 있기는 했다. 하지만 병사들의 생각이라는 것은 아주 작은 것에도 휘둘리기 마련이 아닌가.

　'역시 한번 물어봐야 되나?'

　며칠을 참고 있었지만 역시나 답답한 마음을 이길 수가 없었다.

　"헐리 형."

　언젠가부터 루딜은 헐리를 향해 '형'이라는 호칭을 쓰고 있었다. 나중에 신분이 밝혀지게 되면 그때는 또 어찌 될지 모르지만, 왠지 그렇게 부르는 것이 마음이 편했다.

　"왜?"

　"백작님은 어떻게 됐을까요?"

　"응? 백작님이 뭐?"

　"실종된 지 벌써 열흘째잖아요. 혹시 무슨 일이라도……."

　따악!

　"악! 왜, 왜요!"

　루딜이 머리를 감싸 쥐고 비명을 질러 댔다. 그런 루딜을 향해 헐리는 아직 성이 차지 않은 듯 번쩍 주먹을 들어 올리며 툭 내뱉었다.

　"헛소리하면 한 대 맞아야지."

"내가 언제 헛소리를 했다고! 걱정돼서 하는 말인데 그게 무슨 헛소리라는 거예요?"

"쯧쯧, 우리 백작님이… 그 괴물 같은 인간이 그렇게 쉽게 죽을 것 같냐?"

자기 영주를 보고 조금도 거리낌 없이 '괴물 같은 인간'이라고 말한다. 그리고 실제로 프로커스 백작군 모든 병사들에게 리카이엔은 괴물이었다.

리카이엔이 산을 쉬지 않고 오르내리며 질주하던 모습이 너무나 생생하게 각인되어 있기 때문이었다. 자신들도 오랜 훈련으로 체력이 아주 강해졌지만, 아직까지 단 한 명도 당시 리카이엔의 모습을 재현하지는 못했다. 그러니 괴물이라 부르지 않는다면 뭐라고 부르겠는가.

루딜 역시 이미 여러 번 들었기에 익숙해졌는지 그 말에 대해서는 별다른 반응을 보이지 않는다.

"물론 그럴 거라고 생각하는 건 당연히 아니죠. 그래도 걱정은 해야 되는 거 아니에요?"

"걱정하고 있는데 나중에 멀쩡하게 나타나서 마구 굴리면 걱정했던 게 아까워서 어떻게 사냐?"

"으음! 뭐, 그럴 수도 있겠지만……."

루딜은 꽤나 크게 충격을 받은 얼굴이었다. 헐리의 말은 리카이엔이 무사 귀환할 거라는 확고한 믿음인 동시에 그가 반드시 돌아왔으면 하는 강한 바람을 담고 있었다.

브렌 왕국에서, 아니 대륙의 모든 나라에서 어떤 영주가 자신의 영지민과 병사들에게 이 정도의 신뢰와 사랑을 받을 수 있을까?

"그러니까 이상한 생각 하지 말고 따라오기나 잘 따라와라. 한 번만 더 퍼지면 그냥 버리고 갈 테니까."

"쳇!"

그때였다.

삐이이이익!

고음의 피리소리가 울리기 시작했다.

"헉!"

소리를 듣는 순간 루딜의 얼굴이 사색이 되었다. 저 소리로 말할 것 같으면 산 위로 뛰어 올라가라는 신호.

소리가 들리기 무섭게 주변의 병사들이 뛰기 시작했다.

"빨리 뛰어!"

헐리의 우렁찬 목소리가 귓가에서 쩌렁쩌렁 울렸다.

"아흑!"

루딜은 눈물을 찔끔거리며 헐리에게 질질 끌려가고 있었다.

"이런 멍청한 놈!"

퍼억!

홀츠 후작의 발길질에 배를 걷어차인 기사단장 포넬츠 자작이 그대로 바닥을 굴렀다. 황급히 자리에서 일어나 원래의 자리에 섰지만, 되돌아온 것은 처음의 그 발길질.

"기사단장이라는 놈이……."

있는 대로 인상을 구긴 채 숨을 씨근덕거리는 모습이 어지
간히 열이 오른 모양이었다.

안톤과 샤일론이 병사들을 이끌고 그레센 산성을 이탈한 것
이 오늘로 엿새째였다.

그들은 산성을 벗어나자마자 남쪽과 동남쪽으로 갈라져서
서로 다른 길로 움직였고, 홀츠 후작은 그 두 갈래 길로 사단
하나씩을 보냈다. 자신 역시 1사단과 함께 동남쪽으로 달아난
놈들을 쫓는 중이었다.

하지만 엿새째 아무런 성과도 얻지 못하고 있었다.

동남쪽으로 달아난 놈들은 안톤이 이끌고 있는 프로커스 백
작군. 하지만 홀츠 후작은 단 한 번도 그들과 제대로 싸워 보
지 못했다.

놈들은 갑자기 모습을 드러내고, 홀츠 후작이 기를 쓰고 쫓
아가면 놈들은 어느새 모습을 감추고 보이지 않았다. 그 대신
홀츠 후작을 맞이하는 것은 아크로니아 산악 지대 곳곳에 몸
을 숨기고 있는 루오 왕국군이었다.

프로커스 백작군을 쫓아갈 때 기를 쓰고 달려가니 모습이
노출될 수밖에 없고, 마주친 순간 자신들을 공격하는데 싸우
지 않을 수도 없는 것이다. 물론 처음에는 잠시 공격하다가 바
로 후퇴하는 놈들을 끝까지 쫓지는 않았다. 당장 급한 것은 프

로커스 백작군을 잡는 것이기 때문이었다.

하지만 이틀째 되던 날부터는 기를 쓰고 쫓아가지 않으면 안 되는 상황에 봉착했다.

바로 식량 때문이었다.

쫓아가면 금세 잡을 수 있을 거라는 생각에 아무것도 준비하지 않고 나왔는데 얼마 못 가 길을 잃어버렸던 것이다. 한밤중에 대책 없이 깊은 산속으로 들어왔으니 오히려 당연한 일이었다.

어쨌든 상황이 그리 흘러가는 바람에 1사단은 식량이 없는 상태가 된 것이었다. 그렇다고 이 깊은 산중에서 사냥이나 야생 과일 같은 것으로 1만이나 되는 사단 병력을 감당할 수도 없는 노릇. 결국 선택할 수 있는 것은 마주치는 루오 왕국군을 쫓아가 그들의 식량을 약탈하는 것이었다.

군데군데 루오 왕국군을 만날 수 있다는 사실에 오히려 감사하고 싶을 정도로 그들의 상황은 절박했다.

그 덕분에 지금까지 싸운 루오 왕국군만 해도 무려 2개 사단 규모였다. 다른 왕국군과 마찬가지로 남부군 역시 그동안의 전쟁 준비를 통해 정예화된 강군이기에 큰 피해 없이 모두 격파하고 식량을 얻을 수 있었다.

하지만 그것은 어디까지나 궁여지책일 뿐, 근본적인 해결책이 아니었다. 가장 급한 것은 길을 찾는 것. 하지만 그마저도 쉽지 않았다.

포로로 잡은 루오 왕국군을 심문해 현재의 위치를 알아내거나 지도를 얻기도 했지만, 프로커스 백작군을 쫓아가다 보면 또다시 현재의 위치를 잃어버리는 것이었다. 지도가 있다 해도 현재의 위치를 정확하게 파악하지 못한다면 없는 것과 마찬가지.

유일한 방법은 북쪽으로 방향을 잡고 산성으로 돌아가는 것이었지만, 그랬다가는 프로커스 백작군을 영영 놓치고 말 것 같았다. 홀츠 후작의 성격상 그것은 절대 있을 수 없는 일이었고, 결국 1사단은 악순환을 반복하는 수밖에 없었다.

그리고 지금 그 화가 기사단장에게 퍼부어지고 있는 중이었다.

"기사단장이라는 놈이 제대로 지형도 숙지하지 않고 있다는 게 말이나 되는 것이냐!"

"죄송합니다."

포넬츠 자작이 기어들어 가는 목소리로 말하며 얼른 고개를 숙였다. 하지만 홀츠 후작의 화는 쉽게 가라앉지 않았다.

"네놈들도 마찬가지다! 지휘관이라는 자들이, 그 부관이라는 자가 제대로 지형도 익히지 않고 있다가 부대가 길을 잃게 만들다니! 에이, 멍청한 놈들!"

1사단 단장인 크리온 백작에서부터 그 아래 연대장이나 대대장 급까지 전부 일렬로 선 채 고개를 푹 숙이고 있었다. 하지만 그들로서는 꽤나 억울한 일이 아닐 수 없었다.

아크로니아는 대륙에서 가장 넓은 산악 지대였다. 그런 곳의 지도를 모조리 외우고 각 장소의 지형을 완전히 숙지한다는 것은 그들이 보기에 말이 안 되는 일이었다. 사실 홀츠 후작도 외우지 못하는 것은 마찬가지가 아닌가.

물론 그 이야기를 당당하게 할 수 있는 용감한 사람은 단 한 명도 없었지만.

"당장 첨병들을 풀어서 놈들을 찾아라!"

홀츠 후작이 여전히 씨근덕거리며 버럭 소리를 질렀다. 그때였다.

슈우우욱!

"흡!"

갑작스러운 파공성에 깜짝 놀란 홀츠 후작이 반사적으로 상체를 비틀었다. 그와 동시에 후작의 볼을 찢고 지나가는 한 대의 화살.

"적이다!"

"전투 준비! 전투 준비!"

여기저기서 외침이 터져 나오는 사이 화살이 쉬지 않고 날아들었다.

어두운 밤에 벌어진 갑작스러운 야습이었다. 하지만 1사단의 반응은 신속했다. 지난 며칠간 지속된 루오 왕국군과의 전투 때문에 잘 갈아 놓은 칼처럼 날이 벼려져 있던 남부군은 조금도 당황하지 않고 일사불란하게 전투 준비를 마쳤다.

홀츠 후작 주위로 방패를 든 보병들이 둘러서는 사이 궁수들이 화살이 날아오는 방향을 향해 쉬지 않고 시위를 튕겼다. 동시에 전신을 갑옷으로 둘러싼 기사단이 화살이 날아오는 쪽을 향해 달리고, 그 뒤로 경갑보병들이 날랜 몸동작으로 그쪽을 향해 다가갔다.

아크로니아 산악 지대는 말을 타고 이동할 수 있는 땅이 아니었고, 그곳에서 전투를 해야 할 남부군은 그것을 상정해 병과를 운용하고 있었다. 그렇기에 기사들은 말을 타지 않아도 최고의 기동력을 선보였고, 병사들 역시 운신이 힘든 산악 지대에서도 빠른 몸놀림을 보일 수 있었다.

기사단이 얼마나 전진을 했을까.

"와아아아—!"

갑자기 함성과 함께 우거진 잡목림 안에서 한 떼의 병력이 우르르 쏟아져 나왔다. 선두에 선 중무장한 기사들과 그 뒤를 따르는 병사들.

"으음!"

홀츠 후작이 신음을 베어 물었다. 지금까지 상대했던 루오 왕국군들에 비해서 좀 더 체계적이고 정예화된 병력이었다. 규모도 만만치 않았다. 사방의 숲에서 쏟아져 나오는 적의 수가 대충 봐도 1개 사단 병력은 되어 보였다.

물론 그렇다고 기가 죽을 홀츠 후작이 아니었다. 브렌 왕국이 델로스 왕국과 전쟁을 하자, 그 틈을 노려 급조한 군대와 이미 7년이라는 긴 시간 동안 이때를 위해 정예화된 병력은 그 수준에서 한참 차이가 날 수밖에 없었다.

터엉!

묵직하게 울리는 쇳소리의 근원지는 남부군 1기사단의 기사들이 쥐고 있는 버클러를 두드리는 소리였다.

남부군은 오래전부터 이 아크로니아 산악 지대를 배경으로 한 전투를 대비해 왔다. 그 과정에서 기사단이 선택한 것이 아밍소드와 버클러의 활용이었다.

갑옷을 입고 전투를 벌이는 기사들끼리의 전투에서 거의 사용하지 않는 아밍소드였지만, 나무나 걸리는 것들이 많은 산악 지역에서는 롱소드보다 더 활용도가 높기 때문이었다. 아밍소드도 비교적 검날의 길이를 짧게 만들었고, 대신 버클러의 활용을 극대화하는 쪽으로 방향을 잡았다.

보통의 것들보다 더 두껍게 만든 버클러로 공격을 모두 받으며 전진한 후에 짧은 간격에서 짧게 만든 아밍소드로 공격을 하는 것이 기본 검술이었다.

그런 탓에 검을 휘두르는 것 역시 보통의 검술과는 꽤 차이가 있었다. 힘을 극대화하기 위해 크게 휘두르기보다는 최대한 좁은 폭 안에서 최상의 빠르기로 휘두르는 쪽으로 변화된 검술이었다.

그리고 그 준비는 충분한 효과를 보이고 있었다.

텅, 텅!

갑옷과 방패를 두드리는 요란한 소음을 무시한 채 온몸을 이용해 돌격하는 기사단의 모습은 맞이하는 상대들이 벌써부터 기가 질릴 정도였다.

저돌적인 돌격과 한꺼번에 쏟아 내는 파상공세. 일견 중장 보병의 전투 스타일에 가까웠지만, 그들의 알맹이는 어디까지나 기사들.

쩌엉, 푹!

"크아아악!"

마주한 상대 기사들의 갑옷이 단번에 잘리고, 그 속에서 피가 튀어 오른다. 그리고 순차적으로 비명이 터져 나온다.

"돌격! 돌격하라!"

기사들의 돌격 후에 몰아치는 것은 보병들의 공격이다.

기사단이 먼저 들어가 상대 진영에 틈을 만들며 뚫으면 그 속으로 보병들이 파고든다.

단순하기 짝이 없는 전술이지만, 단순한 만큼 그 파괴력은 절정이다.

양쪽의 군대가 자리 잡은 골짜기는 한순간에 아비규환으로 바뀌었다. 진득한 피가 비탈을 타고 흘러내리고, 그 사이의 골에는 이미 시체가 쌓이고 있었다.

"사, 살려 줘!"

"아아악!"

"도, 도망쳐라!"

어둠이 내리깔린 깊은 산속은 끊이지 않는 비명이 메아리치고 있었다.

브렌 왕국 1만과 루오 왕국 1만의 전투는 아주 빠르게 진행되었다. 아니, 그것은 전투라고 말할 수 없는 광경이었다. 일방적인 학살일 뿐이었다.

오랜 세월 준비해 온 자들과 나태함에 빠져 허우적대던 자들의 극명한 차이.

쉴 새 없이 메아리치던 비명이 일순간 끊어진 것은 불과 2시간 만의 일. 엄청난 수의 루오 왕국군 시체들이 골짜기 사이를 메우고 있었다.

루오 왕국군은 겨우 2천 명 정도가 살아남아 후퇴했고, 브렌 왕국군의 피해는 사망자와 부상자를 합쳐서 1천 명 정도밖에 되지 않았다.

역사에 기록될 정도로 엄청난 대승이었다.

하지만 홀츠 후작의 표정은 그리 밝지가 않았다.

'좋지 않아.'

지금까지 만난 루오 왕국군의 군대는 아무리 규모가 커도 1개 대대 규모를 넘지 않았다. 그런데 갑자기 사단급의 적군과 마주친 것이었다.

그것은 그들이 그만큼 적진 깊숙한 곳까지 들어왔다는 반증이었다.

'제길!'

홀츠 후작은 그제야 자신의 실수를 통감했다. 무작정 프로커스 백작군을 쫓다 보니 적의 주둔지 근처까지 와 버린 것이었다. 하지만 이대로 물러서는 것도 쉬운 일이 아니었다.

무작정 방향만 잡고 움직인다고 해서 원하는 곳으로 갈 수 있을 만큼 아크로니아 산악 지대는 호락호락하지 않기 때문이었다.

운 좋게 방향을 제대로 잡는다 해도 어차피 갈 수는 없었다. 식량이 절대적으로 부족하기 때문이었다.

그렇다면 이제 홀츠 후작이 선택할 수 있는 방법은 오직 하나였다. 조금이라도 빨리 프로커스 백작군을 붙잡는 것이었다.

지금까지의 정황으로 보아 프로커스 백작군은 충분한 식량을 확보하고 있음은 물론 정확한 길을 알고 움직이고 있었다. 그들을 쫓아왔더니 적군의 진영에 가까이 왔다. 이 말은 프로커스 백작군을 이끌고 있는 안톤이 리카이엔이 적에게 잡혔다고 판단하고 그쪽으로 향하고 있다는 것을 의미하기 때문이었다.

"서둘러 놈들의 흔적을 찾아라!"

이렇게 적 진영에 가까이 왔다면 프로커스 백작군이 언제 루오 왕국군 주둔지로 쳐들어갈지 알 수가 없었다. 그리고 그들이 겨우 1천의 병력으로 루오 왕국군 진영에 들어선다면 그 순간 그들은 이미 죽은 목숨이었다.

그리되면 홀츠 후작에게도 더 이상의 방법은 없는 것이었다. 그러니 그전에 놈들을 잡아야 했다.

"서둘러!"

"사령관님, 싸우는 소리입니다!"

포넬츠 자작이 급히 뒤를 돌아보며 말했다.

"뭐?"

깜짝 놀란 홀츠 후작이 포넬츠 자작이 가리킨 방향으로 귀를 기울였다.

함성과 비명, 그리고 날카로운 쇳소리가 희미하게 메아리치며 귓속으로 파고들었다.

"이런 제길!"

홀츠 후작이 신경질적으로 외쳤다.

루오 왕국 1개 사단과 전투를 벌인 후, 프로커스 백작군의 흔적을 쫓기 시작한 지 사흘이 지났다. 그동안은 루오 왕국군과 마주치지 않은 것은 다행스러운 일이었지만, 프로커스 백작군을 만나지 못한 것은 불행한 일이었다.

그런데 지금, 프로커스 백작군의 흔적이 이어지고 있는 전방에서 전투의 소리가 들려왔다.

이 말은 프로커스 백작군이 전투를 시작했다는 말이었고, 그것은 이미 루오 왕국군 주둔지가 코앞이라는 뜻이기도 했다. 더 이상 돌아갈 수 없을 정도로 깊이 와 버린 것이었다.

그때 1사단장 크리온 백작이 조심스러운 표정으로 말했다.

"아직 전 진영이 아닐지도 모릅니다. 놈들이 이동 중에 적 부대와 마주친 것일 수도 있지 않겠습니까?"

크리온 백작의 말이 끝나기가 무섭게 홀츠 후작이 버럭 소리를 질렀다.

"이런 멍청한 놈!"

"네, 네?"

"그놈들이 지금껏 적과 조우한 것을 본 적이 있느냐?"

"그렇지는 않습니다만……."

"우리가 수도 없이 싸우는 동안, 단 한 번의 전투도 벌이지 않았던 놈들이다. 그만큼 루오 왕국 놈들의 부대를 잘 피해 다니던 놈들이 이제 와서 갑자기 마주쳤을 거라 생각하는 게 말이나 되느냐!"

"하, 하지만……."

"시끄럽다!"

호통으로 크리온 백작의 입을 막아 버린 홀츠 후작이 팔짱을 낀 채 깊은 생각에 잠겼다.

이제 와서 길잡이도 없이 뒤로 돌아가는 것은 무리였다. 후퇴할 수 없다면 앞으로 나가는 수밖에 없다. 하지만 쉬운 결정은 아니었다.

현재 홀츠 후작이 이끌고 있는 남부군 1사단은 이틀을 굶은 상태였다. 허기진 상태로 산속을 헤맸으니 대부분 체력이 바닥나 있었다. 그런 상태로는 아무리 훈련이 잘된 정예병이라도 제대로 싸울 수가 없었다.

한참을 고민하던 홀츠 후작이 크리온 백작을 향해 말했다.

"첨병을 보내 상황을 살펴라."

"예, 사령관님!"

말이 끝나기가 무섭게 크리온 백작 뒤에 있던 지휘관들이 병사들 쪽으로 달려갔다.

첨병으로 뽑힌 병사들이 소리가 들리는 쪽을 향해 달려간 후, 홀츠 후작도 그 방향을 향해 이동을 시작했다. 혹시라도 프로커스 백작군과 함께 루오 왕국군 주둔지를 쳐야 할 상황이라면 최대한 빠른 것이 좋다는 판단에서였다.

그렇게 1시간가량을 이동했을 때, 정면에서 미리 보냈던 첨병들이 돌아왔다.

그리고 그들의 입에서 나온 이야기는 놀라움 그 자체였다.

"다, 다시 말해 보라!"

"예, 프로커스 백작군과 그론스트 백작군이 루오 왕국군 요새를 공격하고 있습니다. 그런데 이상하게도 루오 왕국군의 대응이 어딘가 힘이 없는 것 같은 모습이었습니다."

"그론스트 백작군도 함께라고? 그놈들은 분명 따로 움직였을 텐데?"

하지만 더 중요한 것은 그론스트 백작군의 등장이 아니었다. 홀츠 후작이 대답을 듣기도 전에 또다시 물었다.

"루오 왕국군이 힘이 없는 것 같다니? 그게 무슨 말이냐?"

"프로커스 백작군과 그론스트 백작군을 합해도 2천 명 정도 밖에 되지 않는데, 루오 왕국군은 목책의 문을 열고 밖으로 나올 생각이 없어 보였습니다."

순간, 홀츠 후작의 머릿속에 떠오르는 무언가가 있었다.

"혹, 그 외에 다른 부대를 보지는 못했느냐?"

그때였다. 조금 늦게 도착한 또 다른 첨병이 황급히 달려오며 외쳤다.

"2사단, 2사단 병력이 중앙 진출로에 포진하고 있습니다!"

브렌 왕국군과 루오 왕국군의 주둔지 사이에는 많은 병력이 한꺼번에 이동할 수 있는 길이 총 세 갈래가 있었다. 그중 아크로니아 산악 지대의 중심을 거의 관통하듯 뻗어 있는 길을 중앙 진출로라고 부르는데, 2사단이 지금 그곳에 대기 중이라는 말이다.

홀츠 후작은 프로커스 백작군을 쫓다 보니 큰 길이 아닌 좁은 길을 통해 왔지만, 2사단은 그렇지가 않은 모양이었다.

홀츠 후작의 얼굴에 싸늘한 미소가 피어올랐다.

"오히려 일이 잘 풀리는 것 같군……."

말끝을 흐리며 잠시 뭔가를 생각하던 홀츠 후작이 첨병을 향해 다시 물었다.

"루오 왕국군 주둔지에서의 반응이 네가 말한 것과 조금도 다르지 않은 것이 분명하냐?"

"그, 그렇습니다."

"만약 거짓일 경우 목을 칠 것이다. 네가 한 말이 확실한 것이냐?"

"분명합니다."

마침내 홀츠 후작의 얼굴이 환하게 펴졌다. 무슨 사정인지는 몰라도 루오 왕국군 주둔지에 뭔가 문제가 생긴 것이 분명했다. 그렇지 않고서야 겨우 2천의 병력이 공격하고 있는데 그렇게 소극적인 태도를 취할 리가 없다.

그렇다면 이틀을 굶어 체력이 많이 떨어져 있기는 하지만, 2사단과 함께 공격해 간다면 충분히 점령할 수 있을지도 몰랐다.

그리고 만일 그것이 현실이 된다면? 홀츠 후작은 아크로니아 산악 지대에서 펼쳐졌던 무수한 전쟁 중 최초로 적군의 요새를 점령하는 공을 세우는 것이었다.

마음이 급해진 홀츠 후작이 첨병을 향해 급히 말했다.

"2사단이 포진해 있는 곳으로 가서 우리의 공격에 맞춰 적 요새를 공격하라고 일러라."

"알겠습니다!"

"크흐흐흐흐!"

홀츠 후작의 입가에서 나지막한 웃음소리가 새어 나왔다. 첨병의 말은 사실이었다.

프로커스 백작군과 그론스트 백작군이 높은 목책으로 둘러싸인 루오 왕국군 요새를 두드리고 있는데도 불구하고 루오 왕국군 진영에서는 적극적인 반응을 보이지 않고 있었다.

두 번 다시 오지 않을, 그야말로 절호의 기회.

일단은 프로커스와 그론스트 두 백작군과 함께 루오 왕국군 요새를 점령한 후, 저들을 처단하면 모든 일이 깔끔하게 마무리되는 것이었다.

"돌격하라!"

지체 없이 떨어진 호령과 동시에 뿌연 먼지가 솟구쳤다.

대략적인 상황을 알고 있는 1사단 병력이 마지막 힘을 쥐어짜 달리기 시작했다.

"와아아아아!"

이틀을 굶었음에도 불구하고 어디서 그런 힘이 나오는지 함성이 우렁차다.

"와아아아아!"

그 함성에 화답이라도 하듯 또 다른 곳에서 함성이 메아리쳤다. 1사단의 함성을 신호로 받아들인 2사단의 돌격 신호였다.

뿌연 먼지를 일으키며 2만의 병력이 빠르게 거리를 좁혀 간다. 순식간에 쇄도해 들어간 남부군이 불과 100m 거리까지 다가갔으나 루오 왕국군 요새에서는 여전히 큰 대응이 보이지 않았다.

"됐다!"

홀츠 후작이 불끈 주먹을 쥐었다. 예감이 맞았다. 저 요새 안에서 뭔가 일이 벌어진 것이 분명했다.

마침내 남부군이 목책을 두드리려는 그 순간.

콰아아앙!

갑자기 고막을 울리는 거대한 굉음과 함께 하늘 높이 먼지가 솟아올랐다.

"음!"

깜짝 놀란 홀츠 후작이 다급한 표정으로 먼지가 솟아오른 곳을 살펴보았다. 하지만 이내 입가에 미소가 떠올랐다.

목책 중 일부가 무너진 것이었다. 그 목책을 무너트린 이들이 프로커스 백작군과 그론스트 백작군이라는 사실이 조금 거슬리기는 했지만, 문제는 없었다.

루오 왕국군 요새를 점령한 후 저들은 어차피 모조리 참수 시킬 예정이었다. 우연히도 루오 왕국군 요새를 점령하는 공적을 선물했지만, 애초에 자신의 명령을 무시한 순간 이미 저들의 목숨은 없는 것이나 마찬가지였다.

프로커스 백작군과 그론스트 백작군이 무너진 목책을 넘어 요새 안으로 달려 들어갔다. 그리고 그 뒤로 남부군이 돌격을 한다.

"아아아악!"

"크악!"

끔찍한 비명이 터져 나오지만 홀츠 후작에게는 아름다운 음악처럼 들릴 지경이었다.

그렇게 얼마 지나지 않아서 요새 안의 비명이 잦아들기 시작했다. 점령이 마무리되어 간다는 뜻이었다.

그리고 그 말은 아주 오랜 세월 동안 무려 8차에 걸쳐 계속되어 온 광맥전쟁이 마무리가 되었다는 뜻이었다.

뭔가 맥 빠지는 결말이기는 했지만, 중요한 것은 그 과정이 아니었다. 자신이 이 광맥전쟁을 마무리했다는 결과가 중요했다.

"후후후, 들어가 볼까?"

홀츠 후작이 만면에 웃음을 지으며 느긋한 걸음으로 요새를 향해 걸음을 옮겼다.

그러는 사이 목책의 한쪽에 있는 문이 열리며 홀츠 후작을 맞이하려는 듯 남부군 지휘관들이 모습을 드러냈다.

"하하하, 수고했다!"

파안대소를 터트리며 만족스럽게 고개를 끄덕이는 홀츠 후작. 그런데 뭔가 이상했다. 당연히 대답을 해야 할 크리온 백작과 다른 지휘관들의 표정이 이상하게 어두웠던 것이다.

뭔가 잘못됐다고 느낀 홀츠 후작이 인상을 굳히며 물었다.

"무슨 일이냐?"

크리온 백작이 기어들어 가는 목소리로 대답했다.

"그, 그것이……."

"빨리 대답해라! 요새 점령을 하지 못했느냐?"

자기가 질문을 해 놓고도 말도 안 되는 질문이라 생각했다. 점령을 못했으면 이들이 문을 열고 나왔을 리가 없지 않은가.

"점령을 했습니다."

"그렇다면 뭐가 문제냐?"

하지만 크리온 백작은 쉬이 입을 열지 못했다. 답답함을 느낀 홀츠 후작이 성큼성큼 걸음을 옮겨 문 안으로 몸을 밀어 넣었다.

그 순간, 홀츠 후작의 귓속으로 파고드는 목소리.

"여어, 오시느라 수고했습니다. 굳이 할 필요가 없는데 우리 일까지 도와주고 말입니다."

홀츠 후작은 진심으로 자신의 귀를 의심했다. 절대 이 자리에서 들을 리가 없는 목소리가 들렸으니 당연했다.

그때 또 다른 목소리가 귓전에 울렸다.

"그때는 잘도 뒤로 빠지더니, 오늘은 아주 용맹하신데요?"

결국 홀츠 후작의 시선이 소리가 들려온 쪽으로 향했다. 그리고 보았다.

"너, 너희들이 왜……."

기가 막혀 말이 나오지 않았다. 왜 저들이 이곳에 있는 것인가? 이미 죽었어야 할 놈들이.

홀츠 후작의 시선에 들어온 사람은 잭슨 협곡에서 낙오된 후 실종됐던 리카이엔과 카이스였다. 그 두 사람이 이쪽을 향해 의미심장한 미소를 짓고 있는 것이었다.

잠시 정적이 흐른 후 리카이엔이 홀츠 후작을 향해 말했다.

"나 당신하고 할 얘기가 좀 있는데……."

그때 홀츠 후작의 시선이 조금 아래로 내려갔다. 리카이엔
이 웬 사내를 포박한 채 무릎 꿇리고 있었던 것이다.

"그건 누구……."

"아, 이 친구? 루오 왕국군 총사령관."

"뭐, 뭣이!"

〈『철혈백작 리카이엔』 제6권에서 계속〉

철혈백작 리카이엔

1판 1쇄 찍음 2010년 6월 17일
1판 1쇄 펴냄 2010년 6월 21일

지은이 | 윤지겸
펴낸이 | 정 필
펴낸곳 | 도서출판 뿔미디어

기획 | 이주현, 한성재
편집책임 | 심재영
편집 | 장상수, 권지영, 조주영, 주종숙, 이진선
관리, 영업 | 김미영

출력 | 예컴
본문, 표지 인쇄 | 광문인쇄소
제본 | 성보제책사

출판등록 | 2002년 9월 11일 (제1081-1-132호)
주소 | 부천시 원미구 중동 1058-2 중동프라자 402호 (우)420-849
전화 | 032)651-6513 / 팩스 032)651-6094
E-mail | BBULMEDIA@paran.com
홈페이지 | www.bbulmedia.com

값 8,000원

ISBN 978-89-6359-470-5 04810
ISBN 978-89-6359-298-5 04810 (세트)
※파본은 본사나 구입하신 서점에서 교환하여 드립니다.